나를 바꾸는 글쓰기

이제 당신도 시작하라

이제 당신도 시작하라

나를 바꾸는 글쓰기

송준호 지음

살림

글쓰기, 나를 바꾸는 힘

"사람 나고 돈 났지, 돈 나고 사람 났나?"

춥고 배고픈 사람들이 가끔 내뱉는 넋두리 중 하나다. 그래도 어쩔 것인가. 사람 나고 돈 난 게 아니라 돈 나고 사람 났다고 차돌같이 믿는 사람들한테 괄시받지 않으려면 죽기 살기로 노력하는 수밖에……

세상에 사람 나고 뒤에 나온 게 어디 돈뿐일까? 사람 나고 초콜릿 났고, 사람 나고 생맥주 났다. 사람 나고 스마트폰 났고, 사람 나고 축구공 났으며, 사람 나고 자동차도 났다. 그럼 글은? 글도 사람 나고 났는가? 당연하다. 그런데 어쩌면 아닐지도 모른다.

'글줄이나 읽은 사람'이라고 했다. '글깨나 써본 사람'도 흔히 쓰는 말 중 하나다. 누가 얼마나 많이 읽고 써봤든 이 둘의 공통 핵심어는 '글'이다. 단정하자면 바로 이 '글'이 '지식인'이나 '지성인'의 상징처럼 쓰이는 것이다.

조선시대 과거시험장을 한번 둘러보자. 아니, TV나 영화에서 보았던 장면을 상상해 보자. 넓은 마당에 모인 선비들이 먹을 갈아서 무엇을 쓰고 있는가? 주어진 시제(試題/詩題)에 맞춰 시문(詩文)을 작성하고 있지 않은가. 요즘의 각종 백일장이 그 시절에는 고시(考試/高試)였던 것이다.

그건 어디까지나 요즘처럼 지식의 양이 방대하지 않았던 호랑이 담배 먹던 시절의 얘기일 뿐인가? 세상에 글 따위가 감히 무엇이라고 그걸로 사람 됨됨이까지 쟀단 말인가? 써낸 글 하나만으로 세상을 보는 안목의 깊이와 넓이와 지식의 양까지 모두 평가한다는 게 말이 되는가? 항변이라도 하고 싶지만 그렇게 믿는 사람들은 요즘에도 쌔고 쌨다. 이쯤 되면 인정할 수밖에 없다.

"그래. 사람 나고 글 난 게 아니고, 글 나고 사람 났다."

사람은 누구나 자신의 생각과 느낌을 외부로 드러내고 싶어 한다. 그걸 '표현'이라고 한다. 그 수단은 '말'이나 '행동'이다. 그런데 '말'도 '행동'의 일종이라고 보면 사람이 자신을 표현하는 건 모두 '행동'이다. 우리의 삶이란 것도 따지고 보면 '다양한 표현의 과정'이라고 할 수 있는 것이다.

누군가에게 사랑을 고백하는 것도 당연히 표현의 하나다. 상대를 직접 만나서 자신의 불타는 사랑을 '말'로 전하거나 편지로 '써서' 고백하는 것이다.

편지처럼 생각과 느낌을 문자언어로 표현한 것이 바로 글이다. 물론 회화나 음악, 무용 등도 자신을 표현하는 방법 중 하나다. 그런데 글은 훨씬 구체적이고 직접적인 방식으로 타인에게 생각과 느낌을 전달할 수 있다는 점에서 다른 표현방법과 큰 차이가 있다.

분명한 것 하나는 오직 사람만이 글을 쓴다는 사실이다. 글을 쓰는 일이야말로 사람답게 사는 방법 중 하나인 것이다. 이것이 바로 사람 나고 글 난 게 아니고, '글 나고 사람 났다'고 하는 이유다.

누구나 쓸 수 있는 게 글인데도 많은 사람들은 글쓰기를 그리 달가워하지 않는다. 전문작가들조차 글쓰기를 가끔 형벌에 비유하기도 한다. 순 엄살이다. 겉으로는 푸념을 늘어놓지만 집에 돌아가면 또 밤을 꼬박 새워 글을 쓴다. 밝아오는 새벽을 바라보며 남몰래 벅찬 성취의 즐거움을 맛보곤 하는 사람들이 바로 그들이다.

아무개 시인이나 소설가처럼 좋은 글을 많이 써서 사람들의 마음을 뜨겁게 달궈주고 싶다고 의욕을 불태우는 문학청년들이 주위에 적지 않다. 어릴 적에 품었던 문학소녀의 꿈을 끝내 내려놓지 못하고 돋보기안경 너머로 노안을 반짝이는 이들도 많다. 글 쓰는 시간이 가장 행복하다고 말하는 그들을 보고 있으면 글쓰기가 무슨 흥부의 박 타기나 되는 것처럼 여겨지기도 한다.

다른 사람들이 쓴 원고를 읽을 기회가 종종 있다. 학생들이 써 온 글을 요모조모 따져가며 수정해주기도 비교적 자주 하는 편이다. 그럴 때마다 이러저런 복잡한 생각이 떠오르곤 한다. 그중 하나가 글쓰기를 교실에서 제대로 가르치지도, 가르치려고도 하지 않는 우리 공교육에 대한 아쉬움이다. 어쩌면 그런 아쉬움이 이런 책을 쓰게 했는지도 모른다.

필자는 여러 강연에서 글쓰기가 대단히 즐거운 일이라고 말해 왔다. 글쓰기야말로 사람으로 살아가면서 자신을 키우고 바꿔가는 가장 좋은 방법이다, 잘만 하면 내가 쓴 글로 세상을 변화시킬 수도 있다, 그러니 글쓰기보다 더 뿌듯한 성취의 즐거움을 어디서 누리겠느냐고 뻥(?)을 치면 청중들 중 일부는 고개를 갸웃거리기도 하고, 일부는 고개를 끄덕이기도 했다. 그걸 정리한 것이 바로 이 책이다.

이 책을 읽다 보면 시나 수필 등의 짧은 글들을 곳곳에서 발견하게 될 것이다. 대중가요의 노랫말도 몇 개 얻어 썼다. 독자들의 이해를 도우려고 필자가 임의로 써서 배치한 글도 적지 않다는 것까지 미리 밝혀둔다. 그런 글들이 이 책의 독자들에게 글 읽는 덤이 되었으면 좋겠다.

필자가 과문한 탓에 이 책에는 오류도 적잖이 들어 있을 것이다. 앞으로 독자들의 지적과 질책에 적극적으로 귀를 기울여 잘못을 바로잡아 가려고 한다.

2013년 봄,
송준호

차례

2장_쓸거리는 어느 곳에든 있다
(무엇을 쓸 것인가)

3장_읽는 맛이 나야 글이다
(어떻게 쓸 것인가)

4장_글쓰기, 이제 시작하자
(무엇을 할 것인가)

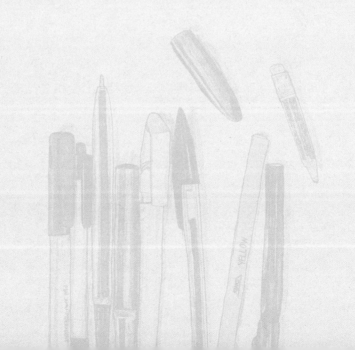

1장

글쓰기가 사람을 만든다
왜 써야 하는가

글쓰기는 당신을 다듬어 키운다

글을 지속적으로 쓰면 숨겨진 나를 발견하고 다듬어 키울 수 있다.
책을 많이 읽어서 아는 것이 많은 나,
감수성이 풍부하고 무엇이든 세심하게 관찰할 줄 아는 나,
박학다식할 뿐 아니라 넓고 깊고 체계적으로
생각할 줄도 아는 나를 만들 수 있는 것이다.

지식과 감수성

우리 삶이란 본디 자신을 다듬어 키워가는 과정일지도 모른다. 건강을 위해 운동을 하고, 다이어트로 날씬한 몸매를 가꾸는 것도 자신을 다듬어 키우는 일 중 하나다. 왕성한 사회활동을 통해 부와 명예를 얻고, 다른 이들에게 더 많은 영향을 줄 수 있는 삶을 살기 위해 밤을 새워가며 공부하는 것도 마찬가지다.

음악이나 미술 작품을 깊이 음미할 수 있는 소양을 갖추는 것도 여기에 해당한다. 독서를 통해 역사 변화의 원리를 체계적으로 이해하고, 자신의 관점에서 세상의 흐름을 분석할 수 있는 능력을 갖추어 나가기도 한다.

그런데 자신의 내면을 다듬어 키우는 방식으로 '글쓰기'만한 게 없을지도 모른다. 어째서 그런가?

세상의 수많은 사람들을 둘로 나누는 방법은 뭘까? 수적 균형을 맞추기로는 남녀로 구분하는 게 가장 쉬워 보인다. 잘생긴 사람과 못생긴 사람으로 나누자고 드는 건 삶을 진지하게 살아가는 사람과 매사에 신중하지 못한 사람으로 양분하는 것만큼이나 기준을 정하기가 어려울 것이다.

평소 글을 쓰면서 사는 사람과, 글하고는 아예 담을 쌓고 사는 사람으로 나눠보는 방법은 어떤가? 글을 쓰는 이들 중에는 글쓰기가 아예 직업인 사람들도 있다. 시인이나 소설가, 신문이나 잡지의 기자, 방송국 PD 등이다. 연구활동의 성과를 논문이나 책으로 발표하는 학자들도 물론 여기에 포함된다.

글쓰기가 직업인 사람들이나 평소 글을 열심히 쓰는 사람들은 그렇지 않은 사람들에 비해 어떤 남다른 특성을 지녔을까? 떠오르는 대로 한번 정리해 보자.

우선 글을 쓰는 사람들은 독서량이 풍부할 것으로 짐작되지 않는가? 새로운 지식을 전달하기 위해 글을 쓰는 학자들의 경우 이런 특성은 더욱 두드러질 것이다. 어떤 방면에 다른 사람들보다 더 많은 지식을 갖고 있지 않고서야 어떻게 자신이 쓴 글로 새로운 사실을 제대로 전달할 수 있겠는가?

판소리는 인간의 희로애락을 한판 신명으로 풀어내는 독특한 장치들을 지니고 있다. 그 중 가장 두드러진 세 개의 장치는 '장단', '이야기', '창법'이다.

장단. 아마도 지구상의 전통 성악 가운데 가장 변화무쌍한 이름을 자랑하는 음악이 바로 판소리일 것이다. 인류 공통의 리듬이라 할 두 박자(duple rhythm)와 세 박자(triple rhythm)가 판소리 안에서는 자유자재로 넘나들면서 발휘된다. 거기에 빠르기의 변화는 또 어떤가? 아주 느리고 유장한 가락에서부터 아프리카 토속 래퍼들을 연상시킬 만큼 휘몰아치는 가락에 이르기까지, 실로 판소리의 다양하고 풍성한 리듬 변화는 그 자체로 한 판의 향연이라 할 만하다.

이야기. 판소리는 그 자체로 완결된 구조를 지니는 서사로서 손

색이 없다. 주인공의 신비한 탄생부터 시련, 극복, 재회, 해피엔딩 등
의 과정을 거치는 오래된 로망(roman)의 틀을 잘 유지하고 있다. 어
디선가 들어본 듯한 이 익숙한 이야기 구조가 동서양의 많은 이들로
하여금 판소리에 친근감을 느끼게 하는 소중한 장치인 것이다.

창법. 유럽 교회의 실내 음악으로부터 발전한 맑고 풍성한 성량의
클래식 창법과는 너무도 다른, 듣기에 따라 불편하고 거친 이 발성법
이 판소리를 판소리답게 하는 으뜸의 매력이다. 사실 이처럼 인간의
성대를 편안하게 놓아두지 않고 혹사시키는 방법으로 노래를 만들어
내는 예는 여러 종족 음악들에서 찾을 수 있다.

— 곽병창, 『연희, 극, 축제』 중에서

‘장단’‘이야기’‘창법’을 중심으로 판소리의 특징을 간략하게 설
명한 글이다. 한번 생각해 보자. 여기에 쓰인 여러 가지 개념들(희로
애락, 신명, 성악, 박자, 가락, 아프리카 토속 래퍼, 향연, 구조, 서사, 시련,
극복, 재회, 해피엔딩, 로망, 교회의 실내 음악, 클래식, 발성법 등)을 제대
로 이해하지 못하는 사람이 과연 이런 글을 쓸 수 있겠는가?

이 글을 쓴 이는 평소 판소리를 즐겨들어 왔을 뿐 아니라 그 분야
의 공부를 체계적으로 해서 전문지식을 쌓았을 것이다. 아프리카 어
느 부족의 토속 래퍼들이 뿜어내는 리듬과 판소리 가락을 비교해서
설명할 줄 알며, 유럽 교회의 실내음악에 대한 이해도 깊다.

이 글을 쓴 이가 판소리 분야의 전문가적 식견을 갖추었다고 말
하는 것 또한 이런 개념들이 지시하는 대상을 보통 사람들보다 깊

이 이해하고 적극적으로 활용할 줄 알기 때문일 것이다.

　글을 쓰는 사람들 중에는 특히 감수성이 풍부한 사람들이 많다. 감수성(感受性)은 한자말 그대로 '자극을 받아들여 느끼는 성질이나 성향'을 뜻한다. 주위의 어떤 사물이나 사건 혹은 현상을 직접 체험했을 때, 그로부터 우러나는 느낌이 다양하고 깊은 사람을 일컬어 '감수성이 풍부하다'고 한다. 이런 감수성이야말로 읽는 이들의 가슴속 응어리를 풀어주거나 새로운 느낌을 발견하는 즐거움을 안겨 줄 수 있는 도구이며, 좋은 글을 쓰는 데 중요한 밑거름이다.

　　하늘은 푸르디 푸르고 햇살은 연둣빛 잎사귀들을 더욱 빛나게 했다. 몇 년을 벼르다 드디어 선운사의 동백꽃을 보려 하는데, 붉은 그 꽃을 보기도 전에 동백의 슬픈 전설처럼 내 마음엔 벌써 핏빛 눈물 방울이 방울방울 맺힌다. 앞서거니 뒤서거니 사람들과 섞이어 동백 숲에 이르렀다. 눈물처럼 뚝뚝 떨어져 누운 동백꽃을 보니 또 가슴이 메어온다.
　　'그래 친구여, 겨우 이만큼 살다 가는 네 삶이 그리 고단했단 말이냐. 착하고 순한 웃음으로, 간간이 익살스런 재치로, 있는 듯 없는 듯 그렇게 함께했던 친구여. 이제는 영영 다시 볼 수조차 없는 이 현실을 어쩌란 말이냐.'
　　울컥 쏟아지는 눈물을 목안으로 밀어 넣기 위해 눈을 부릅떴다. 하늘이 빙빙 돈다. 빙빙 돌다가 하늘이 땅이 되고 땅이 하늘이 된다.

아무것도 보이지 않는다. 꽃과 잎이 한 타령이 되어 뭉개져버렸다. 모든 것이 공(空)이고 허(虛)다. 현기증이 일어 모과나무 등걸에 의지했다. 가지마다에 매달린 모과꽃이 실핏줄 같은 햇살을 받아 환장하게 예쁘다. 학창시절에 보았던 나와 너, 우리 모두의 뺨도 한때는 그렇게 발그레하고 고왔는데. 이제는 푸석푸석한 얼굴에 늘어가는 주름살로도 모자라 이승과 저승의 경계를 넘나들고 있다니…….

　　　　　　　　　　　　　– 이연희,「동백꽃을 보려는데」중에서

　친구의 급작스러운 부음을 전해 듣고 '핏빛 눈물방울'처럼 가슴을 파고드는 슬픔을 '눈물처럼 뚝뚝 떨어져 누운' 붉은 동백꽃에 이입해서 쓴 수필의 한 대목이다. 작중 화자는 북받치는 슬픔을 이기려고 눈을 부릅떠 보기도 하지만, 하늘과 땅도 분간할 수 없을 만큼 눈앞은 캄캄하기만 하다. 친구가 떠나고 없는 세상에서 작중 화자의 눈에 보이는 건 모두 공허할 뿐이다.

　이 글을 쓴 이의 눈길과 마음길의 깊이는 보통 사람들의 그것과 확연히 다르다. 그의 눈길은 모과꽃에 내리는 햇살을 '실핏줄'로 직유하고, 마음길은 '환장하게 예쁘다'로 역설한다. 그건 또 학창 시절에 '발그레하게 고왔던' 친구와 나의 뺨을 떠올리게도 한다. 글쓴이의 풍부한 감수성은 눈에 보이는 작은 사물 하나하나와도 지속적으로 교감하는 가운데 슬픔의 깊이를 더하게 만든다.

관찰력과 박학다식

이곳에 벚꽃이 피기 시작했다고 지난번에 내가 했던 말은 사실과 너무 달랐다. 내가 벚꽃으로 오해했던 그 꽃은 외관상 그 나무줄기며 꽃 모양새가 얼핏 벚꽃과 비슷하긴 해도 사실은 한참 다른 꽃이었다. 심한 바람 속에서도 꽃잎이 끝까지 매달려 있는 점, 향기가 숨이 막히도록 짙다는 점이 특히 벚꽃과 달랐다. 자세히 보면 꽃잎도 한국의 벚꽃에 비해 약간 짧은 편이다.

그런데 그게 무슨 꽃이냐고 내가 아는 사람들에게 몇 차례 물었는데, 한국말이 간신히 통하는 이곳 학생이든 선생이든 그 꽃나무 이름을 아는 이가 없었다. 이곳 시가지 곳곳에 가로수로 혹은 정원수로 피어 있는 벚꽃 닮은 그 꽃 이름을 아는 이가 이처럼 드문 걸 보면 이곳 사람들은 꽃 이름에 대해 별 신경을 쓰지 않는 건 아닐까 하는 생각을 지울 수 없었다.

그들은 아마도, 이곳에서 아주 흔한 봄꽃 중의 하나일 뿐인데 그런 걸 구태여 궁금하게 여기는 나를 약간 이상한 사람으로 여기는 것 같았다. 실제로 이곳에서 나는 아직 벚꽃을 보지 못했다.

– 정양, 『백수광부의 꿈』 중에서

이 경우는 어떤가? 웬만한 사람은 모두 '저게 벚꽃이겠거니' 생각하고 넘어갈 것 같은, 그런 나무의 줄기나 꽃의 모양새를 세심하게 들여다보고 있는 글쓴이의 눈빛이 섬세하게 반짝이고 있지 않은가?

꽃잎이 바람을 견디는 힘, 향기가 숨이 막히도록 짙다는 점, 꽃잎의 길이까지, 이 글을 쓴 이의 눈에 비친 그 꽃은 우리나라의 벚꽃과 확연히 다르다. '아주 흔한 봄꽃 중의 하나일 뿐인데 그걸 구태여 궁금하게 여기'며 가까이 다가가 자세히 들여다보고 관찰하는 것! 이 또한 평소 글을 쓰다 보니 몸에 밴 습관일 것이다.

글을 쓰는 사람들은 언제 어디를 가고, 누구를 만나서 어떤 얘기를 나누든 항상 쓸거리를 찾는다. 그들은 이름이 널리 알려지지 않은 풀잎 하나의 미세한 떨림까지도 글감이 될 만한 것이면 뭐든 남김없이 포획할 수 있는 포충망을 항상 가슴속에 숨겨갖고 다닌다. 이건 참 독특하다 싶은 게 눈에 띄면 때와 장소를 가리지 않고 발걸음을 멈춘다. 사물이든 사건이든 가리지 않는다.

소설 쓰는 사람에게 자신의 은밀한 얘기를 함부로 들려주었다가는 낭패를 당하기 십상이라는 우스갯소리도 그래서 나오는 것이다. 글을 쓰는 사람은 이러한 경험들을 수시로 메모하거나 머릿속에 새겨두기를 게을리 하지 않기 때문이다. 글을 쓰는 사람들의 눈과 귀는 이렇듯 언제나 활짝 열려 있다. 그러니 관찰력이 보통 사람들보다 뛰어날 수밖에 없다.

그들은 다방면의 지식도 풍부할 게 틀림없다. 그야말로 박학다식이고 잡학다식이다. 어느 시인은 들과 산에서 피어나는 온갖 꽃과 나무 이름을 모르는 게 없을 정도다. 심지어는 작은 들풀 하나조차 그 특유의 생태는 물론 재미난 별칭까지 줄줄이 꿰고 있다. 어느 소설의 한 대목을 보자.

임수영 교수는 혀를 차면서 발을 빼고 꺾고 했지만 헛일이었다. 업고 내려올 수밖에 없었다. 임수영 교수의 등에 땀이 배기 시작했다. 헐헐하는 숨소리가 안쓰럽게 들렸다. 돌배나무 꽃이 흐드러진 밑에서 강인정을 내려놓고 쉬면서 임수영 교수는 말했다. 폴폴 떨어지는 꽃잎을 손으로 받으면서.

"돌배가 하나 열리재도 꽃이 현란하게 피어야 하고 또 꽃은 져야 하고, 식물의 세계는 어쩌면 조화의 극치일 게야."

꽃잎이 떨어진 자리는 기억과 바램이 만나는 아픈 상처지. 꽃잎이 떨어지기 전에 과일이 너무 커버리면 기억에 아쉬움이 남고, 과일이 자라기도 전에 꽃잎이 떨어지면 알알한 바램만 쓰라린 게야. 적당한 때에 꽃잎이 져야는 건데 그게 맘대로 되질 않지. 꽃자리 위로 바람이 지나고, 비가 뿌리고, 살을 지지는 햇볕이 내리고 하면서 열매는 자라게 마련이지.

— 우한용, 「꽃자리」 중에서

'꽃자리'가 '꽃잎이 달렸다가 떨어진 자리'를 이르는 말이라는 사실을 모르고 소설의 이런 대목을 쓸 수 있을까? 돌배나무 줄기와 가지의 생김새, 꽃잎의 빛깔과 모양을 제대로 알지 못하고는 이런 글을 쓰기 어려울 것이다.

열매가 열리려면 꽃이 피고 져야 한다. 꽃이 진 자리에 열매가 열린다. 이런 조화가 깨지면 제대로 된 열매를 맺을 수 없다. 그뿐인가? 열매가 튼실하게 자라려면 적당한 바람과 비와 햇볕도 필요하다.

이 글을 쓴 이는 식물의 그런 생장원리를 소상하게 알고 있다. 그런 지식들 중 일부를 가져다 우리가 일상을 살아가면서 겪게 되는 만남과 이별, 기억과 아쉬움에 견주어 소설의 한 대목을 섬세하게 써나간 것이다.

안도현 시인은 자신이 쓴 「겨울 강가에서」라는 시를 회고하는 자리에서 이렇게 덧붙이고 있다. 그의 말에 잠시 귀를 기울여보자.

시의 중간에 등장하는 '세찬 강물 소리'는 신문에서 읽은 과학상식 기사에서 힌트를 얻었다. 모든 물소리는 물방울들이 깨지면서 내는 소리가 모인 거라고 했다. 폭포 소리가 큰 것은 물방울들이 더 많이 깨지기 때문이고, 여울에서는 물방울들이 돌멩이에 걸려 깨지기 때문에 물소리가 난다는 것이다. (나는 초등학생들이 보는 과학이나 생물 관련 책을 자주 뒤적거린다. 거기에는 과학적 탐구의 대상인데도 시적 영감을 불러일으키는 것들이 무궁무진하다. 나무가 새로 잎을 피워 내거나 떨어뜨릴 때는 인간이 상상할 수 없을 정도의 에너지를 필요로 한다는 것, 나무를 노끈으로 묶거나 필요 이상으로 밤에 불빛을 쪼이면 나무가 극심한 스트레스를 받는다는 것 등은 얼마나 매력적인 시의 소재들인가.)

— 안도현, 『가슴으로도 쓰고 손끝으로도 써라』 중에서

글을 쓰는 데 적절히 활용할 수 있는 사전 지식은 어느 것 하나도 거저 얻어지는 것이 없다. 잘 모르는 대상에 호기심을 갖고, 식물도감을 들여다보기도 하고, 수시로 인터넷을 검색한 결과다. 그렇게 해서 얻은 지식에 자신만의 생각과 느낌을 버무려서 시인은 많은 사람들에게 감동을 주는 글을 쓴다.

객관적 판단 능력

글을 쓰는 이들은 보편화된 사실은 물론이고, 그 이면에 가려진 진실을 끄집어내서 확고히 정립된 자신의 주관에 따라 세상이 변해가는 흐름을 객관적으로 판단할 수 있는 능력도 갖추고 있다. 다음 글의 필자처럼.

기술의 진보로 기존 생산/소비의 엄격한 경계선은 급속히 무너지고 있다. 프로슈머(생산자, 소비자가 통합된 개념)란 신조어가 보여주듯 네트워크화 된 개인의 등장으로 우리 발밑에서 자본주의 생산체계, 문화구조의 근본 변화가 일어나고 있는 것이다.

물론 매스미디어는 호시탐탐 소비자의 호주머니를 노리는 상업자본의 힘으로 꽤 오랫동안 번성할 것이지만 이제 개화하기 시작한 '개인'의 시대를 되돌릴 수는 없을 것이다. 일과 놀이가 통합되고 개인이 일방적 문화수용자에서 벗어나 문화생산과 소비의 적극적 주체

로 기능하는 새로운 문화시대, 진정한 개인의 시대가 지금 시작되고
있다.

– 이재규, 『사람의 숲에서 길을 묻다』 중에서

이전 시대까지 '개인'은 일방적 문화수용자 혹은 문화소비자였지
만 21세기는 '개인'이 문화의 적극적 생산자이자 주체적 소비자로
기능하는 문화시대라는 게 이 글을 쓴 이의 주장이다. 이를 뒷받침
하기 위해 글쓴이는 '영화의 소비와 제작 시스템의 변화'를 논거로
제시하고 있다.

이처럼 글을 쓰는 사람은 어떤 대상의 가치를 주관적이고 독창적
으로 판단할 수 있는 능력도 갖추고 있다. 개인적인 일이나 사회적
사건이 잘못된 방향으로 흐른다 싶으면 그 문제점이 무엇인지도 정
확하게 간파할 줄 안다.

문제를 슬기롭게 해결할 수 있는 방도를 찾는 데도 비교적 능숙
하다. 또 그런 일이 갖는 사회·역사적 가치나 상호관계의 의미망에
대해서도 체계적으로 이해하고 설명할 수 있는 능력을 갖추고 있다.
이는 소설가나 기자들뿐만 아니라 글을 전문적으로 쓰는 모든 이들
이 가진 특성이다.

내가 쓰는 글 한 편

지금보다 더 나은 삶을 원하지 않는 사람이 있을까? 성적이 껑충 뛰어서 장학금도 받고 싶고, 승진도 하고 싶고, 더 큰 아파트로 이사하기를 꿈꾼다. 매끈하게 빠진 자동차도 굴리고 싶다. 사이판이나 괌 같은 휴양지에서 석양을 배경으로 야자나무 그늘 아래 누워 맘껏 휴가도 즐기고 싶지 않은가?

수많은 청중들의 마음을 사로잡을 수 있을 만큼 멋진 강연을 하는 건 어떤가? 이태석 신부처럼 헌신적인 봉사활동으로 많은 사람들의 기억 속에 오래도록 남고 싶기도 할 것이다. 긴 세월이 흘러도 사람들에게 큰 울림을 줄 수 있는 훌륭한 시나 소설을 쓸 수만 있다면 더 바랄 게 없을 것 같기도 하다.

그런데 바라기만 한다고 되는 일은 아무것도 없다. 이루려면 뭐든 시작해야 한다. 어떻게 해야 하는가? 자신부터 제대로 알아야 한다. 나는 누구인가? 내가 알고 있는 나와 다른 사람들이 알고 있는 나는 어떻게 다르고 같은가? 진즉부터 내 안에 들어 있으나 정작 나는 발견하지 못한 남다른 능력 같은 건 혹시 없는가?

그걸 알아내는 가장 좋은 방법은 자신에 대해 진지하게 생각하는 것이다. 지난날을 어떻게 살아왔는가? 현재 자신의 모습은 어떤가? 그런 다음 그 내용을 글로 쓰는 것이다. 그러면 나를 발견하고 정리할 수 있다. 나아가 지금보다 더 큰 나로 가꾸어갈 수도 있다. 물론 나를 키워가는 길은 각자의 선택에 달려 있다. 그중 하나가 바로 글

쓰는 사람을 닮아가는 것이다.

지속적으로 글을 쓰면 나 또한 그들처럼 책도 많이 읽게 되어 아는 것도 많아지고, 감수성도 풍부해지고, 세심하게 관찰하는 습관도 생기며, 박학다식해질 뿐만 아니라 넓고 깊고 체계적으로 생각할 줄 알게 될 거라는 믿음을 지금부터 마음속에 꾹꾹 다져보라는 말이다.

앞서도 보았지 않은가? 글을 쓰는 사람들이 갖고 있는 다양한 특성들 중에 별로 가치가 없거나 세상을 살아가는 데 그다지 쓸모없다고 생각되는 것이 어디 하나라도 있었는가? 오히려 그런 점들을 갖춰가는 것이 바로 사람다운 삶을 살아가는 길이 아닌가를 묻고 있는 것이다.

> 매화꽃이 피면
>
> 그대 오신다고 하기에
>
> 매화더러 피지 말라고 했어요
>
> 그냥, 지금처럼
>
> 피우려고만 하라구요
>
> — 김용택, 「매화」 전문

짧은 시 한 편이 잔잔한 울림을 주고 있다. 봄이 오면 산과 들에서 지천으로 피어나는 게 '매화'다. 어딘가에서 매화를 발견한 시인은 잠시 걸음을 멈추고 매화에게 눈길을 주다 말을 건다. 이를 통해 시인은 사랑하는 '그대'를 당장 만나는 반가움보다 기다리는 설렘을 오래오래 지속시키고 싶어 하는 우리네 보편적 심정을 한 편의 깔끔한 시로 그려낸 것이다.

한번 생각해 보자. 이 시를 만약 당신이 썼다면, 당신도 가끔 이런 시를 쓸 수 있는 능력을 갖고 있다면 어떨까? 봄나들이를 다녀온 뒤 이런 시를 몇 편 써서 가까운 이들과 나눠 읽을 수 있다면…… 아, 상상만 해도 즐거운 일 아닌가!

그런 즐거움을 누리면서 당신도 스스로를 썩 괜찮은 사람으로 키우고 바꿔나갈 수 있다. 그러니 이제부터라도 글쓰기를 생활화하자. 지금까지와는 다르게 살고 있는 자신의 모습을 머지않아 발견하게 될 것이다.

나무 한 그루, 풀 한 포기까지도 무심코 지나치지 않게 될 것이다. 그걸 온전히 자기 것으로 만들기 위해 눈빛을 반짝이게 될 것이다. 인상적인 장면이 눈에 띄면 사진도 찍고, 열심히 메모도 하게 될 것이다.

주변에서 크고 작은 사건이 벌어지면 그걸 유심히 바라보며 골똘히 생각하기도 멈추지 않게 될 것이다. 새로운 지식이나 독특한 생각과 느낌이 담긴 책도 관심을 갖고 지속적으로 읽게 될 것이다.

이런 경험을 글로 다듬어서 지속적으로 쓰다 보면 머지않아 한층 성숙된 자신을 발견하게 될 것이다. 글쓰기야말로 나 자신을 다듬어 키우고, 나아가 자신을 크게 변화시키는 데 가장 유용한 수단이라고 말하는 것도 바로 이런 이유에서다.

안 쓰고 못 쓰면 나만 손해다

글재주가 영 신통치 않아서 글을 잘 못 쓴다고
미리 회의하거나 한탄하지 말자.
낙담하거나 포기할 이유는 더욱 없다.
이것저것 가리지 말고 많이 읽고, 자주 쓰고,
무엇이든 골똘히 생각하는 습관을 들이다 보면 그저 좋아서,
그야말로 쓰고 싶어서 글을 쓰게 될 것이다.

행복한 마음의 감옥

"비록 내일 지구의 종말이 온다 해도 나는 오늘 한 그루 사과나무를 심겠다."

네덜란드의 철학자이자 소설가인 스피노자(Benedict de Spinoza)가 남긴 유명한 말이다. 그는 또 다음과 같은 말도 남겼다고 한다.

"자신은 할 수 없는 일이라고 생각하는 동안은 그걸 하기 싫다고 다짐하는 시간이기도 하다. 그러므로 그것은 결코 실행될 수 없다."

누구나 좋아하는 사람이 있고 싫어하는 사람도 있다. 좋아하는 사람하고는 허구한 날 함께하고 싶지만, 싫은 사람은 얼굴을 대하는 것조차 막무가내로 꺼려진다. 좋아하는 일은 아무리 자주 해도 즐겁고, 싫어하는 일은 생각만 해도 한숨부터 나온다. 인지상정이다.

글쓰기도 마찬가지다. 글은 자신이 살아가면서 얻은 생각과 느낌을 정리하는 가장 효과적이고 구체적인 방법 중 하나다. 그런데 경우에 따라 쓰고 싶은 글이 있고, 쓰기 싫은데도 억지로 쓰지 않으면 안 되는 글도 있다. 같은 양식의 글이라도 어떤 이는 쓰기 싫다고 요리조리 피해 다니는가 하면, 또 어떤 사람은 그런 글을 쓰는 게 유일한 낙이라고 한다.

글은 왜 쓰세요? 애인이 없잖아요. 그럼 당장이라도 애인이 생기면 안 쓰겠네요? 에이, 그런 게 어딨어요? 애인이 없어서 글을 쓴다고 했잖아요. 누가요? 방금 그랬잖아요. 그거야 그냥 하는 소리죠. 정경 씨 이름으로 방송 나가는 것도 아닌데, 도대체 그런 원고는 뭣 땜에 그렇게 공들여 써요? 재밌잖아요. 재미라고요? 그럼요. 제가 안 쓰면 방송을 못 하거든요. 그리고 이게 얼마나 청취율이 높은데요? 누가 정경 씨를 직접 알아주는 것도 아니고, 그런다고 방송국에서 대우를 제대로 해주는 것도 아니라고 들었는데…….. 대우라고요? 아, 돈요? 그건 잘 몰라서 하시는 소리예요. 잘 모르다니요? 돈 보고 쓸 거 같았으면 이거, 벌써 때려치웠게요?

자신이 쓴 원고로 제작한 방송을 많은 사람들이 즐겨 듣기 때문에, 애인을 만들 생각이나 겨를도 없이, '대우' 따위는 아랑곳하지 않고 방송 원고를 쓴다고 한다. 이유는 오직 하나, 뿌듯한 보람을 느낄 수 있어서란다. 세상에 이런 사람이 어디 그렇게 흔하냐고? 그렇긴 하다. 그런데 이보다 더한 사람도 있다.

너 또 시 쓰고 앉았냐? 그런데요. 이번에는 또 뭘 쓰냐? 아, 이거요? 그래, 그 시라는 거 말이다. 제가 어제 지리산으로 등산을 다녀왔거든요. 그래서? 계곡을 내려오면서 보니까 얼음이 쓸쓸히 녹아내리는데 그게 안쓰럽더라고요. 그래서? 그래서라니요? 계곡에서 얼음이 녹는 거하고 니가 시를 쓰는 거하고 무슨 상관이냐는 말이다. 왜 상관이 없어요? 이런 녀석을 보았나. 내 말은, 그걸 왜 굳이 쓰냐고 묻는 거다. 이건 그냥 쓰는 거예요. 그러니까, 왜 쓰냐고? 그냥 쓰는 거

라니까요. 그냥 써서 뭐하게? 그냥, 뭐, 써서 다른 사람들하고 같이
읽으려고요. 너는 그게 그렇게 재미가 있냐? 당연하지요. 이런, 미친
놈!

겨울 산행을 갔다가 계곡에서 혼자 녹고 있는 얼음을 발견하고
그 감흥을 한 편의 시로 열심히 옮겨 쓴다. '미친 놈' 소리까지 들으
면서 '그냥' 쓴다. 굳이 이유를 대자면 '써서 다른 사람들하고 같이
읽으려고' 해서다.

이렇게 글을 쓰는 게 마냥 즐겁다고 말하는 사람들이 의외로 많
다. 까닭을 물으면 돌아오는 대답은 "그냥 좋아서"라고, 대부분 같
다. 누가 시키거나 강요하지도 않는데 그냥 쓰고 싶어서, 순전히 자
유의지에 따라 글을 쓰는 것이다.

그런 이들이 주로 쓰는 글은 시나 소설, 수필 등의 문예문인 경우
가 대부분이다. 때로는 머리칼까지 쥐어뜯어가며 이들이 글을 쓰는
목적은 크게 두 가지다. 하나는 내면의 정리이고, 다른 하나는 타인
과의 '교감'을 통한 '동화'다.

다솔이의 정오의 희망곡 - 1부
#오프닝

- Signal Up
유럽 여러 나라의 음식 중에는요,

메뉴에 사람 이름을 붙인 것이 많대요.
스페인에 가면 〈헤밍웨이의 한숨〉이라는
와인을 마실 수 있고요,
로마에는 〈카이사르의 샐러드〉가 있고,
오스트리아 빈에서는 또
〈모차르트의 눈물〉이라는 이름의
커피를 마실 수 있다네요.
그리고 영국에는 〈바이런의 스테이크〉라는
음식도 있대요.

- Signal Up
이렇게 세계의 명소에서 맛볼 수 있는
예술가의 이름을 붙인 음식들 때문에
그곳은 또 한 번 명소가 되는 거죠.
여러분은 이 중에 어떤 음식을
가장 맛보고 싶으세요?
〈헤밍웨이의 한숨〉이라는 와인?
〈모차르트의 눈물〉이라는 이름의 커피 한잔?
그것도 아니면 〈바이런의 스테이크〉?

- Signal Up
그곳에 잠시 머물 수만 있다면

어떤 걸 마시고 먹든 행복할 것 같지 않은가요?

그렇다면 이건 어떨까요?

지금부터 나만의 명물을 한번 만들어 보는 거예요.

내가 사는 집, 내가 즐겨 마시는 찻잔,

혹은 내가 만든 요리에

나만의 이름을 붙여 보는 거지요.

그러면 다른 사람은 몰라도

적어도 나 자신한테는 명물이 될 수 있겠죠?

왜 그 유명한 김춘수 시인의 시에도 있잖아요.

'내가 그의 이름을 불러 주었을 때

그는 나에게로 와서 꽃이 되었다'

- Signal Up

꽃 같은 여러분이 찾아주신

바로 이곳도 명소가 될 수 있을까요?

다솔이의 정오의 희망곡~

다솔이예요~!

　애인 만들기보다 글 쓰는 게 더 좋다고 했던 작가가 직접 쓴 어느 라디오 프로그램의 오프닝 멘트다. 이 안에는 작가의 생각과 느낌이 정리되어 있다. 그리고 아나운서나 DJ의 입을 빌려 작가는 수많은 청취자들과 교감하고 그들로부터 공감을 얻는 것이다.

물론 '미친놈' 소리까지 들어가면서 밤을 새워 쓴 시 한 편을 가까운 이들과 나눠 읽음으로써 자신만의 생각과 느낌을 공유할 수도 있다. 그런 과정을 통해 타인을 '나'의 생각과 느낌에 동화시키는 것이다.

내면을 정리하는 글로 대표적인 것이 일기다. 다른 사람과의 직접적인 교감이나 동화가 목적인 글로는 편지가 있다. 신문이나 잡지의 기사(논설, 칼럼 포함), 방송 원고, 시나 소설 등의 각종 문예문은 불특정 다수와의 교감을 통해 그들을 자신과 동화시키려고 쓰는 글이다.

자신이 직접 쓴 작품으로 많은 이들과 활발히 교감하는 과정에서 타인과 자신의 생각과 느낌이 하나가 되는 것이야말로 글을 쓰는 가장 큰 즐거움일 것이다.

물론 글을 쓰는 일은 안락한 소파에 앉아서 TV를 시청하는 일보다 정신적으로나 육체적으로 힘든 노동임에 틀림없다. 앞서 살펴본 방송작가나 시인의 경우도 예외가 아닐 것이다. 그들도 마음먹은 대로 글이 진척되지 않을 때는 글쓰기를 형벌처럼 생각하기도 한다.

그런데 비록 형벌이나 감옥처럼 여겨질지언정 그 과정에서 자신을 발견하고 장차 다른 이들과 활발히 소통할 수 있다면 아, 글쓰기, 그건 얼마나 즐겁고 행복한 일이겠는가!

닦으면 생기는 글 솜씨

이러저런 일로 가끔 주위 사람들에게 글을 써달라고 부탁할 일이 생긴다. 그중에는 글재주가 없어서 도저히 못 쓰겠다고 손사래부터 치는 이들도 있다. 물론 자신이 쓴 글을 한번 읽어 봐달라는 이들도 적지 않은데, 그들은 또 슬그머니 이렇게 덧붙이마저 잊지 않는다.

"내가 이거 글 솜씨가 영 신통치 않아서……."

일반적으로 '재주'나 '재능'은 선천적으로 타고난 능력을 가리키는 말이다. '솜씨'는 열심히 갈고 닦아서 후천적으로 얻은 실력을 가리킬 때 주로 쓴다. 그러므로 '1%의 영감과 99%의 노력'이라는 해묵은 경구를 굳이 원용하지 않더라도 '글 솜씨가 영 신통치 않아서' 글을 못 쓴다고 하는 건 대부분 핑계에 가깝다. 살아오는 동안 글을 진지하게 자주 써 본 적이 없음을 고백하는 것과 같다.

그래, 좋다. 지난날에는 글 솜씨를 제대로 갖출 만한 시간이나 마음의 여유가 없었다고 치자. 그럼 이제부터라도 글을 잘 쓰기 위해서는 어떻게 해야 하는가?

중국 북송시대의 문인 구양수(歐陽脩)가 남긴 말은 글 솜씨를 갖추고 싶은 이들에게는 여전히 금과옥조다. 널리 알려진 것처럼 그는 '다독(多讀)' '다작(多作)' '다상량(多商量)'을 강조했다. 많이 읽고, 많이 쓰고, 많이 생각하라는 것이다. 과연 어떤 책을 얼마나 많이 읽고, 어떤 식으로 자주 쓸 것이며, 무엇을 어떻게 생각해야 글 솜씨를 갖추는 데 도움이 될까?

먼저 '다독'을 생각해 보자. 이건 말 그대로 책을 많이 읽으라는 뜻이다. 책에 든 것은 모두 글이다(아이들이 주로 보는 그림책이나 사진작가가 펴낸 사진책 등은 물론 예외다. 그렇다고 이런 책들이 글쓰기에 도움이 되지 않는 것은 아니다). 책 속의 글은 그걸 쓴 사람이 체험해서 얻은 지식이나 생각과 느낌의 결정체다. 그러니까 책을 읽는다는 건 그걸 간접적으로 체험하는 과정이 된다.

지속적인 독서를 통해서 간접체험을 축적했다는 건 어떤 운동 경기를 끝까지 소화해 낼 수 있는 기초체력을 다졌다는 뜻이기도 하다. 풍부한 간접체험은 글이 더디게 진행될 때 이야기를 자연스럽게 풀어나갈 수 있는 힘이 되어주기 때문이다.

그러면 어떤 글을 얼마나 읽어야 하는가?

다다익선(多多益善)이다. 어떤 시인은 시 한 줄을 쓰기 위해서 백 줄 이상을 읽는다고 고백했다. 그야말로 일당백(一當百) 아니면 일당천(一當千)이다. 수필이든 소설이든 백 편 이상 읽고 한 편을 쓰겠다는 생각을 가지라는 말이다.

물론 수필을 쓰려면 수필만 읽고, 시만 읽어서 시를 쓰라는 얘기는 아니다. 수필을 읽어서 소설을 쓰고, 소설을 읽어서 시도 쓰고, 시를 읽어서 수필도 쓴다. 식물도감을 열심히 뒤적거려서 시를 쓰는 데 도움을 얻기도 한다. 역사나 철학 관련서적을 탐독해서 소설감을 구하기도 하라는 말이다.

'다작'의 필요성에 대해서는 두말하면 잔소리일 것이다. 하지만 이때도 중요한 게 하나 있다. 무조건 많이 쓴다고 잘 쓸 수 있는 건 아니라는 말이다. 그건 당구장에서 오랜 시간을 보냈다고 당구 실력이 저절로 느는 게 아닌 것과 같은 이치다. 기왕 당구 얘기가 나왔으니 한 가지 예를 들어보자.

짧은 시간에 당구 실력이 일취월장하는 이들에게는 몇 가지 특징이 있다. 우선 다른 사람이 치는 모습을 주의 깊게 바라본다. 그리고 자신의 차례가 왔을 때 당구공이 놓인 위치와 각도를 유심히 살펴보면서 어떻게 쳐야 성공 확률을 높일 수 있을지 신중하게 생각한다. 막상 당구공을 쳤는데 원하는 대로 맞지 않았을 때도 그들은 비록 짧은 시간이지만 자신이 어떻게 쳐서 어느 정도 빗나갔는지까지 분석한다.

당구장에서 살다시피 하면서도 좀처럼 실력이 늘지 않는 이들의 모습은 대충 이렇다. 다른 사람이 당구공을 칠 때 담배연기를 두어 모금 맛나게 빨거나 콜라를 시원하게 마시면서 자신의 차례가 빨리 돌아오기만 기다린다. 이내 차례가 돌아오면 맞혀야 할 공들이 놓인 각도를 건성으로 살피고, 가능한 재빠르게 공을 친다. 그리고 원하는 대로 맞지 않으면 푸념부터 늘어놓는다.

"에이, 오늘 따라 왜 이렇게 안 맞는 거야!"

이것이 바로 당구 실력이 늘지 않는 가장 큰 이유다. 글쓰기도 마찬가지다. 무조건 많이 쓰기만 하면 글 솜씨도 향상될 거라는 믿음은 당장 버리는 게 좋다. 그걸 기대해서도 안 된다.

어떤 일이든 바라는 성과는 투자한 시간의 양이 아니라 같은 시간을 들였어도 '얼마나 집중했느냐'에 따라 크게 달라진다. 글을 쓸 때는 단어 하나를 선택하는 데도 신중을 기해야 한다. 이보다 더 적절한 말은 없는지 찾아내려는 노력도 게을리 해서는 안 된다. 자신이 구사한 문장이 어법에 맞는지 꼼꼼하게 따져보는 습관도 가져야 한다. 그래야 장차 유려한 문장을 구사할 수 있고, 글 솜씨의 향상도 기대할 수 있다.

글은 반드시 끝맺음을 해야 한다는 것도 잊어서는 안 된다. 그 어떤 훌륭한 주제를 가지고 독특한 체험을 되살려서 썼다 해도 마무리를 짓지 않으면 글이라고 보기 어렵다. 성에 차지 않는다고 중도에 그만둔 수십 편의 미완성 글보다 내용이나 형식은 다소 어설퍼도 끝까지 쓴 한 편의 글이 자신의 글 솜씨를 향상시키는 데 훨씬 도움이 많이 된다는 걸 마음속 깊이 새겨두자.

'다상량'은 생각을 많이 하라는 것이다. 생각도 어떻게 하느냐에 따라 글쓰기에 직접 도움이 되기도 하고, 그렇지 못하기도 한다.

생각을 통해 글 솜씨를 향상시키려면 우선 관찰하는 습관을 가져야 한다. 관찰은 독서와 달리 자신의 눈으로 어떤 대상이나 현상, 사건을 직접 바라보고 확인하는 직접체험의 과정이다.

참나무 장작은 소리 없이 탄다

속삭이듯 가끔씩 던지는 다비의 숨소리와

살아서 나무속을 돌아 나오는 푸른 불꽃이

오래오래 저를 태우고

다른 것의 밑불이 된다

불똥을 밖으로 휙휙 내던지거나

요란한 소리를 내며 타는 낙엽송과는 다르다

소나무나 아까시나무 장작처럼

제 몸보다 긴 검붉은 불꽃을 회감아 올리며

순식간에 작열하게 타지도 않는다

그러나 잉걸불이 되어 한밤중까지 환한 것은

참나무다 희고 따순 재를 살짝 걷어내면

새벽까지 안으로 타는

뜨거움을 간직하고 있는 것도 참나무다

소리 없이 제일 늦게까지

제 몸을 태우며 남아 있는 것은

— 도종환, 「참나무 장작」 전문

시인/시적 화자는 아궁이에 참나무 장작불을 때면서 그것이 불꽃을 피워내는 모양을 관찰한다. 참나무 장작이 타는 소리에 귀를 기울여 '속삭이듯 가끔씩 던지는 다비의 숨소리'까지 자세히 듣고 있다. '나무속을 돌아 나오는 푸른 불꽃이 오래오래 저를 태우고 다른 것의 밑불이' 되는 걸 '소나무나 아까시나무 장작'과 비교해서 바라보기도 한다.

관찰의 대상은 풀 한 포기부터 지구 반대편에서 벌어지는 전쟁이나 축구경기까지, 세상에 존재하거나 그 안에서 벌어지는 모든 것들이다. 그중에는 자신의 눈으로 직접 볼 수 있는 것도 있고, TV나 신문과 같은 대중매체의 힘을 빌려야 하는 것도 있다.

관찰은 꼼꼼하게 해야 한다. 대상에 자신의 생각과 느낌을 수시로 집어넣으라는 말이다. 그런 식으로 행한 관찰만이 글의 깊이와 넓이를 더해줄 것이다. 독서와 더불어 지속적이고 꼼꼼한 관찰은 다양하고 깊이 있는 생각의 원천이 된다.

생각도 연습이 필요하다. '연습'에는 '반복'의 뜻이 들어 있다. 모든 게 다 그렇듯 생각도 많이 혹은 자주 해 본 사람이 잘 한다. 생각은 어떻게 연습해야 하는가?

모든 생각의 대상은 어떤 사물이나 사건, 현상들이다. 그러니까 주위에서 흔히 볼 수 있는 모든 것에 관심을 갖는 것이 생각의 출발점이다. 대개는 그 대상에 의문점을 던지는 것으로 생각을 연습하기 시작한다.

예고도 없이 첫눈이 펑펑 쏟아지자 그녀는 스마트폰으로 남자친구에게 연락해서 만나기로 약속한다. 스마트폰을 핸드백에 집어넣던 그녀는 문득 이런 생각에 잠긴다.

스마트폰이나 핸드폰이 없던 시절에는 다들 어떻게 연애를 했을까? 갑자기 보고 싶어도 여친이나 남친이 어디 있는지 정확히 모르면 오늘처럼 첫눈이 갑자기 내려도 못 만났을 거 아냐?

아, 공중전화가 있었지. 어쩌면 이렇게 첫눈이 예쁘게 쏟아지면 공중전화 부스 앞에 사람들이 줄을 섰을지도 몰라. 그래도 서로 연락이 안 닿아 못 만나면 어떡하지? 그런 일이 생기면 또 서로 얼마나 안타까웠을까?

하긴 그렇기 때문에 연애하기 좋은 점도 분명히 있었을 거야. 목소리를 듣고 싶어도 당장 어떻게 할 수 없으니까 그리움은 더 깊어졌을 거고, 그러다 보면 사랑도 첫눈처럼 소담스럽게 쌓였겠지.

이 스마트폰 덕택에 누구한테든 바로바로 연락을 할 수가 있어서 편리하기는 하지만, 반대로 요즘 연애는 너무 즉흥적인 면도 있긴 해…….

스마트폰이 없던 시절 어느 날 첫눈이 내리는 풍경을 머릿속으로 그려보는 것도 괜찮다. 그러다 보면 이태리 가수 살바토레 아다모(Salvatore Adamo)의 〈눈이 내리네(Tombe la Neige)〉가 흘러나오는 레코드가게 앞에 펑펑 쏟아지는 눈을 맞고 서서 손목시계를 자꾸 들여다보는 한 남자의 모습이 눈앞에 선명하게 떠오를지도 모른다. 또 힘없이 수화기를 내려놓고 공중전화 부스를 나서서 눈이 쏟아지는 거리의 인파 속으로 사라지는 한 여자의 쓸쓸한 뒷모습도 자연스럽게 그려지지 않을까?

스마트폰 하나를 두고도 우리는 이처럼 다양한 생각을 할 수 있다. 물론 생각이 꼬리를 물다 보면 이보다 더 구체적이고 생생한 장면까지 떠오를지도 모른다. 이런 생각들은 '첫눈'과 관련된 글을 쓸 수 있는 소중한 자산이 되어줄 것이다.

인터넷 신문기사를 읽고 댓글을 검색해 보는 것도 생각을 연습하는 좋은 방법 중 하나다. 일상생활에서 자신과 관련된 크고 작은 일이 발생했을 때 여러 각도에서 그 원인을 따져보는 것도 좋다.

많은 사람들로부터 공감을 얻을 수 있는 해결방안은 없는지 진지하게 고민해 보는 것도 나쁘지 않을 것이다. 자신이 저지른 실수를 돌이켜보면서 상대방이 왜 그런 행동을 했는지, 자신으로 인해 그 사람은 어떤 마음의 상처를 입었을 것인지 입장을 바꿔보는 방법도 있다.

생각을 곰곰이 자주 하다 보면 자연스럽게 남다른 지혜와 판단력이 생긴다. 이런 능력들이 글쓰기에 직접 도움이 될 것임은 두말할 필요가 없다.

누구나 쓰는 글

글재주가 영 신통치 않아서 글을 잘 못 쓴다고 회의하거나 한탄하고만 있지 말자. 낙담할 필요나 포기할 이유는 더욱 없다. 그것은 자신의 게으름을 인정하는 것과 같다.

책을 읽는 건 골치 아프고, 어떤 일에 관심을 갖고 자세히 관찰하는 일도 번거롭고, 뭔가를 골똘히 생각하기보다는 즉흥적으로 먹고 마시는 게 취향에 맞아서 그냥저냥 되는대로 살고 싶은 사람은 평생 글을 쓸 수 없을 것이다.

누구나 쓸 수 있는 게 글이다. 그런데도 많은 사람들은 글쓰기를 꺼린다. 왜 그럴까? 습관이 되어 있지 않아서다. 뭐든 처음에는 다 어렵다. 그런데 어떤 일이든 지속적으로 반복하다 보면 습관이 붙게 되고, 처음보다는 훨씬 잘 할 수 있게 된다. 자신이 잘 하는 일을 싫어하는 사람은 많지 않을 것이다.

사람이 쓰는 게 글이라고 했지 않은가! 문자를 사용해서 생각과 느낌을 표현하면 글이 되는 거라고 했지 않은가! 중요한 것은 글을 대하는 마음가짐이다. 열심히 자주 쓰다 보면 누구나 글을 잘 쓸 수 있는 능력을 갖게 될 것이다.

눈에 보이는 것이면 무엇이든 자세히 관찰하고, 그 대상에 자신만의 생각을 끝없이 불어넣자. 그리고 다양하게 상상해 보는 습관을 갖자. 그러면 나도 쓸 수 있다. 그게 바로 '즐겁고 행복한 글쓰기'다. 그렇게 쓰는 글만이 나를 바꿔나가는 데 도움이 될 것이다.

자, 이제부터라도 쓰기를 시작하자. 글 솜씨가 부족하다고 망설이고만 있으면 앞으로도 영원히 글을 못 쓰게 될지 모른다. 그렇게 안 쓰고 못 쓰면 결국 나만 손해다.

파내듯 읽기와 베껴 쓰기의 힘

손톱으로 파내듯 꼼꼼하게 읽자.
단어나 문장 하나까지 짚어가면서
이야기를 그렇게 쓴 의도가 무엇인지 작가와 끊임없이 대화를 나누자.
글의 행간에 무엇을 숨겨두었는지 작가와 지속적으로 교감하자.
그리고 밤을 새워가며 노트에 베껴 쓰기를 계속하자.

글을 쓰는 이유와 방법

친구 따라 강남 가고, 갓 쓰고 장보러 간다 했던가? 고등학교 3년 동안 어울려 다니면서 술을 퍼마신 덕에 우정이 돈독해진 친구의 꼬드김에 넘어가 문예창작학과에 입학한 학생이 있었다.

막상 들어가 보니 학과 분위기가 장난이 아니더란다. 지마다 소설이니 시니 드라마를 쓰겠다고 눈빛을 반짝이는데, 정작 자신은 어릴 적 일기숙제 말고는 글이라는 걸 써본 적이 없었던 것이다. 눈앞이 캄캄할 수밖에……

글은 아무나 쓰는 줄 아느냐고, 허구한 날 술이나 퍼먹고 다니던 녀석이 무슨 놈의 글을 쓰겠다는 거냐고 아버지가 그토록 반대했던 까닭을 비로소 이해할 수 있을 것 같았다. 후회가 막심했지만 알량한 자존심이 그런 속내를 드러내기는 허락하지 않았다.

"야, 니들은 도대체 어떤 식으로 글쓰기 공부를 하냐?"

강의를 빼먹고 벌건 대낮부터 막걸리를 퍼마시다가 그는 자신을 꼬드겼던 친구한테 하소연을 했더란다. 그랬더니 돌아오는 대답이 하도 어처구니가 없어서 그만 입을 다물고 말았더란다.

"몰라, 짜식아! 그냥 막 쓰기만 하면 돼!"

이제 와서 책임지라고 할 수도 없는 노릇이었다. 당장 '막 쓰는' 건 자신이 없어서 그는 우선 '막 읽기'나 하기로 마음먹고 다음 날부터 닥치는 대로 책을 뒤적거리기 시작했다. 그러다가 우연히 눈에 띄는 대목 하나를 발견했다. 소설가 신경숙이 대학시절 습작기를 회고하면서 쓴 글이었다.

> 그냥 눈으로 읽을 때와 한 자 한 자 노트에 옮겨 적어볼 때와 그
> 소설들의 느낌은 달랐다. 소설 밑바닥으로 흐르고 있는 양감을 훨씬
> 세밀하게 느낄 수가 있었다. 그 부조리들, 그 절망감들, 그 미학들, 필
> 사를 하면서 나는 처음으로 이게 아닌데, 라는 생각에서 벗어날 수
> 있었다. 이것이다. 나는 이 길로 가리라. 필사를 하는 동안의 그 황홀
> 함은 내가 살면서 무슨 일을 할 것인가를 각인시켜준 독특한 체험이
> 었다.
>
> — 신경숙, 『아름다운 그늘』 중에서

남의 글을 무작정 노트에 베껴 쓰는 게 무슨 도움이 될까 싶었지
만, 그래도 유명한 작가의 경험담이니 순전히 뻥은 아니겠지 하는
생각이 들었다. 딱히 당장 뭘 제대로 쓸 줄도 모르는 판에 술이나 퍼
먹고 다니면서 빈둥거리는 것보다는 낫겠다 싶어서 그는 한 번 속
는 셈 치기로 했다.

그는 우선 도서관에 가서 최근 몇 년 동안 문학잡지에 발표된 단
편소설을 닥치는 대로 읽기 시작했다. 처음에는 잘 이해가 안 되는
소설이 대부분이었다. 그래도 그날 읽은 작품 중에는 그런대로 마음
에 드는 게 한두 편은 있었다. 그걸 복사해다가 밤을 새워가며 손목
이 아프도록 노트에 옮겨 썼다.

그렇게 하다 보니 한 학기 동안 그가 읽은 단편소설이 무려 오백

편에 이르렀다. 노트에 필사한 소설도 자그마치 백 편에 달했다. 직접 창작한 글이 아닌데도 그동안 자신이 베껴 쓴 노트는 쳐다보기만 해도 왠지 뿌듯해지는 것 같은 기분이 들었다.

그뿐이 아니었다. 소설을 읽는 눈도 조금씩 생기는 것 같더란다. 좋은 소설과 그렇지 않은 소설도 분별할 수 있게 되더란다. '소설이란 게 이런 식으로 쓰는 것이구나' 하는 소설작법에도 차츰 눈이 뜨이더라는 것이었다.

주위에서 누가 어떤 얘기를 심각하게 들려주면 '이거 딱 소설감인데?' 하는 생각도 저절로 생겨나기 시작했다. 그러던 어느 날 집안 어른들이 모여서 할아버지 산소를 이장하는 문제로 의견이 엇갈리는 모습을 보고 그는 그걸 끌어다가 소설을 써보기로 했다. 여름방학 동안 그는 작심하고 집에 틀어박혀 단편소설 하나를 만들었다.

가을 학기가 시작되고 얼마 지나지 않아서 그는 우연히 교내 신문에 실린 문예작품 현상공모 광고를 발견했다. 그는 방학 때 썼던 소설을 손질해서 남들 몰래 '장난삼아' 투고했다. 며칠 뒤 그는 신문사 기자로부터 당선 통보 전화를 받았다. 그 소식을 듣고 더 놀란 건 그를 문예창작학과로 꼬드겼던 친구였다고 한다.

이 이야기가 뻥일 거라고 생각하는가? 천만의 말씀, 실제로 있었던 일이다. 자, 어떤가? 아직도 글은 특별한 재주를 가진 사람만 쓰는 것이라고 생각하는가?

필사의 효능

　누구나 쓸 수 있는 게 글이다. 어째서 그런가? 글이란 본디 '사람의 생각이나 느낌을 문자언어로 표현한 것'이기 때문이다. 많이 억지스러운가? 그렇다면 앞서 제시한 글의 정의를 하나씩 짚어가면서 다시 생각해 보자.

　사람만 쓸 수 있는 게 글이라고 했는데 우리는 당연히 사람이다. 또 깊든 얕든, 섬세하든 그렇지 못하든 나름의 생각이나 느낌을 갖고 산다. 문자언어도 사용할 줄 안다. 자신을 표현하는 일이야 사람이라면 누구나 갖고 있는 본능 중 하나다.

　이만하면 충분하지 않은가? 우리는 누구나 글을 쓸 수 있는 기본적인 조건을 갖추고 있는 것이다. 관건은 '생각과 느낌' '문자언어의 사용능력' '표현의 욕구' 이 세 가지를 하나로 결합하는 행동을 적극적으로 하느냐 마느냐에 있다.

　앞서 살펴본 사례는 두 가지 사실을 새삼 떠올리게 한다.

　하나는, 어쩌면 그가 이미 글을 쓸 수 있는 재능을 갖고 있었는지도 모른다는 것이다. 다만 학교를 다니는 동안 그런 교육을 제대로 받은 적이 없었고, 굳이 뭘 써야 할 이유도 없었기 때문에 술만 퍼마시고 다녔던 것이다(아, 술도 누구와 어떻게 퍼마시느냐에 따라 글쓰기에 도움이 될 수 있다는 사실!). 또 하나는, 글쓰기 연습 단계에서 다른 작가가 쓴 작품을 인내심을 갖고 지속적으로 베껴 쓰는 일이 얼마나 큰 도움이 되느냐 하는 것이다.

안도현 시인이 고백한 습작기의 일부를 보자. 대학 1학년 때 그는 백석의 시를 처음 읽고는 그만 '눈이 멀어버렸다'고 고백한 바 있다.

나는 백석의 새로운 시를 만날 때마다 노트에 한 편 두 편 옮겨 적기 시작했다. 그럴 때면 묘한 흥분과 감격에 휩싸여 손끝은 떨리고 이마는 뜨거워졌다.

나는 그야말로 필사적으로 필사했다. 그런 필사의 시간이 없었다면 내게 백석은 그저 하고많은 시인 중의 하나로 남았을 것이다. 그가 내게 왔을 때, 나는 그의 시를 필사하면서 그를 붙잡았다. 그건 짝사랑이었지만 행복했다. 나는 그의 숨소리를 들었고, 옷깃을 만졌으며, 맹세했고, 또 질투했다. 사랑하면 상대를 닮고 싶어지는 법이다.

필사는 참 좋은 자기학습법이다. 시의 앞날이 보이지 않을 때, 어쩌다 눈에 번쩍 띄는 시를 한 편 만났을 때, 짝사랑하고 싶은 시인이 생겼을 때, 당신은 꼭 필사하는 일을 주저하지 마라. 그러면 시집이라는 알 속에 갇혀 있던 시가 날개를 달고 당신의 가슴 한쪽으로 날아올 것이다.

— 안도현, 『가슴으로도 쓰고 손끝으로도 써라』 중에서

이런 경험담은 비단 시뿐 아니라 소설이나 수필, 공문서, 보고서, 자기소개서 등의 글쓰기를 시작하려는 이들이라면 누구나 깊이 새겨들을 만하다. 물론 몇 편 베껴 쓴다고 당장 글이 저절로 써지는 건 아니다. 그럼 어떻게 해야 하는가?

모방·흉내·따라하기

　화실에 가면 반드시 눈에 띄는 것이 있다. 아그리파, 줄리앙, 비너스, 아리아스 등의 이름을 가진 하얀 석고상들이다. 회화나 디자인 같은 미술 영역에 뛰어든 이들은 기초 단계에서 누구나 할 것 없이 부지런히 석고 데생을 연습한다.

　스페인 태생의 입체파 화가로 유명한 피카소의 그림들을 떠올려보라. 이게 정말 유명 화가의 그림일까 싶은 생각이 들지 않는가? 어떤 작품은 초등학생도 얼마든지 그릴 수 있을 것처럼 여겨지기까지 한다. 그런데 혹시 알고 있는가? 연습생 시절 그가 그린 데생 작품이 실물과 완벽에 가까울 만큼 정교했다는 사실을…….

　노래에 자신이 없는 이들도 가수들이 부른 노래를 한 대목씩 나누어 지속적으로 흉내를 내다보면 웬만큼 음정과 박자를 맞춰 노래를 부를 수 있게 된다. 다른 예술 영역처럼 글쓰기 또한 모방/따라하기에서 시작한다.

　자, 이제 수필이나 동화를 쓰고자 간절히 열망하는 당신에게 묻는다. 당신의 마음을 송두리째 무너뜨리고 눈을 멀게 한 수필가나 동화작가가 있는가? 있다면 누구누구인가? 그간 진지하게 읽은 수필이나 동화는 몇 편인가? 바로 지금, 내용이나 줄거리를 훤히 꿰고 있는 작품은 과연 얼마나 되는가?

　장차 시인이 되고 싶은 당신에게도 묻지 않을 수 없다. 지금 이 순간 당신이 단어나 음절 하나까지 빠뜨리지 않고(시에서는 이런 것까지도 매우 중요하다) 줄줄 암송할 수 있는 시는 몇 편인가? 시를 한 이백 편쯤 암송하면 누구나 시를 쓸 수 있다는 말을 혹시 한번쯤이라도 들어본 적 있는가?

만약 당신이 시를 쓰고 싶다면 그동안 좋은 시를 많이 쓴 시인부터 찾아 나서자. 동화를 쓰고 싶은 당신이라면 우리나라(물론 외국 작가도 좋지만)의 좋은 동화작가늘은 누구인지부터 알아보자. 물론 수필을 쓰고자 하는 당신도 예외가 아니다.

당신의 눈을 멀게 할 만한 시인이나 수필가, 동화작가가 아니어도 괜찮다. 그저 마음에 쏙 들거나 그것도 아니면 '그런대로 괜찮다' 싶은 작가들이어도 무방하다. 그들이 펴낸 작품집을 닥치는 대로 수집하는 번거로움도 기꺼이 감수하도록 하자. 이 과정에서는 주변의 잘 아는 시인이나 동화작가, 수필가의 도움을 받을 수도 있을 것이다.

그런 다음 잠시 숨을 고르고, 옛날 선비들이 공부하는 모습(혹은 TV에서 봤던 장면)을 눈앞에 그려보자. 그들은 어떻게 하고 있는가? 책상다리를 하고 앉아서 주야장천 읽고 외우기를 반복하고 있지 않은가? 당신도 그들처럼 수집한 작품을 반복해서 읽도록 하자.

대충 읽어서는 안 된다. 몇날 며칠, 아니 몇 달이 걸리더라도 거기 적힌 문장 하나하나를 손톱으로 파내듯 꼼꼼하게 읽어야 한다. 물론 처음에는 이해가 잘 안 되는 작품도 있을 것이다. 어떤 건 이해는커녕 내용조차 파악하기 어려운 것도 있을지 모른다. 그래도 포기하지 말고 몇 번이고 반복해서 읽자.

자, 충분히 읽었으면 이제 밤을 새워가며 노트에 베껴 쓰기를 시작하자. 이따금 이게 뭐하는 짓인가 싶은 생각이 들지도 모른다. 그래도 베껴 쓰기를 멈춰서는 안 된다. 베껴 쓰면서 그 작품을 쓴 작가와 끊임없이 대화를 나누자. 단어나 문장 하나하나를 짚어가면서 그 대목을 그런 식으로 쓴 까닭은 무엇인지 수시로 묻고 답을 찾아보자.

이 과정을 반복하다 보면 어느 순간 자신이 쓰고 싶어 하는 글의 기본적인 개념이 펜을 쥔 손끝을 타고 온몸으로 퍼져나가는 걸 느끼게 될 것이다. 이야기는 어떻게 풀어나가고, 또 어떤 식으로 결말 지어야 더 큰 울림을 주는 글을 쓸 수 있는지에 대해서도 자연스럽게 눈이 열릴 것이다.

베껴 쓰기를 지속적으로 반복하면 맞춤법에 맞는 단어를 골라 적절히 활용할 수 있는 능력도 키울 수 있고, 문장을 어법에 맞게 쓸 수 있는 능력, 문장과 문장을 연결해서 자신의 의사를 효과적으로 전달하는 능력도 자연스럽게 갖출 수 있게 될 것이다. 이건 물론, 밤새워 공을 들인 베껴 쓰기의 덕이다.

2장

∴

쓸거리는 어느 곳에든 있다
무엇을 쓸 것인가

글감은 당신과 가까운 곳에 있다

거창한 글감을 찾아 멋들어진 글을 써야겠다고
마음을 굳게 먹는 한 글쓰기는 시작조차 하기 어렵다.
내가 겪은 것만 쓰기에도 원고지는 모자라고,
컴퓨터 모니터는 좁다고 믿자.
나는 나만의 체험을 지속적으로 해 왔고,
앞으로도 그럴 것이지 않은가!

딸아이의 브라자

목련꽃 목련꽃

예쁜단대도

시방

우리 선혜 앞가슴에 벙그는

목련송이만할까

고 가시내

내 볼까봐 기겁을 해도

빨랫줄에 널린 니 브라자 보면

내 다 알지

목련꽃 두 송이처럼이나

눈부신

하냥 눈부신

저……

– 복효근, 「목련꽃 브라자」 전문

사춘기로 접어든 딸아이의 신체 변화를 흐뭇하게 바라보는 아비의 눈길이 참으로 정겹다. 아비는 어느 날 마당의 빨랫줄에 걸린 딸아이의 '브라자'를 발견하고 그 아이의 '앞가슴에 벙그는 목련송이'를 떠올린다.

읽는 이의 마음까지 훈훈하게 덥혀주는 예쁘고 '하냥 눈부신' 한 편의 시는 거기, 그렇게 가까운 마당의 빨랫줄과 매일 한 집에서 얼굴을 마주하고 사는 시인의 딸아이에서 비롯되었다.

결론부터 말하자면 글감은 이 시인의 경우처럼 자신과 가까운 곳에서 찾는 게 가장 좋다. 모든 글은 자신의 체험을 바탕으로 쓰는 것인데, 가까운 곳에 있는 것일수록 그런 체험을 생생하게 되살릴 수 있을 것이기 때문이다.

두 가지 체험

불변의 진리가 있다. 아는 건 쉽고 모르는 건 뭐든 어렵다.

평생 농사만 지어온 농부가 얼음판에서 피겨스케이트를 신고 김연아 선수처럼 트리플 점프를 하겠다고 들면 어떻게 될까? 반대로 김연아 선수에게 삽을 쥐어주며 논의 물꼬를 트라거나 밭에 나가서 감자를 캐오라고 하면 어떨까? 평생 술을 입에 대본 적도 없는 사람이 술꾼들의 애끓는 심정은 또 어떻게 설명할 수 있을 것인가?

누구나 자주 해봐서 잘 할 줄 아는 일은 의욕적으로 시작해서 큰 성과를 거둘 수 있다. 김연아 선수에게 땔감으로 쓸 장작을 패라고 하면 그날 밤은 냉방에서 덜덜 떨 각오를 해야겠지만, 그녀는 피겨스케이팅의 다양한 기술을 습득하는 방법에 관해서는 거침없이 설명할 수 있을 것이다.

글을 쓰는 일도 마찬가지다. 앞서 글쓰기란 생각과 느낌을 문자언어로 표현하는 것이라고 했다. 글감은 당연히 생각과 느낌을 갖게 한 그 어떤 것들이다. 여기서 말하는 '그 어떤 것'은 자신이 체험한 것을 가리킨다.

체험은 사람을 사람답게 변화시키는 힘을 갖고 있다. 어린아이가 세상물정을 잘 모르는 것은 세상살이의 체험이 부족하기 때문이다. 하지만 그 아이도 성장하면서 다양한 체험을 하면 많은 지식을 축적해서 세상물정을 잘 이해할 수 있게 된다.

삶의 질이나 방향도 체험의 종류에 따라 결정된다. 농부는 농사일을 주로 체험해 왔고, 김연아는 피겨스케이팅 선수로서 빙판에서 무수히 넘어지고 수많은 대회에 참가하며 세상을 살아왔다. 그렇다 보니 농부는 농사일에, 김연아 선수는 피겨스케이팅과 관련된 것들에 해박한 지식을 갖게 된 것이다.

체험에는 간접체험과 직접체험 두 가지 종류가 있다.

간접체험은 다른 사람의 말을 듣거나 다양한 매체를 통해 보고, 듣고, 느끼는 것을 말한다. 우리는 시간을 조금만 내면 앉아서 TV를 통해 북극이나 아프리카 오지를 탐험할 수 있다. 심장병으로 죽어가는 연인 앞에서 가슴이 갈기갈기 찢어지는 흉부외과 의사의 심정도 대신 느껴볼 수 있다. 특히 독서는 책을 쓴 이가 갖고 있는 많은 지식과 다양한 생각과 느낌을 한꺼번에 대량으로 얻을 수 있는 대표적인 간접체험 방식이다.

"너의 이름은 무엇이냐?"

"전봉준이다."

"너는 이름과 호가 하나 둘이 아닌데 몇 개인가?"

"전봉준 하나뿐이다."

"전명숙은 누구의 이름인가?"

"내 자(字)다."

"전녹두는 누구인가?"

"세상 사람들이 가리키는 이름이지 내가 지은 이름이 아니다."

"나이는 몇 살이냐?"

"마흔한 살이다."

"사는 곳은 어디인가?"

"태인 산외 동곡이다."

"하는 일은 무엇인가?"

"선비로 업을 삼고 있다."

기초적인 신상부터 시작하여 차츰 심문은 삼월 기포의 상황으로 넘어간다.

"작년 삼월 고부 등지에서 민중을 모았는데 무슨 사연으로 그리하였는가?"

"그 무렵 고부 군수가 정해진 액수 외에 가렴한 것이 수만 냥이었으므로 민심의 원한으로 거사했다."

— 이광재, 「봉준이, 온다」 중에서

전봉준이 체포된 후 '우치다'라는 일본 영사의 심문을 받는 장면
이다. 동학혁명이라는 역사적 사실과, 전봉준과 관련된 여러 문헌이
나 책을 읽지 않고 이런 장면을 어떻게 이토록 생생하게 묘사할 수
있겠는가?

반면 직접체험은 살아가는 동안 몸으로 직접 부딪치고, 겪고, 보
고, 느끼는 것을 말한다. 우리 기억 속에 생생하게 살아 있는 것들
대부분은 직접체험을 통해 얻어진다. 직접체험은 하루하루 일상에
서 시작된다. 학교나 직장생활에서 이루어지는 다른 사람들과의 만
남과 교류 등이 여기에 속한다.

여행도 빼놓을 수 없는 직접체험의 하나다. 평소 쉽게 접할 수 없
는 세계로 가서 새로운 것을 직접 보고 듣고 느끼는 것이니, 삶을 풍
요롭게 만드는 체험으로 여행만한 것이 없을지도 모른다. 여행은 또
한 좋은 글감을 제공하는 마르지 않는 샘과 같은 것이기도 하다.

'아름다움이 극에 달하면 서럽게 여겨진다.'라는 말을 나는 한동
안 대책 없는 낭만지상주의자들의 철없는 소리로 여겼다. 그런 생각
을 수정하게 해준 것도 이 지역이다.

영암 월출산에서 뻗어 내린 산기운이 바다로 쑥 밀고 들어간 자리
에 해남반도가 들어서고, 이에 질세라 바다는 땅거죽에 이빨자국을
새기듯 강진만으로 밀고 들어왔다. 진도와 완도는 좌청룡 우백호처
럼 서 있고, 다도해 군도들이 시립해 있는 곳. 철을 가릴 것 없이 언
제나 이곳의 풍경은 변화무쌍하다. 인간의 손을 타지 않은 자연의 원

초적 관능이 이 지역 전체를 휘감고 있다. 여름이면 한없이 짙푸르고, 겨울이면 당당하게 스산하다.

아……. 한데, 여기서 이 풍경들만 보고 있으란다. 다른 말은 하면 안 된단다……. 이만치 폭폭한 일이 또 어디 있겠는가. 미칠 것처럼 아름다운 풍경 앞에 서면 인간의 궁벽함이 스스로 유난하다.

나는 왜 소선시대 오형(五刑) 중에서도 유형(流刑)이 태형(笞刑), 장형(杖刑), 도형(徒刑)보다 더 지독한 형벌로 취급되었는지를 이곳에 와서 깨닫는다. 다산초당에서도 보길도에서도 나는 간혹 이런 환청에 시달린다. '나라고 왜 서럽고 억울하지 않겠는가, 왜 울고 싶지 않겠는가?'

— 김병용, 『길 위의 풍경』 중에서

어떤가? 해남반도와 강진만을 굽어보는 작가의 눈길과 마음길이 그곳의 풍경만큼이나 변화무쌍하게 전개되고 있지 않은가! 이렇듯 우리가 몸으로 부딪쳐가며 직접 체험한 것들은 훌륭한 글감이 될 수 있다. 여행은 또 글에 생기를 불어넣는 원동력이기도 하다.

직접체험 중에서도 가장 생생한 것은 무엇이겠는가? 아마 매일 눈으로 보고 손으로 만지고 느끼는 대상일 것이다. 우리는 칫솔이나 젓가락, 신발, 스마트폰을 거의 하루도 빼지 않고 사용한다. 주말을 제외하고는 직장동료들과도 매일 마주친다. 부모형제와 같은 가족은 한 집에 모여 살든 먼 곳에 떨어져 있든 항상 나와 가장 가까운 곳에 존재한다.

어디 그뿐인가? 술꾼들의 착한 눈길과 애끓는 마음속에는 언제나 술벗들이 자리하고 있다. 금연을 작심한 이들에게 담배는 또 오만 가지 복잡한 생각을 끌어다주기도 한다.

지난해 연말부터였으니까 제가 담배 끊은 지도 그럭저럭 햇수로 는 2년째, 달로는 석 달째, 날수로는 오늘로 38일째 됩니다. 그런대 로 금연에 성공할 수 있는 기미가 보인다고 여기실지 모르지만 사실 은 전혀 그렇지 못합니다. 담배를 끊는 건지 굶는 건지 쉬는 건지 아 직도 자신 있게 밝힐 수가 없고, 만나면 안 될 사람, 그래서 만나지 말자고 다짐해보는 사이일수록 더 보고 싶어지는 것처럼 담배 안 피 우는 동안 하루 한 시 담배 피우고 싶지 않은 때가 없습니다.

보고 싶은 사람도 못 만나고 사는 세상에 그까짓 것쯤 못 끊으랴 싶어서 금연을 결심하는 이들 치고 금연에 성공하는 일이 드문 것 같습니다. 보고 싶은 사람을 못 만나는 고통과 열정과 안타까움, 그 것이야말로 금연 실패의 중요한 원인일 것이기 때문입니다. 담배는 이 세상의 모든 고통과 그리움과 열정과 초조와 갈등과 슬픔과 분노 와 안타까움 같은 것들을 먹고 사는 식물인지도 모릅니다.

금연에 성공하는 사람은 상종도 못할 만큼 독한 사람이라는 말이 있습니다. 그래서인지 우리는 주변에서 금연에 실패한 사람을 보면 안타깝기보다는 일단 맘이 놓이고 그 사람에게 친근감이 느껴집니 다. 금연에 성공했다는 이들을 만날 때 느끼는 실망감이나 인간적 거 리감과는 좋은 대조를 이루는 이러한 친근감의 곁에는 그 고통이나 그리움이나 분노나 열정에 대한 공감이 항상 자리를 차지하고 있기 때문일지도 모르겠습니다.

– 정양, 「금연과 평계」 중에서

애연가들의 일상에서 담배만큼 가까이 있는 게 뭐가 있을까? 금연하기가, 담배와 작별하기가 그래서 이도록 힘든 것이다. 담배를 끊은 지 38일 되었다면서 그걸 달수로 3개월, 햇수로 환산하면 2년이나 되었다고 부풀려 말하는(사실 틀린 말은 아니지만) 필자의 애교 섞인 주장이 웃음을 절로 자아낸다.

그런데 글쓴이가 말하고 싶은 건 따로 있다. 담배를 피우는 일이(그걸 혐오하는 사람들에게는 순전히 평계처럼 들릴지 몰라도) 고통과 그리움, 열정, 초조, 갈등, 슬픔, 분노, 안타까움 같은 인간적인 본성에 닿아 있다는 것이다. 금연에 실패한 사람에게서 오히려 인간적 친근감을 느끼는 것도 그런 이유에서일 것이다.

오랜 세월 동고동락해 온 담배처럼 자신과 가까운 곳에 있는 소재를 글감으로 해서 이 글의 작자는 한 편의 깔끔한 수필을 써낸 것이다.

「은교」와 「엄마를 부탁해」

물론 모든 체험이 곧바로 글이 되는 건 아니다. 직접 부딪쳐가며 생생하게 체험한 일들을 어떻게 하면 온전하게 자신의 것으로 만들 것인가, 가까운 곳에 있어서 누구의 눈에나 보이는 것들 중 하나를 골라 자신의 체험과 어떻게 연관 지어 글로 쓸 것인가가 중요하다는 말이다. 바로 이 아이처럼.

벚꽃이 눈송이처럼 날린다.
갑자기 작은이모가 보고 싶다.

초등학교 2학년짜리 여자아이가 쓴 동시다. '그리움'이라는 제목의 이 글은 보다시피 단 두 줄짜리다. 이 동시에는 아이의 두 가지 체험이 들어 있다. 하나는 어느 봄날 벚꽃이 눈송이처럼 날리는 장면을 보고 있는 것이다. 다른 하나는, 읽는 이로서는 도무지 까닭을 알 길이 없지만 지금은 곁에 없는, 작은이모와 함께했던 시간의 체험이다.

아이는 자신이 겪은 이 두 가지 직접체험을 글감으로 한 편의 동시를 쓴 것이다. 물론 이 아이와 똑같은 체험을 하지 않은 사람들은 이 두 행에 들어 있는 서로 다른 체험을 인과관계로 연결하기가 쉽지 않다. 벚꽃이 눈송이처럼 날리는 것하고 작은이모가 갑자기/뜬금없이 보고 싶은 마음이 드는 것하고 무슨 상관이냐는 것이다. 그런데 바로 그 점이 이 시를 읽는 묘미를 더해준다.

사실 그건 시를 쓴 아이만 아는 일이다. 읽는 이는 그 사연을 몰라도 된다(아니, 어쩌면 모르는 게 더 좋을지도 모른다). 벚꽃이 눈송이처럼 날리던 과거 어느 날 아이는 작은이모의 손을 잡고 소풍을 재미있게 디녀왔을 수도 있다. 어쩌면 자신을 몹시 귀여워했던 작은이모를 강물에 뿌리고 펑펑 울면서 돌아오던 어느 날 벚꽃이 눈송이처럼 날리는 장면을 보았을지도 모른다.

이 동시를 읽는 이는 그런 상상을 함으로써 두 행을 인과관계로 연결한다. 물론 그런 상상이 다양하고 풍부힐수록 읽는 맛은 더할 것이다. 그 과정에서 독자는, 속사정이 뭔지는 잘 모르지만, 작은이모를 간절히 그리워하는 아이의 애달픈 마음을 마치 자신의 것인 양 생생하게 느낄 수 있는 것이다.

이 동시를 쓴 아이처럼 글은 자신이 겪은 걸 쓰는 데서 시작한다. 그것도 자주 겪어서 잘 아는 것부터 쓰는 것이 좋다. 그런 이야기일수록 쓰기도 쉽다.

우리는 대부분 자신이 겪은 일을 사소한 것으로 치부하는 경향이 있다. 그건 별로 바람직하지 않다. 내가 겪은 일은 모두 나만의 소중하고 특별한 체험이라고 믿어야 한다.

영화 〈은교〉의 원작 소설가인 박범신은 그 작품을 두고 "내가 나이를 먹어가면서 느낀 감정을 토대로 쓴 것이라 다른 어떤 작품보다 각별하다"는 소회를 밝힌 바 있다. 작가는 결국 자신이 겪은 이야기를(혹은 자신이 직접 체험한 것을) 글감으로 「은교」라는 소설을 썼던 것이다(작중의 주인공인 '이적요'를 '시인'으로 위장시킨 걸 보면 더 수상쩍지 않은가!).

거꾸로 생각해 보자. 그의 나이가 지금 20대 후반쯤이었다면 열일곱 살짜리 소녀의 싱그러운 젊음과 관능에 매혹당한 노시인의 복잡한 심정을 어떻게 그토록 생생하게 그려낼 수 있었겠는가?

　다른 사람에게 전해들은 이야기나 이런저런 책을 읽어서 알게 된 것을 글로 쓸 수도 있다. 소설가 신경숙은 그의 「엄마를 부탁해」 후기에서 그 소설(뿐만 아니라 자신이 쓴 다른 많은 소설)은 자신이 대화를 직접 나누는 가운데 보고 느낀 실제 엄마의 이야기와, 엄마를 통해 들은 이웃 사람들의 이야기를 모아서 썼다고 고백하고 있지 않은가!

　물론 다른 사람이 체험한 것을 자신이 직접 겪거나 눈으로 본 것처럼 생생하게 쓰기는 어렵다. 또 책을 읽어서 얻은 지식이나 지혜를 곧바로 글로 옮기면 자칫 현학적인 허영의 늪에 빠질 수도 있다. 사실을 과장하거나 축소하게 될 우려도 있다. 특히 글쓰기의 초보 단계에 있는 이들일수록 이런 잘못을 저지르기 쉽다.

　그렇게 쓴 이야기는 사실감이 떨어져서 읽는 이의 고개를 갸웃거리게 만든다. 누군가에게 온몸을 실컷 두들겨 맞은 뒤의 고통을 사실적으로 묘사하고 싶어서 글을 쓰다 말고 밤거리로 나가 동네 불량배들에게 일부러 시비를 걸기도 했다는 어느 작가의 회고담은 그런 점에서 시사하는 바가 크다.

　정완이를 처음 만난 건 작년 가을이었습니다. 그날 우리 학과 수시 2학기 면접시험이 있었지요. 그런데 지원자 중 한 학생이 신체장애 때문에 4층까지 올라올 수 없는 형편이라는 것이었습니다. 나는 동료 교수와 함께 1층으로 내려갔습니다. 그곳에서 그 아이를 처음 보았습니다.

휠체어에 앉은 정완이는 놀랍게도 두 다리와 팔이 모두 없었습니다. 화상으로 보이는 얼굴의 흉터도 아주 심했습니다. 고백컨대, 나는 그날 그 아이에게 이 예능관 건물에는 엘리베이터가 없다는 말부터 꺼냈습니다. 우리 학과 전공수업은 모두 4층 강의실에서 하는데 어떡하느냐고, 엘리베이터가 갖춰진 강의동에 있는 학과를 지원하는 게 좋지 않겠느냐고, 어쨌든 방법을 한 번 찾아보자고……, 얼버무리기까지 했던 것입니다.

정완이는 겸연쩍게 웃기만 했습니다. "제가 글 쓰는 데 관심이 많아서요." 그 한 마디가 고작인 그 아이의 참 착해 보이는 눈빛을, 나는 그때 가슴으로 보지 못했습니다. 나중에 알게 된 사실이지만 그 아이는 중학교 때까지만 해도 국가대표를 꿈꾸던 야구선수였습니다. 그런데 중3때 찾아온 희귀병과 싸우느라 운동장을 힘차게 달리던 두 다리와 팔을 모두 잘라내야 했습니다.

그 아이가 절망에서 벗어날 수 있었던 건 순전히 문학 덕택이었습니다. 재활고등학교에 다니는 동안 그 아이는 소설을 닥치는 대로 읽었습니다. 도서관에 비치된 시집과 수필집도 모두 그 아이의 손을 거쳐 갔지요. 그러다가 자신도 시인이나 소설가처럼 글이 쓰고 싶어진 것입니다.

대학진학을 앞두고 주저없이 문예창작학과를 선택한 것도 그래서였답니다. 그런데 면접하던 날 그 아이에게 '방법을 한 번 찾아보자고' 얼버무렸던 나는 겨울이 다 가도록 내가 그런 말을 했다는 사실조차 까맣게 잊고 지냈습니다.

내가 정완이를 다시 만난 건 신입생 예비모임에서였습니다. 늦게 합류해 보니 그 자리에 그 아이가 와 있었습니다. 그 후 개강모임이나 MT 같은 각종 학과 자치모임에도 정완이는 빠짐없이 참석했습니다. 사실 나는 학내의 보직을 맡고 있는 데다 마침 1학년 전공수업도 없어서 학과에 자주 가 보지 못했고, 그래서 한동안 그 아이의 존재를 잊고 지냈습니다.

얼마 전에 우리 학과 문학기행이 있었습니다. 보길도를 다녀오는 2박 3일 일정이었지요. 그런데 출발하는 버스 앞자리에 정완이가 겸연쩍게 앉아 있는 것이었습니다. 그제야 나는 알았습니다. 그 아이가 한 번도 수업에 빠진 적이 없다는 걸, 의수(義手)로도 과제를 꼬박꼬박 해 오고 있다는 사실을요.

그런데 의문이 하나 생겼습니다. 그 아이가 휠체어를 타고 4층에 있는 강의실을 어떻게 오르내릴 수 있었는지 말이지요.

그 아이 곁에는 항상 경진이가 있었습니다. 평소 말수가 적은 경진이는 정완이와 함께 입학한 우리 학과 1학년 학생입니다. 경진이는 수업을 받으러 올 시간이 되면 예능관 앞에서 기다렸다가 정완이를 업고 4층 강의실을 오르내린다는 것이었습니다.

문학기행을 가서도 경진이는 정완이의 발이 되어주었습니다. 묵묵히 업고 말없이 업힌 그 둘을 볼 때마다 나는, 면접고사가 있던 날 정완이에게 다른 학과를 지원하는 게 좋지 않겠느냐고 말했던 일이 생각나서 얼굴이 화끈거리곤 했습니다. 우리 교수들은, 비록 조금 늦기는 했지만 앞으로 더 있게 될 정완이와 같은 학생들을 위해 예능관에 엘리베이터를 설치해달라고 학교 당국에 요청하기로 했습니다. 그렇게라도 해서 정완이와 경진이의 발이 되어주기로 한 것이지요.

그런데 말이지요. 엘리베이터를 설치하는 것이 능사인지는 확신이 서질 않습니다. 경진이의 넓고 따뜻한 등을 못 볼까 봐서요. 문학기행 첫날 저녁식사 시간에 정완이의 밥숟가락에 구운 고등어 살을 발라서 얹어주던 여자 선배들의 그 예쁘고 따뜻한 손길을 더 이상 못 보게 될까 봐서요.

필자가 실제로 겪은 일을 글로 옮긴 것이다. 작중 인물의 이름을 바꾼 것만 빼면 이 글 속에 든 내용은 대부분 사실이다. 일상생활에서 자신이 직접 경험한 사건을 글감으로 포획하면 이렇게 짧은 글 한 편을 얻을 수 있는 것이다.

어깨에서 힘 빼기

글감을 찾는다고 남들이 살아온 이야기의 주위를 맴도는 건 좋지 않다. 이역만리 낯선 곳을 헤매는 건 더 어리석다. 거창한 글감을 찾아서 내가 쓰는 글에 온갖 세상사를 한꺼번에 쓸어담는 건 어차피 가능하지도 않은 일이다.

내 호주머니 속에, 내 집 안에, 내 가족들 속에 우주가 다 들어 있다고 믿는 것이 좋다. 손에 쥐고 있는 스마트폰도, 컴퓨터 모니터에 붙여놓은 포스트잇 한 장과 거기에 적힌 짧은 메모도, 매일 얼굴을 대하는 부모와 형제도 훌륭한 글감이다.

좋은 글을 쓸 수 있을지의 여부는 자신이 겪은 일을 얼마나 오랫동안 깊이 돌아보고 생각해서 자신의 것으로 만드느냐에 있지, 글감 자체를 얼마나 거창한 것으로 선택하느냐에 달려 있는 것은 아니라는 말이다.

어깨에서 힘을 빼라고 했다. 글쓰기도 같다. 글재주가 영 신통치 않아서 글을 못 쓰겠다고 말하는 사람들은 대부분 글감을 찾지 못해서 헤맨다. 어떤 걸로 글을 써야 할지 모르겠다거나 자신의 삶 속에는 글로 쓸 만한 것이 없다고 하소연하는 이들도 있다.

도대체 왜들 그러는 걸까? 무엇 때문에 그럴싸한 얘깃거리만 골라서 폼나게 써야 한다고 생각하는 걸까? 상대를 지나치게 올려다보면 연애도 제대로 할 수 없는 법이다. 그 사람에게 잘 보이려고 지나치게 신경을 쓰다가 예기치 않은 실수를 연발하는 바람에 일을 그르치기도 하는 게 연애이고 우리네 사람살이다.

많은 이들의 심금을 울릴 수 있는 거창한 글감을 찾아서 멋들어진 글을 써야겠다고 마음을 굳게 먹는 한 글쓰기는 시작조차 하기 어렵다는 걸 잊지 말자. 설령 어찌어찌 쓴다 해도 좋은 '작품'을 쓰기는 애당초 불가능할지두 무른다.

내가 겪은 것만 쓰기에도 원고지 칸은 모자라고, 컴퓨터 모니터는 좁다고 굳게 믿자. 더구나 나는 지금도 나만의 체험을 지속적으로 하고 있고, 또 앞으로도 계속 그렇게 살아갈 것이지 않은가. 그런 걸 써야 하는데 자꾸 먼 곳에서만 글감을 구하려 들기 때문에 글쓰기가 시작 단계부터 삐걱대는 것이다.

그 작고 초라하며 남루한 것들

작고 초라하며 남루한 것, 쓰라린 실패, 이루지 못한 사랑에 관심을 갖자.
하찮은 것, 소외되어 가려지고 숨겨진 것들에 눈길과 마음길을 주자.
누구 하나 관심을 갖지 않는 보잘것없는 삶을 글감으로 삼아야
울림이 있는 글을 쓸 수 있는 것이다.

눈길과 마음길

우리는 앞만 보고 달리며 산다. 아니, 그렇게 살아가지 않으면 안된다. 주말의 휴식을 '재충전'이라고 말하는 것만 보아도 알 수 있다. 그러니 주위를 한가롭게 돌아볼 짬을 내기 어렵다. 경쟁에서 밀리면 낙오자로 버림받는 세상 탓일지도 모른다.

그 세상은 나날이 크고 화려하게 변해간다. 우리들의 눈길과 마음길도 온통 그런 것들에 쏠려 있다. 거기에 빨리 도달하고 싶어서, 그걸 손에 넣지 못해서 조바심을 친다. 그러다 보니 좀처럼 초라하고 남루한 것에 눈을 돌릴 시간이나 마음의 여유를 갖기 어렵다.

〈워낭소리〉라는 다큐멘터리 독립영화가 세간의 화제가 된 적이 있다. 평생 땅을 일구며 살아온 팔순 농부와 30년을 함께해 온 늙은 소의 이야기를 다룬 작품이다. 이 영화의 연출자는 세상 누구도 관심을 기울이지 않는 농부와 소의 일상에 카메라의 포커스를 맞춰서 많은 이들의 가슴을 울렸다.

글감을 구하는 좋은 방법 중 하나가 바로 이런 것들에 눈길과 마음길을 주는 것이다. 〈워낭소리〉의 농부와 소처럼 작고 초라하며 남루하기까지 한 사물이나 삶에 관심을 가질 줄 알아야 좋은 글을 쓸 수 있을 거라는 말이다.

우리가 잘 아는 안도현 시인의 눈길과 마음길은 작고 초라하며 남루한 것들 중 골목길에 함부로 버려진 연탄재로 향한다.

연탄재 함부로 발로 차지 마라

너는

누구에게 한번이라도 뜨거운 사람이었느냐

그의 시 「너에게 묻는다」 전문이다. 남들에게 헌신적으로 사랑을 베풀어본 적이 없다면, 내가 가진 것을 그들을 위해 아무 조건 없이 내준 적이 없다면 그렇게 사는 사람들을 함부로 입에 담지 말라는 것이 이 짧은 시에 담긴 메시지다.

그런 메시지를 전하려고 시인은 자신의 몸을 뜨겁게 불사르느라 이제는 볼품없이 변해버린 연탄재를 함부로 발로 차고 다니는 사람들에게 경고의 어투로 질문을 던지고 있다. 초라하고 남루한 연탄재를 따뜻하게 바라볼 줄 아는 시인의 눈길과 마음길이 이런 시를 쓸 수 있게 만든 것이다.

우리 주위에는 '연탄재'처럼 작고 하찮은 것들이 수두룩하다. 사실 그런 건 누구의 눈에나 보인다. 하지만 자신만의 눈으로 그걸 자세히 들여다보고 적극적으로 고민하는 건 아무나 할 수 있는 일이 아니다. 그걸 글감으로 끌어들이는 것도 마찬가지다. 그러면 어떻게 해야 하는가?

우선 아무리 작고 초라하고 남루한 것일지라도 '함부로 발로 차지' 말아야 한다. 그 대상에 관심을 갖고 애정 어린 눈길과 마음길을 주어야 한다. 눈앞에 보이는 어떤 대상이나 자신이 경험한 일이 아무리 하찮아 보여도 그걸 어느 만큼의 관심을 갖고 어떻게 볼 것이며, 얼마나 따뜻하게 가슴으로 안아줄 수 있는가에 따라 글쓰기의 성과가 달라지는 것이기 때문이다.

사실 이러한 '관심'은 우리의 삶 자체라고도 할 수 있다. 살아가면서 각자 열심히 노력해서 얻어내는 크고 작은 다양한 성취의 출발점이기도 하다. 어째서 그런가?

수많은 이성 중 한 사람에 대한 관심에서 연애가 시작된다. 헤어 스타일에 관심이 없는 사람이 헤어디자이너가 될 수 있을까? 컴퓨터 바이러스에 대한 관심은 이를 퇴치할 수 있는 백신 프로그램 개발로 이어진다. 앞서의 「너에게 묻는다」라는 시도 함부로 버려진 연탄재에 대한 관심에서 비롯되었지 않은가!

관심을 가져야 공부도 하고, 누군가에게 연애도 걸고, 돈도 벌고, 여행도 떠나고, 다이어트를 해서 몸매를 날씬하게 가꾸기도 하고, SNS를 이용해서 친구들과 대화도 나누고, 글도 쓸 수 있는 것이다.

물론 관심 자체는 아직 시작에 불과하다. 관심을 행동으로 옮기지 않으면 아무 소용이 없다. 이성 중 누군가에게 관심이 생겼으면 그/그녀에 대해 적극적으로 알아본 다음 자신의 불타는 사랑부터 전달해야 한다. 그래야 연애도 하고 결혼도 할 수 있다. 컴퓨터 바이러스 백신 프로그램을 개발하려면 관련 도서를 열심히 찾아 읽으면서 지속적으로 연구를 해야 한다.

버려진 연탄재를 아무 생각 없이 뚫어지게 쳐다만 본다고 「너에게 묻는다」와 같은 시가 저절로 써지는 것도 아니지 않은가!

작년 1월엔 더 기가 막힌 일이 있었다. 그날도 나는 아침부터 오후까지 바쁘게 볼일을 보러 다녔다. 나를 지치도록 데리고 다니는 발 한번 내려다 봐줄 생각 않고 부려만 먹었는데, 저녁에 한 친구를 만나고 나서야 우연히 나의 신발을 내려다보게 되었다.

순간 나도 모르게 비명을 지르고 말았다. 신발을 짝짝이로 신고 있었기 때문이다. 왼발엔 갈색 랜드로버 한 짝을 신었고, 오른발엔 파란색 바탕에 흰 물방울무늬의 운동화 한 짝을 걸치고 있었다. 친구는 이제야 알았느냐며 요즘 새로운 패션이 나와서 일부러 그렇게 신은 줄 알았다고 깔깔댔다.

이렇게 관심이 없을 수가 있을까. 뭐가 그리 바쁘다고 자기 발이 어떤 신발을 걸쳤는가도 확인하지 않고 걸리는 대로 신고 다녔을까.

문득 골프 선수 박세리의, 햇빛을 받지 못해 하얗게 된 발이 떠오른다. 발이 못생겨서 아무에게도 보여주지 않으려고 남들 앞에서는 양말을 절대로 벗지 않았다고 했던가. 그 못생긴 발이 공이 빠진 물속으로 들어가기를 거부했다면 그녀는 아마 우승을 해내지 못했으리라.

푸대접을 받으면서도 궂은 일만 도맡아 하는 발. 온몸을 이끌고 다니느라고 굳은살이 박이고 갈라지고 하면서도 불평 한마디 하지 않는 내 두 발. 올해는 내 다리와 발을 자주 쉬게 해주고 관심도 가져주어야겠다. 따뜻한 물에 담가서 때도 벗겨주고, 마사지도 해주고, 영양크림도 듬뿍 발라주어야겠다.

내 주위에서 나를 위해 애써주었던 내 발과 같은 존재들도 관심을 갖고 찾아봐야겠다. 그래, 내일은 내 발과 같은 이웃들과 따뜻한 차 한 잔을 함께 나누리라. 그들과 함께 봄을 기다리리라.

– 이덕자, 「발의 수난」 중에서

우리들 누구나 갖고 있는 두 발을 글감으로 쓴 수필의 일부다. 대부분의 사람들이 평소 중요하게 생각하지 않는, 그야말로 작고 초라하게 여기기 쉬운 자신의 두 발에 관심을 갖고 애정 어린 눈길을 보내고 있는 수필가의 눈길이 섬세하고 따뜻하지 않은가! 골프 선수 박세리의 발을 적절히 예로 들어 글의 완성도를 높일 수 있었던 것도 평소 그런 장면에 관심을 갖고 지켜본 결과일 것이다.

다가가서 들여다보기

좋은 글을 쓰려면 아무리 작고 초라하며 남루한 사물, 사소한 현상이나 사건이라도 성실하고 꼼꼼하게 들여다보는 습관을 가져야 한다. 거기에 내 마음을 투영해서 대상과 끊임없이 교감하는 일도 게을리 해서는 안 된다. 관계되는 책을 읽어보고, 그에 대해 잘 아는 사람을 만나서 얘기도 들어보고, 직접 가서 눈으로 확인하는 번거로움도 기꺼이 감수할 줄 알아야 한다.

예술사조에 '낭만주의'와 '사실주의'라는 게 있다. 사전에 적힌 대로 이 둘의 차이를 간략하게 정리하면 이렇다.

낭만주의는 '자유로운 공상의 세계를 동경하며 개인의 정서, 감정, 개성 등을 중시하는 예술 사조'다. 반면 사실주의는 '이상과 공상 또는 주관을 배제하고 현실을 객관적으로 묘사·재현하려고 하는 예술상의 경향과 태도'를 가리키는 말이다.

낭만주의자는 개인의 주관을 중심으로 세계를 이해한다. 반면 사실주의자들은 개인보다는 사회적 객관을 훨씬 중요하게 생각한다. 이 둘은 세계를 인식하는 태도나 방법에서 서로 반대되는 것이다. 낭만주의가 '멀리 떨어져서 바라보기'라면, 사실주의는 '가까이 다가가서 들여다보기'다.

해가 저물고 있는 한겨울의 어느 항구를 떠올려보라. 멀리서 바라본 항구의 모습은 풍요롭고 아름답기 그지없다. 한 폭의 풍경화가 따로 없다. 감탄사가 절로 나온다. 그런데 가까이 다가가서 보라. 어디 그렇기만 한가?

우선 항구 특유의 짠 내음과 바닷물에 뒤섞인 기름 냄새가 코에 끼쳐온다. 여기저기 함부로 버려진 고기잡이 도구들은 눈살을 찌푸리게 만들기도 한다. 오랜 세월 거친 바닷바람에 시달려 온 어부들의 뺨과 손등도 제 빛깔을 잃고 쩍쩍 갈라져 있지 않은가.

어떤 사물이나 현상을 글감으로 해서 한 편의 글을 쓰려면 멀리서 관조하지 말고 가까이 다가가서 자세히 들여다보아야 한다. 작고 하찮은 것일수록 가까이 다가가지 않으면 그 실체를 제대로 볼 수 없을 것이기 때문이다.

글은 창이 넓은 카페에 마주앉아 사랑하는 그이와 따뜻한 차를 마시면서 멀리 보이는 항구를 한가롭게 관상하는 낭만적 세계가 아니다. 가까이 다가가서 꼼꼼히 들여다봐야 하는 사실적 세계가 바로 글인 것이다.

어린 눈발들이, 다른 데도 아니고
강물 속으로 뛰어 내리는 것이
그리하여 형체도 없이 녹아 사라지는 것이
강은,
안타까웠던 것이다
그래서 눈발이 물에 닿기 전에
몸을 바꿔 흐르려고
이리저리 자꾸 뒤척였는데
그때마다 세찬 강물 소리가 났던 것이다
그런 줄도 모르고
계속 철없이 철없이 눈은 내려,
강은,
어젯밤부터
눈을 제 몸으로 받으려고
강의 가장자리부터 살얼음을 깔기 시작한 것이었다.

― 안도현, 「겨울 강가에서」 전문

시인은 어느 날 근처에 강물이 흐르는 시골 마을에 갔을 것이다.

그곳 어딘가에서 산과 들과 강에 눈이 내리는 풍경을 바라보다가 우연히/일부러 강가로 걸음을 옮겼을 것이다. 들이나 산의 흙, 혹은 메마른 풀 위로 떨어지는 눈과 달리 흐르는 강물에 내리는 눈은 형체도 없이 금세 녹아 없어진다. 그러한 모습이 시인의 눈에 들어왔을 것이다.

그 순간 시인의 상상력은 강과 눈을 어미와 자식으로 의인화하기에 이른다. 그리하여 강물 위로 내리는 눈은 철없는 어린아이 같아 보이고, 강물은 아이의 어미라도 되는 듯 그걸 안타까워한다. 어떻게든 눈을 보호하려고 강물은 또 어미의 마음으로 '이리저리 자꾸 뒤척여'보지만 소용이 없다.

그때 강가의 살얼음이 시인의 눈에 들어온다. 그 위에 내린 눈은 형체도 없이 사라지지 않고 곱게 쌓여 있음을 발견한다. 거기서 시인은 어린 자식을 따뜻하게 안아주는 어미의 마음을 또 한 번 읽는다. 사물이나 자연현상에 가까이 다가가서 자세히 살펴본 결과 이 한 편의 시를 쓸 수 있었던 것이다.

연탄재로 글쓰기

자, 이제 그 작고 초라하며 남루한 것들 중 하나를 골라서 글을 쓰려고 한다. 글감을 찾으려고 주위를 둘러보다 문득 앞서 읽었던 「너에게 묻는다」가 떠오른다. 그래서 이번에는 자신도 '연탄재'를 글감으로 한 편의 수필을 쓰기로 한다.

이제 어떻게 해야 할까? 펜을 들거나 컴퓨터를 켜기 전에 해야 할 일은 무엇인가?

먼저 일부러 시간을 내서라도 버려진 연탄재가 있는 곳으로 가자. 그리고 연탄재를 오래 바라보자. 멀찍이 떨어져서도 보고, 가까이 다가가서도 보자. 연탄재 하나를 따로 놓고도 보고, 무리지어 층층이 쌓아놓은 것도 눈여겨보도록 하자. 구멍의 개수도 세어보고, 인터넷을 통해 그 기능이 무엇인지도 검색해 보자. 손으로 직접 만져도 보고, 들어 올렸다가 바닥에 떨어뜨려서 깨지는 모양도 보고, 「너에게 묻는다」를 떠올리며 연탄재를 발로 힘껏 걷어차서 한번쯤 그 기분을 직접 느껴도 보자.

연탄 공장에도 가보고, 새 연탄에 불을 지펴도 보고, 아궁이 속의 연탄을 갈아보기도 하자. 연탄불에 라면을 끓여 먹어보고, 연탄불에 구운 오징어는 가스 불에 구운 것과 어떻게 맛이 다른지도 음미해 보자. 물론 달동네 어느 집에 연탄배달을 직접 해보는 것도 연탄재를 이해하는 데 도움이 될 것이다.

그런 다음 속으로 연탄재를 곱씹는 일을 반복해본다. 그러면 함부로 버려진 연탄재에 대해 어느 누구도 상상하지 못했던 것들이 하나 둘 눈앞에 모습을 드러내기 시작할 것이다. 바로 그걸 쓰는 것이다.

글은 우리의 생각과 느낌을 담아낸 것 그 이상도 이하도 아니다.

글을 쓰려면 작고 초라하며 남루한 것에 관심을 가져야 한다. 쓰라린 실패, 이루지 못한 사랑에 눈길과 마음길을 지속적으로 던질 줄 알아야 한다.

주위의 춥고 배고픈 일상으로도 눈길을 줄 수 있어야 한다. 소중한 것이 아니라 하찮은 것, 누구나 눈길을 보내고 싶어 하는 것이 아니라 소외되어 가려지고 숨겨진 것에 애정을 보낼 줄 알아야 한다.

자신의 삶도 마찬가지다. 글을 쓰려고 펜을 든 순간 내게 행복했던 기억, 기쁨과 환희의 시간, 가슴 벅차도록 자랑스러웠던 경험들은 접어두자. 내가 겪은 화려하고 신바람 났던 행복도 다른 이들에게는 그저 남의 일일 뿐이다. 세계적으로 성공을 거둔 인물의 경우도 그의 화려한 외면보다는 그가 겪어온 숱한 실패담에 사람들은 관심을 더 갖지 않던가!

아, 실연의 아픔을 달래느라 눈발이 함부로 날아드는 포장마차에 혼자 쓸쓸히 앉아 소주잔에 굵은 눈물방울을 떨구는 젊은 남자의 속울음 같은 것이 바로 글임을 잊지 말자.

나만의 눈으로 관찰하고 음미한다

눈에 띄는 것이면 무엇이든 함부로 뒤집어도 보고,
세우거나 엎어놓고도 보자.
국기 게양대 꼭대기에 올려놓고도 보고,
자동차 꽁무니에 매달아놓고도 보고,
종이배처럼 시냇물에 띄워놓고도 보고,
프라이팬에 기름을 두른 다음 자작자작 볶으면서도
보기를 멈추지 말자.

이별·소중한 사랑

이별은 미의 창조입니다

이별의 미는 아침의 바탕 없는 황금과 밤의 올 없는 검은 비단과

죽음 없는 영원의 생명과 시들지 않는 하늘의 푸른 꽃에도 없습니다

님이여 이별이 아니면 나는 눈물에서 죽었다가 웃음에서 다시 살

아날 수가 없습니다 오오 이별이여

미는 이별의 창조입니다

― 한용운, 「이별은 미의 창조」 전문

아름다움을 창조하는 것이 세상에, '이별'이란다. 창조만 하는 것
이 아니라 이별이 만들어내는 아름다움이야말로 세상 어디에도 존
재하지 않는 절대미(바탕 없는 황금, 올 없는 비단, 영원의 생명, 시들지
않는 꽃) 그 이상이란다.

이별이 슬프지 않고 아름답다니, 게다가 목숨처럼 소중하다니, 이
건 또 무슨 궤변이란 말인가? 그런데 그렇지 않다. 이 시를 읽는 맛
은 그런 데서 시작된다.

만해는 '이별'을 '깨달음의 원천'으로 보았다. 곁에 있을 때는 '그'
가 얼마나 소중한 존재인지, 자신이 '그'를 얼마나 사랑하는지 미처
알지 못했는데 그걸 깨닫게 해 준 것이 바로 이별이라고 본 것이다.
만해는 누구에게나 슬픔의 근원으로만 여겨졌던 '이별'을 자신만의
독특한 시각으로 해석해서 이런 시를 썼던 것이다.

어떤 대상이나 사건, 관념이든 그걸 독창적인 눈으로 바라볼 줄 알아야 읽을 만한 글을 쓸 수 있다. 아니, 그렇게 쓴 글이어야 읽는 이에게 새로운 생각이나 느낌을 전달할 수 있을 것이다. 반대로 누구의 눈에나 그렇게 보이는 것, 누구나 그렇게 생각하는 것, 그래서 다른 많은 이들의 생각이나 느낌과 차별되지 않는 건 글의 내용으로 적합하지 않다.

> 내가 다니는 고등학교는 빛나는 역사와 전통을 자랑한다. 선생님들의 열성적인 가르침으로 그동안 훌륭한 선배님들도 많이 배출했다. 그 선배님들은 우리 사회에서 중추적인 역할을 하고 있다.
> 지금도 우리 학교는 교장 선생님 이하 많은 선생님들께서 학생지도에 열과 성을 다하고 계신다. 재학생 모두는 우리 학교의 빛나는 전통을 이어받아 저마다의 꿈을 이루기 위해 오늘도 열심히 공부하고 있다.

자, 어떤가? 자신이 다니고 있는 학교를 소개한 이 글은 과연 읽을 만한가? 어쩌면 고개가 저절로 갸웃거려질지도 모른다. 왜 그럴까? 이유는 간단하다. 이 글은 자신이 다니고 있는 고등학교에 조금의 자긍심이라도 가진 학생이라면 누구나 쓸 수 있는 것들로만 채워져 있기 때문이다.

세상에 '역사와 전통'이 없는 학교가 어디 있고, 훌륭한 선배들을 많이 배출하지 않은 학교는 또 어디 있는가? 선생님들이 학생지도를 열심히 하지 않는 학교도 없다. 이런 내용이라면 다른 어떤 학교를 소개할 때도 누구나 갖다 쓸 수 있지 않을까 해서 하는 말이다.

1986년 홍콩행 열차 안에서 이루어진 '소군(여명)'과 '이요(장만옥)'의 운명적 만남으로 이 영화는 시작된다. 둘의 공통점은 자신의 꿈을 위해 홍콩으로 왔다는 것뿐이다. 두 사람은 서로를 의지하며 사랑에 빠진다.

그런데 소군에게는 약혼녀 소정이 있고, 이요는 돈을 벌어 호화롭게 살고 싶은 꿈을 갖고 있다. 이요는 그동안 모은 돈으로 장사를 시작하지만 실패하고 빚을 지게 된다. 소군은 이요에게 힘이 되어주고 싶어 하지만 이요는 그걸 부담스러워한다.

어느 날 이요에게 돈 많은 암흑가 보스 표가 나타난다. 소군의 순수한 사랑과 불안한 미래 사이에서 갈등하던 이요는 소군의 곁을 떠난다. 표의 애인이 된 이요는 소군의 결혼식에 참석하여 소군과 재회한다. 서로의 감정이 변하지 않았음을 안 두 사람은 함께 도피할 계획을 세우지만 실패한다.

1995년 뉴욕 거리에서 이요의 애인 표가 사망한다. 한편 이요가 떠나버린 뒤 소정과도 헤어진 소군은 운명적 이끌림에 따라 뉴욕으로 오게 되는데, 두 사람은 거리를 걷던 중 등려군의 사망 소식을 전하는 거리의 TV 앞에서 재회한다.

이 영화는 경제적으로 성공을 이루기 위해 홍콩으로 간 중국 젊은이들의 꿈과 좌절, 사랑을 생생하게 그리고 있다. 나는 이 영화를 통해서.특히 소군 역을 맡은 배우 여명의 매력에 푹 빠졌다. 그의 꾸밈 없는 표정이 이 영화의 순수성을 더해주는 데 일조했다고 생각한다. 주제곡인 대만 여가수 등려군의 노래도 새롭게 알게 되었다. 그만큼 이 영화는 나에게 남다른 의미를 주었다.

〈첨밀밀〉이라는 영화를 보고 어느 고등학생이 쓴 짧은 감상문이다. 이 글에서는 매우 돋보이는 게 하나 있다. 영화의 줄거리를 대단히 훌륭하게 정리했다는 것이다. 그런데 이런 글은 읽는 이에게 그 어떤 읽는 맛도, 새로운 감흥도 주기가 어렵다. 껍데기는 있으나 알맹이가 부족하기 때문이다.

영화든 책이든 누군가가 쓴 감상문은 그 영화를 보았거나 책을 읽은 사람들이 더 많은 관심을 갖고 읽게 되어 있다. 이 글을 쓴 사람은 어떤 관점에서 이 영화/책을 보았고, 그 느낌은 나와 어떤 점에서 어떻게 다른가를 알고 싶어서 적잖은 시간과 공력을 들여가며 글을 읽는다는 말이다. 그런데 이 감상문의 전체 내용은 〈첨밀밀〉이라는 영화를 본 사람이라면 누구나 기억하는 줄거리가 대부분을 차지하고 있다.

물론 마지막 단락은 감상문의 구색을 좀 갖춘 것처럼 보이는데, 그나마 '경제적으로 성공을 이루기 위해 홍콩으로 간 중국 젊은이들의 꿈과 좌절, 사랑을 생생하게 그리고 있다'라고 한 첫 문장 역시 일반적으로 알려진 이 영화의 개관에 해당된다.

이 감상문을 쓴 이가 느낀 것이라고는 여명이라는 남자배우의 꾸

밉없는 표정이 인상적이었고, 등려군의 노래를 새롭게 알게 되었다는 것뿐인데, 그 또한 구체적인 느낌이 무엇인지 읽는 이는 도무지 알 길이 없다. 그래 놓고는 이 영화가 '나에게 남다른 의미'를 주었다고, 자신만 아는 개인적이고 주관적인 감상을 요약해서 글을 마무리 해버리면 읽는 사람은 도대체 어쩌란 말인가!

부모·선생님·친구

어느 백일장에서 '소중한 사람'이라는 글감이 주어졌다. 자, 이제 글을 쓰려면 당연히 자신에게 가장 소중한 사람은 누구인지를 먼저 생각할 것이다. 곰곰 생각해 보니 나를 낳아주고 길러주신 부모님, 많은 지식을 주시고 내가 엇나가지 않도록 타일러주신 선생님, 내가 힘들 때 어깨를 토닥여준 친구들의 모습이 차례로 떠오른다. 그래서 이 셋을 모두 쓰기로 하고, 우선 부모님에 대해 이렇게 썼다.

누구나 똑같겠지만 내 부모님은 나를 애지중지하시면서 키우셨다. 내가 힘든 일이 있으면 언제나 내 편이 되어주셨고, 말도 안 되는 고민도 다 들어주셨다. 중학교 때 사춘기가 찾아와서 내가 짜증을 부릴 때도 엄마와 아빠는 약속이나 하신 듯 웃음으로 넘기시며 우리 딸이 그래도 최고라고 말씀해주시곤 했다. 부모님은 지금도 나를 걱정하시는 마음이 지극하시다. 그렇기 때문에 나도 언젠가는 부모님의 은혜에 보답해야겠다는 굳은 결심으로 오늘도 이렇게 열심히 공부하고 있다.

이 글을 읽어서 새롭게 얻을 만한 것은 무엇인가? 읽는 이의 입장에서 전에는 미처 생각하거나 느끼지 못한 것이 이 안에 들어 있는지를 묻고 있는 것이다. 아마 찾기가 쉽지 않을 것이다.

모든 부모는 자식을 애지중지한다. 사춘기 때 사소한 일로 짜증을 부릴 때마다 그걸 너그럽게 받아주고 응원해주셨다는 것도 특별할 게 없는 이야기다. 자식 걱정 안 하는 부모는 어디 있으며, 그 은혜에 보답하겠다고 마음먹는 거야 자식으로서 지극히 당연한 일 아닌가! 하긴 맨 앞에 '누구나 똑같겠지만'이라고 쓰긴 했다.

읽는 이는 '소중한 사람'이라는 글감/제목을 대하는 순간 이 글을 쓴 사람은 어떤 사람을 소중하게 생각하는지부터 궁금해 하게 마련이다. 그런 호기심이 들지 않는다면 아예 처음부터 읽으려고 하지 않을 것이다. 그런데 앞서 살펴본 글은 누구나 그렇게 생각하는 것들로부터 별로 벗어난 게 없지 않은가! 읽어서 얻을 게 없는, 그저 그런 글이 되어버리고 만 것이다.

'소중한 사람'이라는 제목으로 쓴 어느 여고생의 글 중에 이런 것이 있다.

어느 날 '나'는 선생님과 함께 근처의 보육시설로 봉사활동을 갔다가 그곳에 사는 '오빠' 한 사람에게 호감을 갖는다. 그런데 '나'가 눈길을 몇 번이나 주었는데도 그 '오빠'는 아랑곳하지 않는다. 자존심이 상한 '나'는 다시는 그곳에 가지 않기로 결심하지만 수행평가 점수 때문에 일주일 뒤 다시 그 보육시설을 방문하게 된다.

그제야 '나'는 그 '오빠'가 청맹과니(겉으로는 멀쩡해 보이지만 실제로는 앞을 보지 못하는 눈/사람)라는 사실을 알게 된다. '오빠'에게 미안한 마음이 든 '나'는 그와 이야기를 오랫동안 나누다 놀라운 사실을 발견한다. 앞을 전혀 보지 못하는데도 세상을 향한 '오빠'의 마음의 눈이 '나'보다 훨씬 밝았던 것이다.

하루하루 이렇게 꿈을 꿀 수 있는 것만으로도 얼마나 감사한지 모른다는 오빠의 말에 '나'는 불만투성이로 살고 있는 자신을 깊이 반성하게 된다. '나'로 하여금 세상을 예쁘게 바라볼 수 있게 해준 그 '오빠'야말로 요즘 내게 가장 소중한 사람이라는 내용이다.

자신의 독특한 체험을 살려 쓴 글이다. '청맹과니 오빠'라는 글감도 잘 끌어들였다. 자신의 순간적인 실수와 요즘의 생활상을 솔직하게 고백한 것도 돋보인다. 무엇보다 '오빠'를 따뜻한 눈으로 바라볼 줄 아는 작중화자의 마음이 읽는 이들의 마음을 훈훈하게 만들어서 글 읽는 즐거움을 더하고 있는 것이다.

완득이와 똥주 선생

사물이나 사건을 어떤 각도에서 바라보느냐 하는 것도 대단히 중요하다. 글로 써야 하는 것은 내가 겪은 것 자체가 아니라 내가 겪었으되 다른 사람들과 차별화된 나만의 관점에서 바라본 것이어야 하기 때문이다.

앞서 언급한 '소중한 사람'이라는 제목으로 글을 쓸 때 부모님이나 선생님, 친구 모두 사실 훌륭한 글감이 될 수 있다. 적어도 누구나 생각하고 바라볼 수 있는 관점에서의 그들이 아니라면 그렇다.

'나'의 관점에서 새롭게 바라본 부모님의 특수한 처지나 상황 혹은 나와의 관계, 소설 「완득이」의 담임 '똥주'와 같이 상식에서 벗어난 어떤 선생님의 독특한 교육방식이나 철학, 남들은 갖지 못한 내 친구 아무개만의 특성을 발견해서 글로 쓴다면 역시 읽을 만한 글이 될 거라는 말이다.

"옥희, 이거 갖다가 엄마 드리고 지난간 달 밥값이라구, 응?"

나는 그 봉투를 갖다가 어머니에게 드렸습니다. 어머니는 그 봉투를 받아 들자 갑자기 얼굴이 파랗게 질렸습니다. 그 전날 달밤에 마루에 앉았을 때보다도 더 새하얗다고 생각되었습니다. 어머니는 그 봉투를 들고 어쩔 줄을 모르는 듯이 초조한 빛이 나타났습니다. 나는,

"그거 지난간 달 밥값이래."

하고 말을 하니까, 어머니는 갑자기 잠자다 깨나는 사람처럼 "응." 하고 놀라더니, 또 금시에 백지장같이 새하얗던 얼굴이 발갛게 물들었습니다. 봉투 속으로 들어갔던 어머니의 파들파들 떨리는 손가락이 지전을 몇 장 끌고 나왔습니다. 어머니는 입술에 약간 웃음을 띠

면서 후 하고 한숨을 내쉬었습니다. 그러나 그것도 잠시, 다시 어머니는 무엇에 놀랐는지 흠칫하더니, 금시에 얼굴이 새하얘지고 입술이 바르르 떨렸습니다. 어머니의 손을 바라다보니 거기에는 지전 몇장 외에 네모로 접은 하얀 종이가 한 장 잡혀 있는 것이었습니다.

어머니는 한참을 망설이는 모양이었습니다. 그러나 무슨 결심을 한 듯이 입술을 악물고, 그 종이를 차근차근 펴 들고 그 안에 쓰인 글을 읽었습니다. 나는 그 안에 무슨 글이 씌어 있는지 알 도리가 없었으나, 어머니는 그 글을 읽으면서 금시에 얼굴이 파랬다 발갰다 하고, 그 종이를 든 손은 이제는 바들바들이 아니라 와들와들 떨리어서 그 종이가 부석부석 소리를 내게 되었습니다.

– 주요섭, 「사랑손님과 어머니」 중에서

이 대목은 주위에서 흔히 볼 수 있는 사물이나 사건이라도 그걸 어떤 관점에서 바라보고 글을 쓰느냐에 따라 읽는 맛이 크게 달라질 수도 있다는 사실을 보여주는 좋은 예다. 이 소설의 관찰자이자 작중화자인 '옥희'는 이제 겨우 '여섯 살 난 처녀애'다. 그 아이의 눈에 비친 사랑손님과 엄마 사이에서 벌어지는 사랑의 감정 변화 과정이 이 소설의 전체적인 골격을 이룬다.

'사랑손님'과 '엄마' 같은 남녀 사이에 사랑의 감정이 생기는 건 자연스럽고 흔한 이야기다. 그런데 어른들만의 그런 애틋한 사랑의 감정을 제대로 이해할 수 없는 여섯 살짜리 아이의 관점에서 두 사람의 모습을 그렸다는 것이 이 작품만의 독창적인 그 무엇이다.

사랑손님이 전해달라는 봉투를 받아들고는 얼굴이 파랗게 질렸다가 초조한 빛을 나타내기도 하고, 손가락을 파들파들 떠는가 싶더니, 후 하고 한숨을 내쉬기도 하다가, 종이가 부석부석 소리를 낼 만큼 손을 와들와들 떠는 엄마의 심정을 사실 이 글을 읽는 독자는 모두 이해한다. 다만 그 모습을 바라보는 아이는 상황을 이해하지 못하고 있다는 데 이 글을 읽는 묘미가 있는 것이다.

독창적 생각과 느낌

모든 글쓰기는 자신의 삶을 돌아보는 데서 시작된다. 살면서 자신이 보낸 모든 시간들과 그 속의 경험들은 좋은 글감이 될 수 있다. 앞서 글감을 가까운 곳에서 찾으라고 했던 것도 그런 뜻에서다. 또 자신의 삶이나 주위에서 벌어지는 사건이 아무리 평범한 것이어도 그 상황을 바라보는 관점에 따라 「사랑손님과 어머니」처럼 읽는 이에게 얼마든지 새로운 느낌을 주는 글을 쓸 수 있다.

물론 여러 가지 일을 많이 체험하면 그만큼 많은 글감이 내면에 쌓이는 건 사실이다. 시대와 역사의 아픔을 온몸으로 견디며 기구하게 살아왔다면 그 자체가 좋은 글감이 될 수도 있다. 하지만 그렇다고 그게 모두 글이 되는 건 아니다. 그런 체험에 자신만의 독특한 생각이나 느낌을 담을 수 있어야 한다.

자, 이제 당신과 가까운 곳에 있는 것 중 아무리 사소하고 초라하며 남루한 사물이나 사건이라도 있는 그대로만 바라보지는 말자. 가끔은 거기에 삐딱한 눈길과 배배꼬인 마음길을 주기도 하자.

함부로 뒤집어도 보고, 세워도 보고, 엎어놓고도 보자. 국기 게양대 꼭대기에 올려놓고도 보고, 자동차 꽁무니에 매달아놓고도 보고, 종이배처럼 시냇물에 띄워놓고도 보고, 프라이팬에 기름을 두른 다음 자작자작 볶으면서도 보기를 멈추지 말자.

그러면 예기치 않은 데서 나만의 독창적인 생각과 느낌이 정월 대보름달처럼 선명하게 떠오를 것이다. 그걸 글감으로 포획하자.

항상 외롭고 쓸쓸하기만 한 당신

그럴싸한 주제를 찾아 헤매느라 시간을 허비하지 말자.
그건 글쓰기를 어렵게 할 뿐이다.
글감이 될 만한 이야기부터 찾자.
바로 '나를 외롭게 하는 것들'이다.
나를 우울하게 만드는 것들,
나를 고통으로 몰아넣는 것들,
내가 불만을 갖고 있는 것들을 찾아서 그걸 쓰자.

고독 혹은 쓸쓸함

누구나 지축 위에
홀로 서 있나니
햇살 한 줄기 뻗쳤는가 하면
어느덧 황혼이 깃든다

— 살바토레 콰시모도, 「황혼이 깃들고」 전문

우리들 각자는 세상의 지축/중심에 서 있으되, 누구나 이처럼 홀로 서 있다. 그뿐인가. 햇살이 머무는 시간은 언제나 짧고, 어느덧 깃드는 황혼처럼 우리의 삶/인생 또한 그리 오래가지 않는다.

너를 보내는 들판에
마른 바람이 슬프고
내가 돌아선 하늘엔
살빛 낮달이 슬퍼라
오래토록 잊었던 눈물이 솟고
등이 휠 것 같은 삶의 무게여
가거라 사람아 세월을 따라
모두가 걸어가는 쓸쓸한 그 길로

이젠 그 누가 있어

이 외로움 견디며 살까

이젠 그 누가 있어

이 가슴 지키며 살까

아 저 하늘에 구름이나 될까

너 있는 그 먼 땅을 찾아 나설까

사람아 사람아 내 하나의 사람아

이 늦은 참회를 너는 아는지

　1984년에 임희숙이라는 가수가 불러서 크게 히트한 노래 〈내 하나의 사람은 가고〉의 노랫말이다. 이 노래는 시인이자 노래 운동가인 백창우가 서적 외판원으로 일하면서 고단하게 살아가던 27세 무렵에 작사·작곡했다고 한다.

　이 노랫말 속의 화자인 '나'는 '너'와 헤어진 뒤 찾아온 '등이 휠 것 같은 삶의 무게' 때문에 쓸쓸하다. 곁에 아무도 없어서 외로움을 견디기가 실로 막막하다. '너 있는 그 먼 땅을 찾아 나설까' 하지만 '너'를 만날 기약 또한 세상 어느 곳에도 없다.

　기왕 노래 얘기가 나왔으니 하나만 더 들어보고 가자.

외로워 외로워서 못 살겠어요

하늘과 땅 사이에 나 혼자

사랑을 잊지 못해 애타는 마음

대답 없는 메아리 허공에 지네

꽃잎에 맺힌 사연 이루지 못해

그리움에 타는 마음 달래가면서

이렇게 가슴이 아플 줄 몰랐어요

외로워 외로워서 못 살겠어요

〈사랑의 종말〉이라는 제목의 이 노래는 '산산이 부서져' '허공중에 헤어졌기 때문에' '불러도 주인 없고' '부르다가 내가 죽을 수밖에 없다'고 했던 소월의 시 「초혼」을 연상시킨다.

가수 차중락이 부른 이 노래는 1969년 당대의 스타인 최은희와 남정임이 주연한 영화 〈내일 죽을지라도〉의 주제곡(그 시절에는 'OST'라는 용어가 없었다)이었다고 한다. 그 후 이 곡은 박경애, 이수영 등의 가수들이 요즘말로 리메이크해서 부르기도 했다.

이 노랫말 속의 화자도 〈내 하나의 사람은 가고〉의 '나'처럼 '사랑을 잊지 못해' '꽃잎에 맺힌 사연 이루지 못한' 외로움에 시달리고 있다. 급기야는 '외로워서 못 살겠'노라고 '애타는 마음'을 토해내고 있는 것이다.

사실 우리의 일상 속에서 이런 느낌은 때와 장소를 가리지 않고 찾아온다. 새근새근 잘 자던 아기가 갑자기 자지러지게 울음을 터뜨린다. 장난감 가게에서 유치원생 아이가 바닥에 드러누워 떼를 쓰고, 남루한 옷차림의 엄마는 철없는 아들에게 망연히 눈길을 주다 말고 한숨을 푹푹 내쉰다.

무엇 때문에 자지러지게 울고, 떼를 쓰고, 한숨을 쉬는가?

짝사랑하던 국어선생님의 결혼 소식을 듣고 사흘이나 무단결석을 한다. 합격자 명단에 자신의 이름이 빠져 있는 걸 발견하고 하염없이 굵은 눈물방울을 떨군다. 미국산 소고기 수입에 반대하는 사람들이 촛불을 들고 광장에 모인다. 사업실패를 비관한 남자가 한강다리에서 몸을 던진다.

자, 다시 묻는다. 무엇 때문에 무단결석을 하고, 눈물을 흘리며, 광장에 모이고, 한강에 몸을 던지는 것인가? 외로워서다. 앞서 예를 든 갖가지 행동을 하게 만든 원인으로서 그 '무엇'을 하나로 묶는 말이 바로 '외로움'이라는 뜻이다.

사람은 누구나 외로워서 울고, 깊은 한숨을 쉬며, 외로워서 슬픔에 잠긴다. 때로는 분연히 떨치고 일어나 자신을 외롭게 만든 그 어떤 것에 온몸으로 항거하기도 한다. 스스로 목숨을 버리는 것 또한 외로움이 극단에 이르렀기 때문이다.

외로움의 본질

도대체 '외로움'이 무엇인가? '외로움'이란 본디 '홀로 있는 듯이 쓸쓸한 마음'을 가리키는 말이다. 그런데 홀로 있다니, 사람이란 본디 홀로인 존재 아닌가! 그렇다. 사람이란 늘 혼자여서 고독한 존재다. 곁에 가족이나 친구가 있어도 우리는 결국 누구나 혼자고, 그래서 시시각각 외로움에 시달린다. 그리고 이 '외로움'이야말로 우리네 삶의 본질이라고 할 수 있다. 어째서 그런가?

세상에서 가장 소중한 사람은 바로 '나'다. 나 자신이다. 부모나 형제, 친구도 물론 소중하지만 '나' 자신보다 더할 수는 없다(그들은 어디까지나 내가 소중하게 인지하는 대상일 뿐이다). 그러니까 당연히 세상은 '나'를 중심으로 해서 돌아가야 한다. 그런데 어디 그런가? 심지어 '나'가 당장 사라진다 해도 세상은 아무 일 없다는 듯 지금처럼 잘만 돌아갈 게 뻔하다. 결국 '나'가 제일 소중하므로 세상의 중심이어야 한다는 건 '나' 혼자만의 생각일 뿐이다.

'나'가 성취하려는 것들도 모두 '나'를 둘러싸고 있는 이 세상 속에 있다. 그런데 아무리 간절히 소망하면서 발버둥을 쳐도 '나'가 손에 넣을 수 있는 건 바라는 만큼에 턱없이 모자란다. 당연하다. 세상은 '나' 혼자만의 것이 아니라 무수히 많은 '또 다른 나'들의 것이기 때문이다. 그러니까 기대와 달리 '나'는 세상의 중심에 있지도 않고, 세상과 하나일 수도 없는 것이다.

바로 이것, '나'와 세상은 하나가 아니라 서로 멀리 떨어져 있다는 인식, 혹은 그렇게 느끼는 감정이 바로 '외로움'이고 '고독'인 것이다. 그건 각자의 '낭만적 바람'과 '사실적 좌절'의 괴리에서 비롯된 감정의 일종이기도 하다.

'낭만'과 '사실'은 무엇인가? 비유컨대 '낭만'이 술꾼들의 저녁 술자리를 지배한다면 '사실'은 다음날 으레 닥쳐오게 마련인 신체와 정신의 고통 같은 모습이다. 그러므로 '사실'은 모든 외로움의 원천이라고 할 수 있다. 이 둘을 구체적으로 예를 들어 비교해보자.

친구든 선후배든 죽이 잘 맞는 이들과 어울려 차수와 주종을 바꾸기며 새벽이 당도하도록 부어라 마셔라 한다. 과음으로 건강이 나빠진다든가, 집에 일찍 들어오지 않는다고 부아가 난 마누라의 배배 꼬인 심사 따위는 내 알 바 아니다. 다음날 첫 시간 강의가 있다는 것쯤은 까맣게 잊은 지 오래다. 마셔서 즐거운 개인의 감정은 날개를 파닥거리며 자유로운 공상의 세계를 둥실둥실 떠다닌다. 바로 '낭만적 철없음의 시간'이다.

하지만 전날의 숙취 때문에 속이 쓰리고 둔기에 찍힌 듯 뒷골이 쩍쩍 갈라지는 사실적 고통의 시간이 금방 찾아온다. "그놈의 술 때문에 내가 못 살아, 못 살아!"를 연발하는 마누라의 잔소리는 숙취의 고통을 두 배 세 배로 키운다. 첫 시간 강의를 휴강 처리한 일로 술꾼의 착하디착한 심기는 두통보다 더하다. 어젯밤의 그 자유분방했던 상상의 날개는 맥없이 꺾인다. 급기야는 이를 부득부득 갈며 내가 다시 술을 먹으면 성을 바꾼다고 결심하기에 이른다. '사실적 아픔과 후회의 시간'이다.

세상이 낭만적이라면 우리는 더 이상 외롭지 않아도 된다. 그런데 유감스럽게도 우리가 사는 세상은 낭만과 거리가 멀다. 우리는 누구나 자신을 외롭게 만드는 '사실'의 세계에서 살아가야 한다. 살아있는 한 아무리 몸부림을 쳐도 거기서 벗어날 수 없다.

그 아픈 삶의 무게

'외로움'은 장르를 막론하고 모든 예술 분야의 핵심이 되는 주제다. 예술 분야에서 공통적으로 다루는 게 사람의 삶인데, 이 외로움이 바로 사람이라는 존재의 본질이기 때문이다. 한 번 진지하게 생각해 보자. 우리가 이 세상을 살아가는 동안 크든 작든 외로움을 느끼지 않고 지내는 날이 하루도 없지 않은가!

나 아홉 살 때
뒤주에서 쌀 한 됫박 꺼내시던 어머니가 갑자기
"내 알통 봐라" 하고 웃으시며
볼록한 알통 보여주셨는데,

지난여름 집에 갔을 때
냉장고에서 게장 꺼내주신다고
왈칵 게장 그릇 엎으셔서
주방이 온통 간장으로 넘쳐흘렀다.

손목에 힘이 없다고,
이제 병신 다 됐다고,
올해로 벌써 팔십이시라고.

– 서홍관, 「어머니 알통」 전문

어린 아들에게 '알통'을 자랑스럽게 내보이며 씩씩하게 웃으시던 내 어머니를 '손목에 힘이 없다고, 이제 병신 다 됐다고' 한숨짓게 만드는 세월이 하도 야속해서 그것을 바라보는 아들 또한 이처럼 외로워하고 있지 않은가!

사는 동안 시시각각으로 찾아오는 외로움을 향해 우리는 때로 맞서 싸우기도 하고, 그로부터 벗어날 수 있는 방도를 찾기 위해 고민도 하고, 또 때로는(사실 대부분의 경우는) 포기하는 심정으로 순순히 그걸 받아들인다.

박인환은 그의 시 「목마와 숙녀」에서 '인생은 외롭지도 않고 거저 잡지의 표지처럼 통속'한 것이라고 읊조렸지만, 그럼에도 '한탄할 그 무엇이 무서워서' 떠날 수밖에 없는 게 우리네 쓸쓸한 인생이고 사람살이인 것이다.

물론 이 외로움의 감정은 미래의 방향을 정해주어서 하루하루 고단한 삶에 활기를 불어넣기도 한다. 이런 경우 각자 느끼는 외로움이 지독할수록 삶의 방향도 확고해진다. 시시각각으로 지독한 외로움에 시달리는 사람은 거기서 벗어나기 위해 지속적으로 노력하게 되어 있기 때문이다.

노숙자로서의 삶에 외로움을 느끼지 않는 사람은 그 생활에 쉽게 안주하지만, 노숙자의 모습으로 살아가는 하루하루가 외로운(불편하고 부끄러워서 도저히 견딜 수 없다고 생각하는) 사람은 자력갱생을 위해 온갖 노력을 다하는 법이다.

혼자 사는 외로움에 진정으로 시달리는 사람은 적잖은 비용이 드는 결혼 중개회사의 회원으로 가입해서라도 짝을 찾아 나선다. 나라를 잃은 현실로 극심하게 외로웠기 때문에 안중근 의사는 목숨을 걸고 이토 히로부미를 향해 총탄을 날렸던 것이다.

자신이 직접 겪은 것을 글감으로 해서 쓰라고 했다. 그중에서 글감을 찾아내는 좋은 방법이 여기 있다. 우선 과거에 나를 외롭게 만든 것이 무엇인지를 떠올리는 것이다. 요즘 나를 외롭게 만드는 건 또 무엇인지 곰곰이 생각해보는 것이다. 사람이든 주어진 현실이든 뭐든 나를 힘들게/외롭게 하는 것을 찾아내면 그것이 바로 훌륭한 글감이 되고 주제도 된다.

지금 야간산행은 벌금이 오십만 원이지만 예전에 밤으로 걷는 즐거움은 제법 컸었다. 지상의 모든 것들이 달빛에 젖어 조용히 스스로를 성찰하는 시간에 나는 홀로 깨어 있다는 것만으로도 한껏 고무되었던 철없는 발자국 소리였다.

달빛에 촉촉이 젖은 구상나무며 이슬 머금은 동자꽃, 숲의 어둠을 얼핏 스쳐가는 고녀까지도 경이로웠던 밤, 그렁그렁한 별들이 금방이라도 쏟아질 듯한 밤, 불무장등의 작은 봉우리들과 피아골의 들리지 않는 물소리마저도 모두가 나를 향해 밀려오는 것만 같던 그 치기어린 감상의 밤이 그립다.

- 박두규, 『지리산-고라니에게 길을 묻다』 중에서

이 글을 쓴 이 또한 외롭다. 벌금 오십만 원이 무서워서, 혹은 '철없는 발자국 소리'를 내기에는 이미 나이가 너무 들어버린 세월의 무게에 짓눌려서 자연과 더불어 온전히 하나가 될 수 있었던 그 시절의 '치기어린 감상의 밤'으로 이제 다시는 돌아갈 수 없다는 아쉬움 때문이다.

그럴싸한 주제를 찾는 데 시간을 허비하는 건 좋지 않다. 글쓰기를 어려워하는 중요한 이유 중 하나는 주제를 먼저 정하려고 들기 때문이다. 물론 주제는 전체 이야기를 통일성 있게 만든다는 점에서 대단히 중요하다.

그렇다고 주제를 앞세우면 글쓰기는 시작조차 어렵다. 거기에 딱 들어맞는 글감을 찾기가 어려워서다. 그렇게 쓴 글은 억지로 짜 맞춘 이야기가 되기 십상이다.

이제부터는 글감이 될 만한 이야기부터 찾아보자. 바로 '나를 외롭게 하는 것들'이다. 지금 나를 우울하게 만드는 것들, 나를 힘겹게 만드는 것들, 내가 불만을 갖고 있는 것들, 그리하여 나를 외롭게 만드는 것들이 무엇인지를 떠올려 보자는 것이다.

공부를 열심히 해서 기말고사를 보았는데 성적이 형편없이 나오는 바람에 결국 장학금을 못 받게 되었는가? 첫눈이 펑펑 쏟아져서 친구한테 문자메시지를 보냈더니 저녁에 남자친구와 약속이 있다면서 다음에 만나자고 하지 않았는가? 새벽에 일어나 밥상을 차렸는데 남편과 아이들이 반찬 타박을 해대다가 입맛이 없다면서 밥숟가락을 뜨는 둥 마는 둥하고 집을 나갔는가? 그래서 기분을 잡쳤고,

또 속이 부글부글 끓는가?

그걸 쓰면 된다. 그 과정에서 나만의 삶의 모습도 새롭게 발견할
수 있을 것이다.

타락한 세상의 이루어질 수 없는 사랑

그들 중 누군가의 애인이나 아내가 되어 보고,
남자친구나 남편도 되어 보자.
아무리 순수한 사랑도
세상이 타락해 있는 한 그리 오래 지속되지 못한다.
그게 바로 당신이 글 속에서 그려야 하는
타락한 세상 속의 순수한 사랑 이야기다.

혼사장애 모티프

1970년대 전 세계 젊은이들의 심금을 울렸던 〈러브 스토리〉라는 영화가 있었다. 원작은 에릭 시걸(Erich Segal)의 소설인데, 그 첫머리는 주인공 올리버가 사랑하는 아내 제니를 떠나보낸 뒤 이렇게 독백하는 것으로 시작된다.

스물다섯 살에 죽은 여자에 대해 무슨 말을 할 수 있겠는가?
그 여자는 아름답고 총명했다. 그녀는 모차르트와 바흐를 사랑했다. 비틀즈를 사랑했다. 그리고 나를 사랑했다.

윌리엄 셰익스피어 원작 영화 〈로미오와 줄리엣〉의 마지막 부분은 또 이렇다.

눈이여, 보아라 마지막이다!
팔이여, 마지막 포옹을!
생명의 창인 입술이여, 고결한 입맞춤으로 닫히고
죽음의 신과의 영원한 계약을 맺으며
내 사랑을 위하여!

줄리엣이 죽은 줄로 착각한 로미오가 스스로 목숨을 끊으려고 독약을 마시기 직전에 토해내는 절규다.

오, 무심한 분!

왜 절 위해 한 방울의 독약도 남기지 않았나요!

이건 잠에서 깨어난 줄리엣이 로미오의 시신을 발견하고는 그가 마신 독약 병을 들고 구슬프게 울면서 독백하는 장면이다. 물론 줄리엣도 로미오가 허리에 차고 있던 단검을 뽑아 자신의 심장을 찌르고 죽는다.

두 영화의 남녀 주인공을 떠올리면 그들의 모습이 참으로 안타깝고 한없이 슬퍼 보인다. 〈러브스토리〉의 여주인공 제니는 치료가 불가능한 백혈병에 걸려 사랑하는 사람을 남겨두고 세상을 떠나야 해서 슬프고, 남자주인공 올리버는 그런 제니를 떠나보냈기 때문에 고통의 나날을 보낸다.

〈로미오와 줄리엣〉의 주인공인 로미오와 줄리엣도 자신들의 사랑을 가로막는 현실의 장벽을 넘지 못하고 결국 꽃다운 나이에 스스로 목숨을 끊었다. 「춘향전」의 몽룡과 춘향도 몽룡의 아버지가 한양으로 갑자기 '전근'을 가는 바람에 평생 변치 말자던 굳은 사랑의 맹세를 지키지 못한 채 그 어린 것들이 오리정에서 피울음을 쏟으며 작별하지 않았는가!

쑥대머리 구신형용 적막옥방으 찬 자리에

생각난 것이 임뿐이라

보고지고 보고지고 한양낭군 보고지고

오리정 정별후로 일장서를 내가 못봤으니

부모봉양 글공부에 저를이 없어서 이러난가

연이신혼 금슬우지 나를 잊고 이러는가

계궁항아 추월 같이 번뜻 솟아서 비치고져

막왕막래 맥혔으니 앵모서를 내가 어이보며

전전반칙으 잠 못 이루니 호접몽을 어이 꿀 수 있나

손가락으 피를 내여 사정으로 편지헐까

간장의 썩은 눈물로 임의 화상을 그려볼까

녹수부용으 연 캐는 채련녀와

제롱망채엽으 뽕따는 연인네도 낭군 생각은 일반이라

옥문 밖을 못나가니 뽕을 따고 연 캐겄나

내가 만일에 임을 못 보고 옥중 원귀가 되거드면

무덤 근처 있난 독은 망부석이 될 것이요

무덤 앞에 섰난 남근 상사목이 될 것이오

생전사후으 이 원통을 알어 줄 이가 뉘 있드란 말이냐

아무도 모르게 울음을 운다

- 임방울, 〈쑥대머리〉 전문

변학도에게 수청 들기를 거부한 죄로 옥중에 갇힌 춘향이가, 한양
으로 떠난 뒤 편지 한 장 보내오지 않는 낭군을 그리워하며 애타게
부르는 소리가 소월의 「초혼」 못지않다. '내가 만일에 임을 못 보고
옥중 원귀가 되거드면 망부석이 되고 상사목이 될 것'이라는 대목

은 애절하다 못해 처절하게까지 들린다.

무엇이 이 세 이야기 속의 주인공들을 슬픔에 빠뜨리고 있는가?

〈러브스토리〉는 갑자기 운명처럼 찾아온 여주인공의 백혈병이다. 〈로미오와 줄리엣〉에서는 양쪽 집안의 해묵은 원한관계다. 「춘향전」에서 몽룡과 춘향의 사이를 갈라놓은 건, 겉으로는 몽룡이 아버지의 한양 선근이지만, 당시의 임격한 신분사회다. 그런 요인들이 이들 남녀의 사랑을 가로막은 것이다.

'혼사장애 모티프'라는 게 있다. 말 그대로 '혼사(혼인/결혼)를 가로막는 동기 혹은 요인'을 뜻한다. 남녀의 사랑을 방해하거나 지속할 수 없도록 하는 유형과 무형의 원인은 모두 여기에 포함된다.

「인어공주」나 「잠자는 숲속의 공주」는 악마의 저주를 받아서 사랑을 이루지 못하지만, 우여곡절 끝에 그 장애를 극복하고 왕자를 만나 결혼한다는 공주의 이야기를 다루고 있다. 이들 동화에서는 악마의 저주가 바로 혼사장애 요인이다.

「콩쥐팥쥐」의 경우는 포악한 새어머니와 팥쥐의 이기적인 질투심리가 혼사장애 요인이다. 이야기의 골격이나 혼사장애 요인으로 보면 「신데렐라」도 「콩쥐팥쥐」와 거의 같다. 동화 속 공주들이나 콩쥐는 그런 혼사장애 요인으로 인해 많은 고난과 고초를 겪지만, 결국 모두 극복하고 혼사/결혼에 성공한다.

소설이나 동화, 영화, 연극의 대본과 같이 스토리가 있는 글에서 혼사장애 요인은 크게 세 가지 종류로 나뉜다.

하나는 '운명' 혹은 '숙명'이다. 이건 주로 사람의 힘으로는 치유할 수 없는 병마 같은 요인으로 그려진다. 이런 경우 대부분은 남녀 어느 한 쪽이 죽는 것으로 결말이 지어진다. 앞서 살펴본 〈러브스토리〉가 대표적인 예다. 우리가 잘 아는 황순원의 「소나기」도 여기에 해당된다. 소설에 등장하는 소년과 소녀는 사랑이 뭔지도 모르면서 서로 좋아하지만, 소녀가 병마를 이기지 못하고 죽음으로써 둘의 관계는 더 이상 지속되지 못한다.

개인적인 요인도 있다. 〈로미오와 줄리엣〉 같은 경우다. 이 청춘 남녀는 가면무도회에서 처음 만나 사랑을 키우다 로렌스 신부의 주선으로 비밀결혼식까지 치르지만, 오랜 적대관계에 있는 양쪽 집안 어른들의 완강한 반대로 더 이상 사랑을 이어가지 못한 채 결국 모두 죽고 만다.

사회적 혼사장애 요인이 뚜렷한 이야기가 바로 「춘향전」이다. 이 이야기의 혼사장애 요인은 청춘남녀의 순수한 사랑마저 가로막는 당대의 모순된/비인간적 신분사회다(「춘향전」은 춘향과 몽룡이 오리 정에서 눈물로 헤어지는 것까지가 원본이라는 주장이 있다. 그 다음 이야기는 사람들의 입에서 입으로 전해지는 과정에서 신분타파와 같은 사회변화를 열망하는 하층민들이 덧붙였다는 것이다. 일리 있는 주장이다).

최인훈의 소설 「광장」은 이념의 차이로 갈라진 남북 동족 간에 벌어진 전쟁 때문에 사랑하는 여인과 사랑을 이루지 못한 한 사내의 이야기를 다루고 있다. 작가는 포로가 되어 배를 타고 제3국으로 가는 도중 결국 스스로 죽음을 선택하는 '이명준'이라는 인물을 통해 인간이 만들어 낸 이데올로기의 비인간성을 고발하고 있다.

자신들의 사랑을 가로막는 혼사장애 요인의 벽 앞에서 작중의 남녀는 고난을 겪는다. 방황하기도 하고 깊은 슬픔에 빠지기도 한다. 이들 주인공들은 모두 아무 조건 없이 서로를 아끼고 사랑하지만, 현실은 그걸 쉽게 용납하지 않고 그들을 이별이나 죽음으로 내몬다.

순수와 타락

「젊은 베르테르의 슬픔」이라는 괴테의 소설이 있다. 작중의 주인공인 베르테르는 샬로테를 사랑하지만, 당대의 인습체제와 귀족사회의 통념에 가로막혀 끝내 사랑을 이루지 못하고 자살한다. 「소나기」나 〈러브스토리〉처럼 운명적인 요인을 제외하면 로미오와 줄리엣, 춘향이와 몽룡, 이명준과 두 여인(윤애와 은혜), 베르테르와 샬로테의 사랑을 가로막은 혼사장애 요인은 모두 인간이다. 구체적으로는 그런 인간들이 우글거리는 타락한 세상이다.

"날 도와줘, 현태. 난 이제 새로운 출발을 하고 싶어. 다시 학교에도 복교하고 싶다. 까마득히 잊었던 공부를 새로 하고 싶다. 어머니를 만나서 용서를 빌고 싶다. 그동안 무심했던 불효를, 그 잘못을 무릎을 꿇고 빌고 싶다. 다혜를 만나서, 그녀에게 용서를 빌고도 싶다. 아아, 내가 그녀를 지금도 얼마나 사랑하고 있는가 모든 사실을 고백하고 싶다. 현태, 다혜만 내 곁에 있다면 나는 용기를 가질 수 있을 것이다. 그녀만 내게 있다면 나는 시작할 수 있을 거야, 현태."

"무엇을 어떻게 시작하겠다는 말인가?"

현태가 냉정한 눈으로 민우를 쏘아보았다.

"난 다혜를 사랑해, 현태."

피를 토하듯 낮은 절규의 목소리로 민우가 말을 뱉었다.

"난 그녀를 한시도 잊은 적이 없었다, 현태. 한 번만이라도 좋다. 난 그녀를 만나고 싶다. 만나서 말을 나누지 못해도 좋다. 그저 먼발치에서만이라도 그녀를 보고 싶다. 오랜 시간이 걸리지 않는다면 단일 분이라도 좋다. 그녀를 만나게 해 다오, 현태."

"난 모른다, 피리 부는 소년."

현태는 머리를 흔들었다.

"그녀의 행방에 대해서는 전혀 모른다. 이 말은 진실이다."

"오오."

순간 민우가 두 손으로 얼굴을 감싸 쥐었다. 감싸 쥔 그의 얼굴에서 눈물이 굴러 떨어지고 있었다. 넘쳐흐르는 눈물이 그의 얼굴과 손을 타고 흘러내리고 있었다.

　　　　　　　　　　　　　　　　　　 - 최인호, 「겨울 나그네」 중에서

　민우는 대학 캠퍼스에서 우연히 만난 다혜와 순수한 사랑을 키워 가다가 기지촌 여인의 몸에서 태어났다는 자신의 출생 비밀을 알게 된 뒤 다혜 곁을 떠나 방황한다. 자신의 더러운 몸으로는 더 이상 다혜를 사랑할 수 없다고 생각한 민우는 기지촌에서 만난 여자와 동거하며 아이까지 낳는다. 민우는 한시도 다혜를 잊은 적이 없어 그녀를 다시 만나려고 하지만 뜻을 이루지 못한다. 그러다 다혜가 오랜 친구인 현태와 결혼한 사실을 알고는 스스로 죽음을 택한다.

이 소설에서 민우와 다혜의 사랑을 가로막은 혼사장애 요인은 무엇인가? 기지촌처럼 여자의 성/사람의 몸을 돈으로 거래하는 '타락한' 세상이고, 자신이 더러운 여인의 몸에서 태어났다는 걸 받아들이지 못하는 민우의 '순수한' 영혼이다.

그렇다면 '타락'은 무엇이고, '순수'는 또 정확하게 무엇을 뜻하는 말인가?

사전에서는 '타락'을 가리켜 '올바른 길에서 벗어나 잡되고 나쁜 길로 빠지는 것'이라 정의하고 있다. 그런데 이것만 갖고는 '타락'의 뜻을 제대로 이해하기 어렵다. '올바른 길'이 무엇이고 '잡된 것'은 또 무엇인지 기준을 정하기가 쉽지 않기 때문이다. 설령 기준을 정한다 해도 자의적일 수밖에 없다.

'순수'는 '사사로운 욕심이나 불순한 생각이 없는 것'이라 정의하고 있는데 이 또한 막연하긴 마찬가지다. '사사로운 욕심'은 '개인적 욕심'을 뜻하는 말일 텐데, 세상에 개인적인 욕심이 하나도 없는 사람이 어디 있는가.

그렇다면 우리는 누구나 순수하지 않고 타락했다는 말 아닌가! 과연 우리는 순수한가, 타락했는가? 나는 과연 순수한 사람인가, 아니면 타락한 삶을 살아가고 있는가?

결론부터 말하자면 우리는 본질적으로는 순수하지만/순수했지만 어쩔 수 없이 타락한 삶을 살아가야 하는 존재다. 어째서 그런가? 순수와 타락의 본질적인 의미를 점검해 보면 답을 알 수 있다.

이 두 단어의 뜻을 제대로 이해하려면 경제학 영역에서 주로 쓰는 '교환가치'와 '사용가치'라는 용어를 끌어와야 한다. 말 그대로 '교환가치'는 교환하는 가치이고, '사용가치'는 사용하는 가치다.

교환가치는 '어떤 상품이 다른 상품과 어느 정도로 교환될 수 있는가 하는 상대적 가치'를 이르는 말로, 그게 얼마짜리인가를 묻는 것과 같다. 사용가치는 '사람의 욕망을 충족시키는 재화의 효용성 또는 유용성'을 뜻하는 말로 '무엇에 쓰는 물건인가?'와 같이 어떤 대상의 본질적 특성과 직접 관련되어 있다.

장미꽃의 교환가치는 무엇인가? 한 송이에 얼마인가 혹은 내가 그걸 손에 넣으려면 얼마를 지불해야 하는가이다. 그렇다면 사용가치는 무엇이겠는가? 시각과 후각의 효용이다. 눈으로 보고 향기를 맡아서 마음을 정화하고 기쁨을 느끼는 것이다. 그게 바로 장미꽃의 본질이고 사용가치다.

순수와 타락은 이 둘의 무게중심을 어느 쪽에 두느냐에 따라 갈라진다. 교환가치를 사용가치보다 우위에 두는 것은 '타락'이고, 그 반대가 '순수'인 것이다. 예를 들어보자.

한 청년이 사랑하는 여인에게 장미 꽃다발을 선물하고 싶어서 꽃집에 들어간다. 청년은 꽃집 주인에게 장미 백 송이로 꽃다발을 예쁘게 만들어달라고 부탁한 다음 솔직하게 한마디 덧붙인다.

"그런데 제가 주머니에 가진 돈이 없거든요."

청년은 사랑하는 여인에게 꽃다발을 전하면서 청혼을 할 계획이었다. 자, 꽃집 주인은 청년에게 장미 백 송이로 꽃다발을 만들어 줄까? 물론 아닐 것이다. 안 봐도 비디오다. 청년에게서 꽃값을 받을 수 없을 것이기 때문이다.

이번에는 사랑하는 여인에게 버림받은 한 청년이 꽃집에 들어간다. 청년은 꽃집 주인한테 장미 백 송이로 꽃다발을 만들어달라고 부탁한 다음, 가격을 묻고 꽃값을 건넨다. 사실 그는 자신을 버린 여인이 유난히 좋아했던 장미꽃을 구둣발로 짓이겨서 실컷 화풀이나 할 심산이었다. 자, 꽃집 주인은 청년에게 꽃다발을 만들어 줄까? 설령 청년의 그런 마음을 알고 있다 해도 대부분 그럴 것이다. 꽃값을 이미 받았기 때문이다.

청년이 장미 백 송이로 만든 꽃다발을 손에 넣을 수 있느냐 없느냐, 꽃집 주인이 청년에게 꽃다발을 만들어 주느냐 안 주느냐를 결정하는 것은 오로지 교환가치인 꽃값이다. 여기서 그 꽃다발을 얼마나 가치 있는 곳에 사용할 것인가 하는 사용가치는 별로 중요하지 않다. 교환가치가 사용가치에 우선하는 것이다. 그게 바로 타락이다.

넌 그 여자가 왜 그렇게 좋은 거냐? 몰라서 물어? 당연하지. 너도 알다시피 그 애 몸매가 아주 죽여 주잖냐. 얼굴도 딱 내 이상형이거든. 그뿐인 줄 아냐? 또 뭐가 있는데? 속이 넓어서 나를 잘 이해해 주거든. 물론 치과대학에 다니고 있으니까 나중에 치과의사가 돼서 수

입도 짭짤할 거고……. 아, 그래서 너는 그 애를 좋아하는구나?

그 남자가 그렇게 사랑스럽니? 예. 나중에 결혼도 할 거니? 아마 그럴 걸요? 내가 보기에는 별로던데? 아니, 왜요? 너도 생각해 봐라. 뭘요? 그 남자가 키가 크냐, 잘 생기긴 했냐? 게다가 변변한 직업도 없잖아. 그렇다고 집안이 빵빵한 것도 아니고……. 그러게요. 그러게 라니? 저도 잘 모르겠어요. 저는 그냥 좋아요, 그 남자가…….

남자가 갖고 있는 잘 생긴 외모나 우월한 직장, 고소득, 빵빵한 집안 배경이 마음에 들었는가? 그 여자의 잘 빠진 몸매, 수입이 짭짤한 치과의사가 될 거라는 확신, 고분고분한 성격 등에 호감이 갔는가? 그래서 지금 그렇게 열렬히 사랑하고 있는가? 미안하지만 그건 이미 타락한 사랑이다.

그 사랑은 오래 지속되지 못할 가능성이 대단히 높다. 그런 외적 조건들이 사라지거나 사실은 그게 별로 중요한 게 아니었다고 느끼는 순간, 당신들의 연애도 끝장날 게 뻔하기 때문이다. 까닭을 알지도 못하면서 그/그녀가 좋은 것, 좋아죽겠는 것, 그게 순수한 사랑이고 오래오래 지속되는 법이다.

손연재 선수가 올림픽 리듬체조 경기에서 훌륭한 연기를 마친 뒤 감격에 겨워 눈시울을 붉히는 순간, 어린 나이에 그녀가 견뎌야 했을 수많은 노고에 아낌없는 찬사와 격려의 박수를 보내는 사람이 있는가 하면, 쟤도 이제 돈방석에 앉겠다고 중얼거리며 입맛을 쩝쩝

다시는 사람도 있다.

친구가 만들어 준 커닝 페이퍼로 시험을 봐서 95점을 받는 타락한 학생도 있고, 며칠 밤을 꼬박 새워가며 공부하고도 75점을 기꺼이 받아들이는 순수한 학생도 있다. 글도 어떤 이는 그저 쓰는 게 좋아서 쓰지만, 원고료를 계산하면서 쓰는 이도 있다. 이 모든 게 다 성적표나 돈으로 사람의 능력을 평가하고, 삶의 질이 결정되는 타락한 사회 탓이다.

처음에 우리는 누구 할 것 없이 순수했다. 세상 돌아가는 원리를 잘 몰랐을 때까지는 적어도 그랬다. 다만 타락한 세상에서 살다 보니 자연스럽게 그리 변했을 뿐이다.

경쟁에서 밀려나지 않고 살아가려면 정직해서는 안 된다. 온갖 속임수를 쓰며 거짓말도 거리낌 없이 할 줄 알아야 한다. 그렇게 몸부림을 쳐도 제 뜻을 펴고 살아가기가 녹록치 않은 게 우리가 살아가는 타락한 세상이다.

앞서 언급한 것처럼 글을 포함한 모든 예술은 사람이 세상을 살아가는 이야기를 다룬다. 사과 두 개와 석류 한 개를 그린 정물화 속에 사람은 보이지 않지만 그 또한 사람/화가의 눈에 비친(느낌과 생각이 담긴) 대상의 모습이다.

남녀의 사랑도 중요한 글감 중 하나다. 유사 이래 영원한 글감이었고, 아마 앞으로도 그럴 것이다. 남녀의 사랑을 다룬 글을 읽을 경우, 글의 주제는 대부분 혼사장애 요인에 있다. 남녀의 사랑이 순조롭게 진행될 수 없도록 가로막는 '그 무엇'이 바로 주제라는 말이다.

그러니까 〈로미오와 줄리엣〉의 주제는 인간의 본성 중 하나인 누군가를 향한 미움이나 적대감의 부당성을 고발하자는 것이고, 「춘향전」의 주제는 당대 비인간적 신분사회의 모순을 드러내자는 것이 된다.

주말연속극 같은 멜로드라마의 경우, 사랑에 빠진 남녀는 그들 앞에 아무리 극복하기 어려운 혼사장애 요인이 버티고 있다 해도 종국에는 그걸 극복하고 사랑을 성취한다. 그 과정이 납득하기 어려울 때, 우리는 이를 가리켜 '막장 드라마'라고 부른다. 그런데 그건 어디까지나 멜로드라마 이야기다.

본격적인 글은 다르다. 글을 쓸 때는 혼사장애 요인을 통한 주제 찾기와 반대로 간다. 글에서 그려야 하는 이야기는 성공한 사랑이 아니고, 앞서 살펴보았던 영화나 소설의 남녀 주인공들처럼 실패한 사랑이다. 혹은 아무리 몸부림쳐도 실패할 수밖에 없는 사랑이다. 모두 타락한 세상 탓이다.

실패한 사랑 이야기

남녀의 사랑 이야기를 중심으로 스토리가 있는 소설이나 드라마 같은 글을 쓰고 싶어서 글감을 찾고 있다면 당신은 이제 무엇을 해야 하는가?

앞서 글감은 가까운 데서 찾으라고 했으니 먼저 자신의 과거와 현재를 돌아보는 일부터 시작하자. 연애에 실패한 과거의 경험을 떠올리는 것이다. 무엇 때문에 그/그녀와의 사랑을 지속하지 못했는지 당시의 여러 전후사정을 곱씹어가며 생각해 보자는 것이다.

아무리 생각해도 얘깃거리가 될 만한 게 없는가? 초등학교 때 첫사랑인 그/그녀와 결혼해서 지금까지 단 한 번도 다투지 않고 알콩달콩 재미나게 살아가고 있어서 그런가(이런 사람은 어쩌면 좋은 글을 쓰기가 대단히 어려울지도 모른다)?

주변에서도 찾아보자. 다만 남녀 어느 한쪽이 백혈병에 걸려 죽고 말았다느니, 아무래도 미심쩍어서 양쪽 집안 내력을 하나하나 파고 들어가다 보니 서로 죽고 못 사는 두 사람이 배가 다르거나 씨가 다른 남매로 판명이 나서 천륜을 어기지 못하고 헤어질 수밖에 없었다느니 하는 이야기에는 눈길도 주지 말자. 양쪽 집안의 빈부차가 하도 심해서 남자나 여자 쪽 부모가 완강하게 반대하는 바람에 결국 갈라서고 말았다느니 하는 진부하고 통속적인 이야기에도 관심을 가져서는 안 된다. 기웃거리거나 근처를 얼씬거리는 것조차 삼가야 한다.

집안의 어른들뿐 아니라 가까운 형제나 사촌들 중에서 멀거나 가까운 과거에 지독하게 사랑했던 사람과 아프게 헤어진 이들은 없는지, 그들은 무엇 때문에 결혼을 하지 못했는지 알아보자. 학교 선후배나 직장 동료들, 한 동네나 이웃 마을에 사는 아무개의 실패한 연애담에도 귀를 기울이도록 하자. 유명 연예인의 이혼담 같은 통속적 사건에 관심을 갖는 것도 좋다. 인터넷을 뒤져서 그 이면에 가려진 진실을 샅샅이 알아내는 것이다.

우리가 사는 세상에도 기꺼이 눈길을 주도록 하자. 세상이 얼마나 어떻게 타락했는지, 그처럼 타락한 세상은 또 어떤 혼사장애 요인을 숨기고 있는지 발굴해 보자는 것이다. 개인적인 것도 무방하고, 사회적인 요인을 찾아내는 것도 좋다. 불의의 부상을 당했거나 성적부진으로 소속 구단에서 퇴출당할 위기에 놓인 야구선수와 그를 열렬히 사랑하는 한 여자의 이야기도 상상해 보자.

우리 현대사에 적극적으로 관심을 갖는 것도 반드시 필요하다. 우리는 동족간의 끔찍한 전쟁을 치렀다. 학생혁명이나 군사쿠데타와 같은 굵직굵직한 정치사회적 사건을 목도하며 변혁의 소용돌이를 헤쳐 왔다. 그 과정에서 뜻있는 많은 이들이 위정자들로부터 감당하기 어려운 고초를 겪기도 했다.

노동운동이나 민주화운동에 투신했다가 잔혹한 고문을 당한 이들도 부지기수다. 억울하게 죽음을 당한 이들도 많았다. 그중에는 스스로 온몸에 불을 사르고 처참한 모습으로 죽어간 이들도 적지 않다.

시간의 경계를 뛰어넘어 그들의 가려진 사연 속으로 들어가 보자. 그들 중 누군가의 애인이나 아내가 되어 보고, 남자친구나 남편도 되어 보자. 그들 사이에 어떤 일이 벌어졌을지를 마음껏 상상하는 것이다. 그들이 겪었을 고통은 또 어떤 것들이 있었을지 당신이 직접 겪은 것처럼 눈앞에 그려보는 것이다.

그걸 글감으로 사랑 이야기를 만들자. 아무리 순수한 사랑도 세상이 타락해 있는 한 그리 오래갈 수 없고, 종국에는 이루어질 수 없는 사랑이 되고 만다. 그게 바로 당신이 글 속에서 그려야 하는 타락한 세상 속의 순수한 사랑 이야기다.

매우 굵어서 자랑하고 싶은 내 팔뚝

자신이 생각하는 장점이나 빛나는 업적을 자랑하고 싶어서
정 견딜 수가 없거든 방문을 걸어 잠그고
새벽이 밝아올 때까지 일기장에 실컷 쓰도록 하자.
그런 다음 한 일 년쯤 묵혀두었다가
그 일기장을 다시 꺼내 읽어보는 것이다.

야냥개 떨기

"그래, 니 팔뚝 굵다."

누군가와 얘기를 나누다가 크고 작은 다툼이 벌어질 경우, 상대 방이 지나치게 잘난 체를 하거나 말도 안 되는 억지를 써가며 자기 주장만 고집할 때, 그래서 더 이상 그 사람하고 말을 섞고 싶지 않을 때 "그래, 니 똥 굵다"와 더불어 흔히 쓰는 말이다. 그런 이들하고는 마주앉아 얘기를 나누기 싫은 게 인지상정이다.

가령 다음과 같은 경우다.

"우리 그이가 이번에 승진을 했잖니. 함께 입사한 직원이 백이십 명인가 된다는데 그중에서 제일 먼저 과장을 달았다고 하더라니까, 글쎄? 어디 그뿐인 줄 아니? 우리 큰애, 걔가 맨날 2등 아니면 3등이 더니 이번에 드디어 전교 일등을 했다는 거 아니니……. 내가 이거 졸지에 양쪽으로 축하 턱을 내게 생겼으니 이래저래 돈 들어갈 일만 태산이다, 얘. 이 노릇을 어쩌면 좋으니?"

이 여자는 겉으로는 다 죽어가는 시늉을 하면서 사실은 남편과 자식 자랑을 장황하게 늘어놓고 있다(이런 걸 두고 일부 지역 사람들 은 '야냥개를 떤다'고 한다). 어차피 그리 하기로 마음을 먹고 자랑을 하고 있으니 듣는 사람의 기분 따위는 아랑곳하지 않는다. 이런 이 들일수록 낯부끄러운 줄도 모른다.

"어휴, 내가 못살아!"

"왜, 또?"

나는 형자의 다음 말이 궁금했지만 꾹 참았다.

"아, 글쎄 이 인간이 나 몰래 주식에다 돈을 얼마나 꼴아 박았는
지……."

"저런……."

"그뿐이면 내가 말도 안 해. 아무래도 이 인간이 좀 수상해……."

"수상해? 그렇다면 혹시……."

이 경우는 어떤가? 친구가 들려주는 '이 인간(남편)'의 이야기에
'나'의 귀가 솔깃해지고 있지 않은가? 야박한 얘기처럼 들릴 수도 있
지만 우리네 보편적인 심성은 어쩌면 그런 데 닿아 있는지도 모른다.

아무리 친한 친구라도 그가 늘어놓는 자랑거리는 들어주기 싫고,
속을 부글부글 끓이는 이야기에는 저절로 눈이 번쩍 떠지는 이 뒤
틀린 심사를 도대체 어쩌면 좋단 말인가. 그런데 글을 쓰거나 읽는
것도 이와 거의 같다고 보면 틀림없을 것 같다.

"나도 어서 출세를 하여 비단신 한 켤레쯤은 사주게 되었으면 좋
으련만……."

아내가 이런 말을 듣기는 참 처음이다.

"네에?" 아내는 제 귀를 못 미더워하는 듯이 의아한 눈으로 나를
보더니 얼굴에 살짝 열기가 오르며,

"얼마 안 되어 그렇게 될 것이야요!"라고 힘 있게 말하였다.

"정말 그럴 것 같소?" 나는 약간 흥분하여 반문하였다.

"그러믄요, 그렇고 말고요."

아직 아무도 인정해주지 않는 무명작가인 나를 저 하나가 깊이깊이 인정해준다. 그러길래 그 강한 물질에 대한 본능적 욕구도 참아가며 오늘날까지 몹시 눈살을 찌푸리지 아니하고 나를 도와준 것이다.

(아아, 나에게 위안을 주고 원조를 주는 천사여!)

마음속으로 이렇게 부르짖으며 두 팔로 덥석 아내의 허리를 잡아 내 가슴에 바싹 대었다. 그 다음 순간에는 뜨거운 두 입술이…….

그의 눈에도 나의 눈에도 그렁그렁한 눈물이 물 끓듯 넘쳐흐른다.

- 현진건, 「빈처」 중에서

작가 자신의 자전적 이야기이기도 한 이 소설에서 작중화자는 무명작가인 자신을 '깊이깊이 인정'해주는 아내를 한껏 추켜세우고 있다. 심지어는 '위안을 주고 원조를 주는 천사'라고까지 마음속으로 외치며 뜨겁게 감격해마지 않는다.

부부간에 벌어진 이야기를 이런 식으로 정리해서 쓴 수필이라면 어땠을까? 모르긴 해도 차분히 읽어서 공감하기가 그리 만만치 않을지도 모른다(이런 점 때문에 「빈처」는 작품성에서 그와 비슷한 자전적 이야기를 다룬 「술 권하는 사회」에 훨씬 미치지 못한다는 게 연구자들의 대체적인 의견이다).

자신과 가까운 이(남편, 아내, 아들이나 딸, 형제자매 중 누군가)를 자랑하는 글을 주변에서 가끔 발견하게 되는데, 혹시 당신도 그런 걸 쓰고 싶어서 지금 컴퓨터 앞에 앉았다면 잘 기억해 두었으면 좋겠다. 그런 이야기를 글로 쓸 시간이 남아돌거든 자랑거리가 주체할 수 없도록 넘쳐나는 가족끼리 지금보다 더 서로를 아끼고 사랑하면서 오순도순 살아가는 데 모든 정열을 바칠 일이다.

자화자찬의 성찬

대학교를 졸업한 뒤 나는 치열한 경쟁을 뚫고 우수한 성적으로 대학원에 진학했다. 각오한 바도 있었지만 석사과정 공부는 예상했던 것보다 훨씬 지독했다. 한 과목 보고서로 A4용지 500장을, 그것도 거의 논문 수준으로 써야 했던 것이다.

그래도 나는 서가에 빽빽이 꽂힌 책들을 보면서 매 학기를 즐거운 마음으로 보람 있게 보냈다. 그 바람에 건강을 많이 상하기도 했고, 나는 결국 다시 회복할 수 없는 지독한 병에 걸리고 말았다. 교수가 되어서 학생들을 가르치고 있는 지금에 이르러 돌이켜보아도 참 아득하기만 한 시절이었다.

이 글을 쓴 이는 자신이 '치열한 경쟁을 뚫고 우수한 성적으로 대학원에 진학했다'고 한다. 그런데 아무리 생각해도 뻥을 치는 솜씨는 그리 뛰어나지 못한 것 같다.

이 사람이 대학원에 다니면서 얼마나 '지독하게' 공부했는지 읽는 이는 물론 자세히 알 길이 없다. 아무리 그래도 대학원 서사과정(설령 박사과정이라 해도)을 다니는 학생이 한 과목 보고서로 A4 용지 500장씩이나, 그것도 '거의 논문 수준으로' 써냈다는 걸 믿으려면 누구든 상당한 인내가 필요하지 않을까? 두 과목을 수강했으면 A4 천 장을 썼다는 건데, 그건 책으로 얼 권 분량이다.

대학원은커녕 대학 문턱조차 밟아본 적 없는 사람은 이렇게 써도 순진하게 믿어줄 거라고 생각했던 걸까? '서가에 빽빽이 꽂힌 책들'을 위안삼아 그 '지독한' 시절을 보냈다는 것까지는 얼마든지 인정해 줄 수 있다. 그런데 그 다음에는 또 뭐라고 덧붙였는지 보자. 그 시절에 공부를 너무 열심히 하다 보니 '다시 회복할 수 없는 지독한 병'에 걸렸다고 하지 않았는가.

교수님의 시험문제는 강의보다 훨씬 어려웠다. 하지만 나는 그게 식은 죽 먹기였다. 나는 이미 강의를 받는 동안 교수님께서 출제하실 문제를 꿰뚫어보고 있었기 때문이다. 더 중요한 것은 대학을 졸업하고도 10년이 넘도록 그때 보았던 문제들을 마치 손에 들고 있는 것처럼 정확하게 기억하고 있다는 점이다.

그걸 어떻게 알았는지 후배들은 그 교수님 과목의 중간고사나 기말시험이 다가오면 앞다퉈 내게 문제를 물어오곤 했다. 그러면 나는 그걸 토씨 하나 틀리지 않고 정확하게 복원해주었다. 후배들은 그걸 대단히 신기하게 생각했다. 선배님께서 그 시절에 공부를 너무 많이

해서 그러시는 것 아니냐고 하는 후배들도 있었다. 물론 맞는 말이다. 그 시절에 나는 학기 중에는 거의 매일 잠을 자지 않고 미친 듯이 공부를 했으니까.

읽는 사람 기분도 생각해가면서 글을 쓰면 얼마나 좋을까? 강의 내용보다 훨씬 어려운 시험문제 때문에 다른 학생들은 죽을 쑤는데 자신은 매번 그걸 꿰뚫어보았다는 것이다. 졸업한 지 10년이 넘도록 대학 다닐 때 출제되었던 문제들을 토씨 하나 틀리지 않고 줄줄이 꿰고 있다고도 했다.

그 적잖은 세월을 두고 매 학기 똑같은 문제만 출제하는 교수는 또 어떤 사람인가? 이런 말을 함부로 썼다가 자칫 그의 명예를 크게 손상시킬 수도 있다는 것까지는 생각하지 못한 걸까?

'학기 중에는 거의 매일 잠을 자지 않고 미친 듯이 공부했'다고 한 것도 믿기 어렵긴 마찬가지다. 기운 센 천하장사 마징가제트 같은 철인이 아니고서야 어떻게 그게 가능할까? 이런 이야기를 곧이 곧대로 믿어줄 사람은 별로 많지 않을 것이다.

나는 자타가 알아주는 원로교사지만 정규수업 외에 심혈을 기울여가며 온 정열을 바쳐 온 일은 따로 있다. 학생들과 지역사회 주부들을 대상으로 한 미술지도 활동이다. 올 한 해만 해도 내가 지도한 학생들은 각종 회화전 등 참가하는 대회마다 장원과 최우수상을 휩쓸었다.

오죽했으면 대회에 참가하기 위해 내가 학생들을 인솔하고 나타나기만 해도 다른 젊은 교사들이 이번에도 큰 상을 기대하기는 어렵겠다고 크게 낙담한 표정을 짓기까지 했을까. 모두 내가 그 어려운 시간을 쪼개가며 열과 성을 다해 직접 가르친 성과라고 할 수 있다.

이처럼 나는 학생들을 위해 보람과 의욕을 함께 불태워 내가 지도한 학생들이 참가한 대회마나 최고상을 휩쓸었음에도 불구하고, 그 흔한 지도교사상은 한 번도 받지 못해 섭섭한 마음을 금할 길이 없었다. 그래서 지난 해 연말에 열린 제25회 ○○시 예술상 시상식에서 내가 수상자로 발표되었을 때 나는 영광스럽기보다는 어떤 안도감 같은 게 느껴졌다.

사실 나는 그동안 무수히 많은 예술상을 받아왔지만 이건 다른 상과 달리 감회가 새로웠다. 내가 소속된 예술가 단체에서 예술가로서의 왕성한 작품활동뿐만 아니라 학생들을 그야말로 희생적으로 지도해 온 것을 인정하여 준 상이어서 스스로도 수상하기가 별로 부끄럽지 않았기 때문이다.

제발 이런 식으로 좀 쓰지 않았으면 좋겠다. 물론 이런 생각을 마음속에 숨겨 갖고 다니면서 기회를 엿보다가 그걸 들어줄 상대나 장소를 가리지 않고 노골적으로 얘기하는 사람도 더러 있기는 하다.

자기가 자기더러 '자타가 알아주는 원로교사'란다. 그런 말은 자신을 가리켜서 쓸 수 있는 게 아니지 않은가? 그건 누군가를 예우하는 뜻을 담아 쓰는 말이다. 하나를 보면 열을 알 수 있다고 했다. 이런 말을 자신에게 쉽게 갖다 쓸 때부터 예후가 좋지 않긴 했다.

아니나 다를까. 잘 차려놓은 잔칫상처럼 글의 내용이 온통 자화자찬 일색이다. 타의 모범이 되고도 남을만한 자신의 가치를 남들이 제대로 평가해 주지 않는다고 섭섭하게 생각해 왔으니 상 받은 걸 당연한 일로 여길 수밖에…….

나는 비록 나이가 제법 든 편에 속하는 교사지만 정규수업 외의 활동에도 관심을 갖고 일해 왔다. 바로 학생들과 지역사회 주부들을 대상으로 한 미술지도 활동이다. 그건 내가 쏟은 노력에 비해 큰 보람을 안겨주곤 했다. 내가 지도한 학생들이 각종 공모전에 나가 좋은 성적을 거두었던 것이다. 그건 물론 내 가르침은 좀 부족해도 학생들이 열심히 노력해서 거둔 성과다.

지난 해 연말에 열린 제25회 ○○시 예술상 시상식에서 내가 수상자로 발표되었을 때도 나는 적잖이 당황할 수밖에 없었다. 사실 그동안 예술상이라는 걸 받아 본 적은 있지만 이건 다른 상과는 감회가 새로웠다. 내가 소속된 예술가 단체에서 앞으로는 예술가로서 활동도 왕성하게 하고, 학생들 지도에도 매진하라는 뜻에서 준 상이라고 생각하니 송구스럽고 부끄러워서 어디로 숨고 싶을 지경이었다.

자신의 성에는 좀 덜 차더라도 그걸 꾹 참고 글은 이렇게 써야 한다. 자신의 자랑을 직접 늘어놓지 않아도 그럴만하다고 인정되면 읽는 이는 글을 쓴 사람의 숨은 노고와 업적에 아낌없는 박수를 보내게 되어 있다. 오히려 그런 겸양의 미덕이 읽는 이의 감흥을 불러오는 데 큰 힘이 된다는 걸 알아야 한다.

물론 자신의 장점이나 업적을 자랑하고 싶은 마음이야 인지상정일지도 모른다. 그렇다고 그걸 노골적으로 드러내면 오히려 읽는 이를 난처하게 만들 수도 있다. 그런 건 글로 쓸 게 아니라 저녁식사를 마치고 가족끼리 둘러앉아 군고구마라도 나눠 먹으며 이야기를 나누는 게 더 좋지 않을까?

사실 누구나 자랑하고 싶은 장점을 몇 가지씩은 갖고 있다. 그런데 글을 쓰는 이는 자신의 장점이 아니라 단점에 더 객관적이고 냉정한 시선을 보낼 줄 알아야 한다. 자신이 행한 일 중에 혹시라도 누가 알게 될까 두려워 전전긍긍하는 것이 있다면 그마저도 솔직하게 드러내놓을 수 있어야 한다는 말이다.

물론 힘들게 살았던 과거의 일을 회상하며 자신 앞에 닥친 고난과 역경을 얼마나 슬기롭게 극복했는지 쓰는 것은 좋지만, 이 또한 읽는 이가 충분히 납득할 만한 수준이어야 한다.

자신의 '빛나는 업적'을 글로 쓰고 싶어서 정 견딜 수가 없으면 꾹 참고 있다가 집에 들어가서 새벽이 밝아오도록 일기장에나 실컷 쓸 일이다(사실은 일기에조차 그런 걸 쓰는 건 별로 바람직하지 않지만). 그런 다음 한 일 년쯤 묵혀두었다가 그 일기장을 다시 꺼내 읽어보는 것이다. 어쩌면 자신도 모르게 낯이 화끈 달아오를지도 모른다.

비난하거나 찬양하기

납득할 만한 아무 근거도 없이, 자신의 주관적인 감상이나 즉흥적 기분에 매몰되어 다른 사람을 비난하거나 폄하하는 데 열을 올리는 이들이 있다. 자신이 얼마나 잘난 사람인지를 알아달라는 건데 그래 봐야 속만 빤히 들여다보인다. 정작 민망하고 딱한 쪽은 그런 이야기를 들어주어야 하는 사람들이다.

그런 이야기를 글로 쓰는 것도 올바른 자세가 아니다. 그가 못마땅하면 불러내어 면전에 대고 일침을 가하거나 비판을 하는 게 옳다. 또 그가 내게 한 어떤 행동에 정 견딜 수 없이 화가 나거든 당장 달려가서 멱살을 붙잡고 코피가 터지도록 싸울지언정 그걸 글로 써서 함부로 발표하는 건 바람직하지 않다.

쓰지 말아야 할 것은 또 있다. 바로 '용비어천가' 같은 글이다. 그렇게 완벽한 인격의 소유자를 평생을 살아오면서 단 한 번도 본 적이 없었다느니, 21세기에 새롭게 태어나신 신사임당 같은 그분을 향한 흠모와 존경의 마음은 평생을 두고 전해드려도 모자랄 것 같다느니, 그토록 훌륭한 학식과 덕망을 두루 갖춘 선생님의 헌신적인 가르침을 받으면서 공부할 수 있었던 건 제자들 모두의 크나큰 축복이었다느니 하는 찬양 일색의 글은 읽는 이뿐 아니라 찬양을 받는 당사자까지도 난처하게 만들 수 있다.

'절제의 미덕'이야말로 글 쓰는 이가 갖추어야 할 덕목 중 하나인 것이다.

3장

읽는 맛이 나야 글이다
어떻게 쓸 것인가

음정박자 무시하고 노래 부르기

좋은 글을 쓰려면
단어를 올바로 구사할 줄 알아야 하지만
그게 자신이 없다고 글쓰기를 주저하거나 포기하면
내가 잘 모르거나 잘못 알고 있는 단어가 무엇인지 알 길이 없다.
그러니 일단 쓰기부터 시작하자.
당장 쓰지 않으면 영원히 못 쓴다.

음정·박자·단어

　친구들 여럿이 삼겹살집에 모여 소주를 마신다. 불판에서 자글거리는 돼지기름에 묵은지를 썰어 넣고 밥을 비벼 된장국까지 곁들여 먹은 뒤 2차는 노래방이다. 마이크를 돌려가며 한 곡씩 뽑아내다 급기야는 옛 추억을 떠올리며 어깨동무를 하고 이런 노래를 합창하기도 한다.

　　술 마시고 노래하고 춤을 춰 봐도
　　가슴에는 하나 가득 슬픔뿐이네
　　무엇을 할 것인가 둘러보아도
　　보이는 건 모두가 돌아앉았네
　　자 떠나자 동해 바다로
　　삼등 삼등 완행열차 기차를 타고

　　간밤에 꾸었던 꿈의 세계는
　　아침에 일어나면 잊혀지지만
　　그래도 생각나는 내 꿈 하나는
　　조그만 예쁜 고래 한 마리
　　자 떠나자 동해바다로
　　신화처럼 숨을 쉬는 고래 잡으러

우리들 사랑이 깨진다 해도

모든 것을 한꺼번에 잃는다 해도

우리들 가슴속에는 뚜렷이 있다

한 마리 예쁜 고래 하나가

자 떠나자 동해 바다로

신화처럼 소리치는 고래 잡으러

1970년대 중반에 송창식이 작사·작곡해서 부른 〈고래사냥〉이라는 노래다(다소 뜬금없게 여겨질 수도 있지만 이런 대중가요 가사를 자주 음미해보는 것도 글을 쓰는 데 적잖은 도움이 된다는 사실!).

그건 그렇다 치고, 친구들끼리 노래방에서 노는 동안 '인기 짱'은 누굴까? 가수 뺨치게 노래를 잘 부르는 친구일까? 그럴 것 같은데 사실은 아니다. 음정 박자를 완전히 무시하고(가사는 자막으로 정확하게 나온다) 큰소리로 끝까지 노래를 부르는 친구다.

왜냐고? 재미있지 않은가. 소음공해 아니냐고? 천만의 말씀이다. 그런 노래는 듣는 사람을 포복절도하게 만든다. 노래에 자신이 없는 친구들한테 마이크를 잡을 수 있는 용기도 준다. 생각해 보자. 2차로 노래방을 간 건 오로지 재미나게 놀기 위해서 아닌가. 음치가 오히려 대접받는 이유다.

하지만 글은 다르다. 노래방에서 부르는 노래는 분위기만 잘 띄우면 그만이지만, 글은 읽는 이에게 새로운 지식이나 생각뿐 아니라 감흥까지 줄 수 있어야 하는 것이기 때문이다. 더구나 글은 제대로 읽자고 들면 일정한 양의 힘든 노동까지 동원해야 한다.

노래의 기본은 두말할 것 없이 음정과 박자다. 그 정도는 누구나 안다. 그럼 글의 기본은 무엇이겠는가? 바로 단어와 문장이다. 단어가 모여서 문장을 이루고, 그걸 여러 개 연결해서(한 문장으로 쓴 짧은 시도 있지만) 한 편의 글을 만든다.

음정과 박자를 제대로 맞춰야 노래를 잘 부를 수 있는 것처럼 좋은 글을 쓰려면 단어와 문장부터 올바로 구사할 줄 알아야 한다. 맞춤법이나 띄어쓰기 같은 기본부터 충실해야 한다. 아무리 내용이 풍부하고 창의적이어도 이게 지켜지지 않으면 좋은 글을 쓰기 어렵다.

> 운전자들은 교통법規를 잘지켜야 한다. 학생도 반듯이 교칙에 딸아 생활해야한다. 그게 바로 민주시민의 옳바른 자세인 거시다.

짧은 문장 세 개로 이루어진 글이다. 물론 어떤 글의 일부분일 수도 있다. '민주시민의 올바른 자세'가 무엇인지에 관해 평범한 예를 들어 설명하고 있는 이 글 속의 주장은 얼마나 당연한가! 나름의 논리도 갖추었다. 그럼 이걸 좋은 글이라고 할 수 있는가? 그렇게 생각한다면 한 번 더 읽어 보자.

이 세 문장에는 맞춤법에 어긋나거나(법規, 딸아, 옳바른, 거시다), 내용에 맞지 않거나(반듯이→반드시), 띄어쓰기가 잘못된(잘지켜야→잘 지켜야, 생활해야한다→생활해야 한다) 단어들이 곳곳에 포진해 있다. 물론 초등학생 수준의 아이들도 이 글에 담긴 뜻을 정확하게 알 수 있을 것이다. 그러니까 이렇게 써도 괜찮을까?

맞춤법 같은 건 대충 무시하고 써도 괜찮지 않느냐고 묻는 이들이 더러 있다. 글이라는 게 생각이나 느낌을 누군가에게 전달하려고 쓰는 것이고, 또 이런 식으로 써도 그 안에 들어 있는 뜻을 단번에 알 수 있지 않느냐는 항변이다. 정말 그런가?

바퀴벌레와 평강공주

운영 씨. 어제 우리는 처음으로 만나씀니다. 그래서 나는 운영 씨의 순수한 모습에 흠뻑 완전히 빠지고 마랐습니다. 타락하게 사랏던 재 자신이 순수해지는 것도 느껴씀니다. 누가 뭐라도 운영 씨를 무지만히 사랑함미다. 부디 저에 사랑을 바다 주시기 바람니다.

'운영 씨'는 주위 사람의 권유로 며칠 전에 맞선을 보았다. 상대 남자가 마음에 썩 들었다. 생긴 것도 나쁘지 않았고, 성격도 원만해 보였다. 직업도 그만하면 안정적이라는 생각이 들었다. 운영 씨는 남자한테 다시 만나자는 연락이 오기를 내심 간절히 기다렸다. 그리고 사흘 만에 이처럼 긴 문자메시지를 받았다. 그런데 이런 식으로 적혀 있었다.

자, 이 문자메시지를 읽은 운영 씨는 기분이 어떨까? 맘에 드는 남자한테 사랑 고백을 받았으니 구름에 올라타고 둥둥 떠다니는 기분이 들까? 아마 아닐 것이다. 오히려 그 남자한테 오만정이 떨어질 지도 모른다. 어쩌다 우연히 마주치는 것조차 꺼려질 게 뻔하다. 이유는 간단하다. 겉만 멀쩡하지 속은 공갈빵처럼 텅 빈 사람으로 보일 것이기 때문이다.

문자메시지에 적힌 내용대로 그 남자의 순수하고 열정적인 사랑에 크게 감명 받았다면, 그래서 그와 본격적으로 연애를 시작했다면 운영 씨 또한 그 남자와 더불어 못 말리는 바퀴벌레 한 쌍이 될 것이다. 그게 아니면 바보 온달을 용맹한 장수로 키워낸 평강공주를 아주 오래 전부터 마음속 깊이 흠모해 왔거나…….

생각해 보라. 운영 씨가 이 메시지에 적힌 남자의 마음을 모를 리 없지 않은가? 그 남자가 자신에게 전달하려는 뜻을 하나도 남김없이 아주 정확하게 알 수 있지 않은가? 그렇다면 다시 묻는다. 이렇게 맞춤법을 무시하고 써도 그 남자의 마음이 운영 씨한테 과연 제대로 전달될 수 있겠는가?

'전달'이라는 말의 본디 뜻이 무엇인가가 중요하다. 그건 이런 글을 쓴 목적이 무엇인가를 묻는 것과 같다. 두말할 것 없이 운영 씨와의 사랑을 이루기 위해서일 것이다.

운영 씨. 어제 우리는 처음으로 만났습니다. 그런데 나는 운영 씨의 순수한 모습에 흠뻑 빠지고 말았습니다. 타락하게 살았던 제 자신이 순수해지는 것도 느꼈습니다. 저는 누가 뭐라 해도 운영 씨를 아주 많이 사랑합니다. 부디 저의 사랑을 받아 주시기 바랍니다.

운영 씨에게 문자메시지를 이렇게 써서 보냈더라면 얼마나 좋았을까? 그런데 안타깝게도 앞서 본 것과 같이 써 보내는 바람에 그 남자는 사랑도 놓치고 망신까지 당하고 말았던 것이다.

팔장을 꼭 낀 남여가 악세사리 가게 앞을 나란이 걷고 있었다. 가로수에서 떨어진 나무잎이 발밑에서 사각거렸다. 그때 구렛나루가 무성한 남자가 두 사람에게 다가왔다.

"이거, 놓치면 정말 후회하십니다. 함께 꼭 구경하십시요."

"그래요? 그럼 오늘 저녁에 꼭 갈께요. 그런데 공연시간은 언제에요?"

구렛나루가 건낸 연극공연 팜플렛을 쳐다보며 여자가 밝은 소리로 물었다.

"일곱시에 시작되요. 공연장은 저 윗쪽에 있고요."

그렇게 대답하고 구렛나루는 다른 행인이 있는 쪽으로 서둘러 발걸음을 옮겼다.

"자기, 정말 갈꺼야?"

남자가 여자에게 물었다.

"가긴……, 그냥 해본 소리지 뭐. 오늘은 밤늦게까지 우리 둘이 대학로를 무작정 헤매이기로 약속했잖아?"

여자의 그 말을 듣는 순간 남자는 마치 하늘을 날으는 기분이었다.

참 이상한 일도 다 있다. 우리가 어릴 적부터 무수히 보아 온 모든 교과서에는 맞춤법에 어긋나는 말이 하나도 없었지 않은가! 주위에서 쉽게 찾아 읽을 수 있는 대부분의 신문이나 잡지도 마찬가지다. 그런데 이 땅에서 태어나 학교를 다니며 공부해 온 이들이 어쩌자고 이런 식으로 단어를 함부로 골라 쓰는지 참 알다가도 모를 일이다.

이 글을 읽고 나서 맨 먼저 떠오른 생각은 무엇인가? 밤늦게까지 데이트하는 두 사람의 모습이 못내 부러워서 견딜 수가 없는가? 그런 것 말고 단어를 제대로 골라 썼는지를 묻고 있는 것이다. 무엇이 잘못되었는지 한번 찾아보자.

잘못 쓴 말이 무려 열일곱 개(팔장, 남여, 악세사리, 나란이, 나무잎, 구렛나루, 구경하십시요, 갈께요, 언제에요, 건낸, 팜플렛, 일곱시, 시작되요, 윗쪽, 갈꺼야, 헤매이기로, 날으는)나 된다. 한눈에 들어온 것도 있고, 미처 발견하지 못한 단어도 있을 것이다. 이 단어들은 왜 잘못되었는가? 어떻게 써야 우리말 어법에 맞는가?

사랑하는 '남녀('남여'가 아니다)'가 데이트를 하면서 서로의 팔을 끼는 건 '팔장'이 아니라 '팔짱'이 맞다는 것쯤은 상식에 속하니까 이 둘은 빼기로 하자.

'악세사리'는 뒤에 보이는 '팜플렛'과 마찬가지로 외래어다. 그런데 옷차림을 돋보이게 하려고 쓰는 장신구는 '악세사리'가 아니고 '액세서리(accessory)'가 표준어다. 마찬가지로 '설명이나 광고, 선전 따위를 위해 얄팍하게 맨 작은 책자'는 '팜플렛'이 아니라 '팸플릿(pamphlet)'이라고 써야 한다. 외래어도 표준어가 있다는 말이다.

연인과 다정하게 팔짱을 끼었으면 거리를 '나란히' 걸어야 둘 사이에 사랑도 차곡차곡 쌓이지 않을까? 거리에 떨어진 '나무잎'은 또 이떤가? 헌번 읽어보리. '니문닙'으로 소리 나지 않는가? 그러면 '나뭇잎'이라고 써야 한다. 귀밑에서 턱까지 텁수룩하게 난 수염은 '구렛나루'가 아니라 '구레나룻'이 표준어다. 천만다행으로 여자들은 구레나룻, 이거 없다.

종결형어미 '～오'도 흔히 잘못 알고 쓴다. '구경하십시요'의 '～요'가 틀렸다는 걸 지적하려는 것이다. 상대방을 높여서 말하려고 그렇게 썼다는 것까지는 알겠는데 그래도 '구경하십시오'라고 써야 한다. 물론 '구경하세요'도 맞다. '어서 오세요'라고 쓰든가 '어서 오십시오'라고 쓰라는 말이다.

그리고 '갈께요'라니? 물론 말로 할 때는 '～께'로 소리가 난다. 하지만 글로 쓸 때는 '～게'가 맞다. 같은 이유로 '갈꺼야'도 잘못이다. '～꺼야'가 아니고 '～거야'가 표준어여서 그렇다. 또 이 말은 '갈'이라는 관형어의 꾸밈을 받고 있으니 '갈 거야'라고 띄어 쓰도록 한다.

'～예요'는 '～이에요'를 줄여 쓴 말이다. 당연히 '언제에요?'라는 말은 없다. 이걸 풀어 쓰면 '언제이에요?'가 되니까 '언제예요?'가 맞다. 그리고 '건낸' 같은 말은 초등학교 고학년만 되어도 '건넨'이라고 척척 쓸 줄 안다.

'일곱시'는 띄어쓰기가 잘못되었다. '일곱 시'라고 단위를 나타내는 말과 반드시 띄어 써야 한다. 누군가의 나이는 '서른한 살'이나 '마흔일곱 살'이고, 주차장에 세워둔 자동차는 '스물넉 대'라는 사실을 잊지 말자.

'되다'와 '돼다'도 흔히들 헷갈리는 말 중 하나다. 그런데 이것도 '되어~'를 줄인 것이 '돼~'라는 것만 알면 잘못 쓸 이유가 거의 없다. '시작되어요' 아니면 '시작돼요'인 것이다. '윗도리' '윗입술' '윗사람'은 아래 위를 구별하는 말이어서 '윗~'을 쓴다. 그렇지 않으면 '위쪽' '위층'으로 쓴다.

대학로를 쓸데없이 '헤매이기로' 한 건 그다지 바람직스러워 보이지 않는다. '헤매기로' 했다면 또 모를까. '헤매다'가 표준말이어서 그렇다.

'날으는 기분' 같은 말도 흔히 잘못 쓰는데, 문법규칙을 굳이 설명하고 말고 할 것 없이 '나는 기분'이라고 써야 한다. '거칠은 손등'이 아니라 '거친 손등'이고, 깡충깡충 뛰어다니는 귀여운 동물은 '살은 토끼'가 아니고 '산 토끼'다.

글을 쓰는 데 있어서 맞춤법에 맞는 말을 쓰는 건 노래의 음정과 박자처럼 기본에 속한다. 이걸 정확하게 쓰는 방법은 두 가지다.

다른 사람이 쓴 글을 읽을 때 자신이 평소 정확하게 알지 못하거나 헷갈리는 단어를 주의 깊게 살펴보면서 정확한 모양을 눈으로 익혀두는 것이다. 조금이라도 미심쩍다 싶은 단어가 있으면 즉시 스마트폰을 열어보는 것도 좋은 방법이다. 요즘에는 그 안에도 국어사전이 들어 있다.

단어의 적재적소

남학생들로 우글거리는 어느 통학버스에 어쩌다 여학생 하나만 달랑 끼어 타게 되었더란다. 그러자 남학생들이 그 여학생을 가리켜 '개밥의 도토리'라고 수군수군 희희덕거렸더란다. 그 소리를 잠자코 듣고 있던 여학생이 학교 앞 정류장에 이르자 남학생들을 향해 씨익 웃으면서 다음과 같이 한 마디 툭 던지고 버스에서 유유히 내렸더란다.

"야, 개밥들아. 도토리는 먼저 내린다."

'갓 쓰고 자전거 탄다'는 속담이 있다. '개발에 편자'라는 말도 있다. 자전거는 안전모를 쓰고 타야 제격이다. 편자 또한 험한 땅을 달리는 말의 발바닥에 붙이는 쇠붙이니 개의 발에는 아무 쓸모가 없는 물건이다.

'갓'과 '자전거', '개발'과 '편자'는 단지 서로 어울리지 않아서만 문제인 게 아니다. 갓을 쓰고 도포를 입어서는 자전거 페달을 원활히 밟을 수 없을 것이다. 또 개의 발에 편자는 달아주어 봤자 걸음걸이만 불편하게 할 뿐이다.

'마린보이' 박태환은 수영복을 입어야 제 실력을 뽐낼 수 있고, '코리언 몬스터' 류현진은 야구복 차림에 글러브를 끼고 마운드에 서야 비로소 제 가치를 마음껏 발휘할 수 있는 법이다.

단어를 제대로 골라 쓰는 데 스마트폰만으로는 해결이 안 되는 것들이 많다. 이건 물론 맞춤법 얘기가 아니다. 앞서의 '갓'이나 '편자'처럼 문장의 내용에 어울리지 않는 '개밥의 도토리' 같은 단어를 이르는 말이다.

이복룡 선생님은 학생들을 가리키는 체육교사로써 키는 비록 적은 편이지만 운동으로 다진 체격이 건강했기 때문에 그의 속을 썩히는 학생은 별로 없었다.

이 안에는 앞서 본 것과 달리 우리의 표준어 규정에 어긋나는 말은 하나도 보이지 않는다. 그렇다고 단어를 올바로 썼다는 건 아니다.

'가리키는'부터 보자. 이건 기본 꼴이 '가리키다'로 '서울 쪽을 가리키다'와 같이 '손가락 따위로 어떤 방향이나 대상을 지시하거나 짚어 보이다'라는 뜻을 가진 말이다. 학생들에게 '지식을 깨닫게 하거나 사실을 알도록 일러주다'라는 뜻을 가진 말은 '가르치다'이므로 '가르치는'이라고 써야 한다.

'체육교사로써'의 '~로써'도 잘못이다. '~로써'는 '~를 가지고'와 같이 '도구'나 '수단'의 뜻을 가진 말이다. '체육교사'와 같이 주로 '신분' '자격' '지위' 따위를 가진 말로는 '~로서'를 쓰도록 한다.

'적다'와 '작다'도 구분해서 정확하게 써야 한다. '적다'와 '많다'는 주로 수량을 재는 단위로 '가진 돈이 많다/적다' '책이 많다/적다'와 같이 쓴다. 반면 '작다'와 '크다'는 크기를 재는 단위이기 때문에 '집이 크다/작다' '손발이 크다/작다'와 같이 쓴다. 이복룡 선생님의 키는 작은 것이지 적은 것이 아니라는 말이다. 만약 그렇다면 최홍만이나 서장훈 선수는 키가 '많은' 사람이게?

'건강'과 '건장'도 뜻이 크게 다르다. '건강한'은 '병치레를 하지 않는'의 뜻을 지닌 말이다. '건장한'은 그 뜻이 '체격이 우람하고 듬직하다'이다. 운동으로 다진 이복룡 선생님의 '체격'은 '건장'하다고 해야 '개밥의 도토리'를 면할 수 있다.

잘못 쓴 말이 하나 더 있다. 바로 '썩히는'이다. 이 말은 '쌀을 썩히는' '아까운 재능을 썩히는'과 같이 어떤 걸 못 쓰게 만든다는 뜻을 갖고 있다. 자식이 부모의 마음을 아프게 하거나 학생이 선생을 골머리 아프게 하는 걸 뜻하는 말은 '썩히는'이 아니라 '썩이는'이다.

수사적 표현을 적절하게 사용하면 글을 윤기 있게 다듬을 수 있다. 그러므로 적절하게 사용하지 못하면 의미를 모호하게 만들 수도 있어서 말짱 황이다.

'그러므로'는 '그렇기 때문에' '그러니까' '그래서'와 같이 앞 문장과 뒤에 이어지는 문장을 원인과 결과로 연결하는 접속부사다. 그런데 첫 번째 문장은 수사적 표현의 순기능을 설명하고 있고, 뒤에 이어지는 문장에서는 수사적 표현을 잘못 사용했을 때 발생할 수 있는 역기능적 측면을 강조하고 있다. 즉 두 문장이 의미상 서로 반대되고 있다는 말이다. 그러므로 두 번째 문장 첫머리의 접속부사로는 당연히 '하지만'이나 '그러나'를 써야 한다.

덧붙여 지적해야 할 것은 '말짱 황이다'와 같은 말이다. 이건 가까운 친구끼리 대화를 나눌 때나 쓸 수 있는 말이지, 글에는 적합하지 않은 비속어다. 글은 쓰는 사람 자신의 얼굴 같은 것이다. '싹수가 노랗다'느니 '복장 터지는 지랄 같은 기분'이라느니 '하는 짓이 장난이 아니다'와 같은 말은 글에서 쓰지 말아야 한다.

> 자신만 생각하고 이기적인 태도가 어디에서 비롯되었다는 걸 생각해 보고 앞으로는 어떻게 사는 것이 바람직하겠는가 하는 미래에 살고 싶은 삶의 방향을 정해라.

'자신의 이익만 생각하는' 건 '이기적인 태도'의 구체적인 내용이다. 이 둘은 문장 안에서 대등한 관계가 아니다. '이기적인 태도'의 구체적인 내용이 '자신의 이익만 생각하는 것'이다. 그러니까 '자신의 이익만 생각하는 이기적인 태도'라고 써야 한다.

'어디에서 비롯되었다는 걸'도 잘못이다. '어디에서'는 어떤 일이 발생한 출처를 묻는 말이다. '생각해야 하는 것'은 '어디에서 비롯되었는가를'이다.

잘못은 또 있다. '앞으로는 어떻게 사는 것이 바람직하겠는가 하는 미래에 살고 싶은 삶의 방향을 정해라'를 보자. 쓸데없는 말을 지나치게 겹쳐 쓰지 않은가. '앞으로는 어떻게 사는 것이 바람직하겠는가를 정해라'와 같이 쓰는 게 좋다.

여기서 하나 묻고 가자. '이기주의'와 '개인주의'는 비슷한 말인가, 아니면 뜻이 크게 다른 말인가? 결론부터 말하자면 후자 쪽이다.

왜 그런가? '이기주의'는 내 이익만 중요하다고 생각하거나 행동하는 방식을 가리키는 말이다. '개인주의'는 나와 너 모두 소중하다고 생각하는 방식과 행동이다.

그러니까 이기주의자는 내 이익을 챙기기 위해서라면 다른 사람의 희생/손해까지 아랑곳하지 않지만, 개인주의자는 자신뿐만 아니라 다른 사람의 이익도 소중하게 고려한다. 그리니 이 둘은 속뜻이 크게 다르다고 할 수밖에…….

단어를 골라 쓸 때 반드시 고려해야 할 것은 맞춤법만이 아니다. 앞서 살펴본 것처럼 사용한 단어의 뜻이 전달하려는 내용과 잘 어울려야 하고, 품격 있는 단어를 골라 쓰는 것도 중요하다. 문장과 문장을 연결하는 말도 정확하게 써야 한다. 모양이 같은 단어를 자꾸 반복해서 쓰는 것도 경계해야 한다. 각종 문장부호나 띄어쓰기도 당연히 정확하게 구사해야 한다.

사실 우리말은 대단히 과학적이면서도 올바로 구사하기가 쉽지 않은 언어로 정평이 나 있다. 그래도 단어를 적재적소에 잘 골라서 정확하게 쓰는 건 글쓰기의 가장 기초적 요건에 해당된다. 사람들이 글쓰기를 두려워하는 이유 중 하나는 어쩌면 이 부분에 자신이 없어서일지 모른다.

그렇다고 어렵게만 생각할 일은 아니다. 평소 다른 이들이 쓴 좋은 글을 유심히 살펴가며 읽는 습관만 가져도 문제를 웬만큼 해결할 수 있다. 자신이 쓰고자 하는 단어나 문장이 어법에 맞는지 여러

경로를 통해 수시로 확인하는 습관을 갖는 것도 중요하다.

자, 이제는 아까 그 노래방으로 다시 돌아가자.

노래방에서 다들 가장 싫어하는 친구는 누구일까? 마이크를 잡았다 하면 좀처럼 놓으려 하지 않는 사람이다. 다음으로 눈총을 받는 축이 있다. 저는 죽어도 부르지 않으면서 다른 친구들이 부르는 노래를 듣고만 있는 사람이다. 그러면서 값비싼 술만 축낸다. 그런 친구하고는 다시는 노래방에 함께 가고 싶지 않다.

노래방에 갔으면 잘 부르든 못 부르든 마이크를 잡고 한 곡 뽑아내는 게 좋다. 그러지 않을 바에는 차라리 노래방을 가지 않는 게 낫지 않을까. 음정이나 박자를 잘 못 맞추는 것을 두려워하거나 주저할 필요가 없다. 자신이 부르는 노래가 엉터리라고 누가 잡아가는 것도 아니다. 잘 부른 노래는 CD나 TV를 통해 얼마든지 들을 수 있다.

어떤 글이든 단어를 정확하고 적절하게 골라 써야 하지만 그게 자신이 없다고 글쓰기를 주저하는 건 더 좋지 않다. 요즘에는 대부분 컴퓨터로 글을 쓰는데 웬만한 잘못은 그 영특한 기계가 빨간 밑줄을 그어 바로잡아준다.

그러니 일단 쓰기부터 하자. 쓰지 않고 망설이거나 쓰기를 포기하면 내가 잘 모르거나 잘못 알고 있는 단어가 무엇인지 좀처럼 알 길이 없다. 지금 바로잡지 않으면 영원히 못 쓰게 될지도 모른다.

글의 혈관을 뚫는 네 가지 방법

문장의 골격인 주어와 서술어를 올바르게 호응시키고,
우리말 고유의 특성을 살린 문장을 쓰는 것,
그리고 단어와 구절을 제대로 연결하되 가급적 짧게 끊어서
뜻을 정확하게 전달할 수 있도록 문장을 구사해야
글의 혈관을 시원하게 뚫을 수 있다.

머리와 꼬리의 부조화

아주 오래 전에 어떤 일로 은행을 찾은 적이 있다. 번호표를 뽑고 대기의자에 앉아 있는데 여성잡지 몇 권이 보였다. 그 중 하나를 집어 들고 책장을 넘기다 보니 스캔되어 얹힌 노란 종이 두 장이 눈에 들어왔다.

얼마 전에 결혼한 어느 여자 탤런트가 역시 탤런트인 남편에게 보내려고 펜으로 직접 쓴 편지라는 것이었다. 어떻게 썼는지 궁금해서 읽어보기로 했다. 사실은 개 버릇 남 못 준다고, 연예인이라는 사람들이 글꼴이나 제대로 갖추었을까, 하고 심술 사납게 꼬투리나 잡을 요량이었다.

첫 아이 출산일이 임박한 어느 날, 드라마 촬영차 외국에 가 있는 남편을 생각하면서 썼다는 그 편지는 '사랑하는 오빠에게(그 시절에도 요즘처럼 오빠하고 결혼해서 한 이불을 덮고 사는 여자들이 제법 많았던 모양이다)'로 시작해서 '오빠'의 부재를 아쉬워하는 심경을 고백하다가 '오빠'를 생각해서라도 아이를 씩씩하게 잘 낳을 테니 촬영 잘 마치고 돌아오라는 내용으로 끝나 있었다.

그 편지를 다 읽은 순간 필자는 빙긋 웃음을 짓고 말았다. '아, 이 사람들한테도 이렇게 수준 높은 구석이 있구나' 하는 생각이 들던 것이다. 예쁜 글씨에도 호감이 갔지만 기본적인 철자법과 어려운 띄어쓰기는 물론이고, 자신의 심경을 담담하면서도 호소력 있게 쓴 문장까지 어느 것 하나 흠잡을 데가 없었다.

지금도 그 탤런트 부부는 여러 TV 드라마에서 연기를 부지런히 하고 있다. 어쩌다 그 편지를 쓴 여자 탤런트가 화면에 보이면 요즘에도 필자는 그날 그랬던 것처럼 빙그레 웃음을 짓곤 한다.

기왕 TV 이야기가 나왔으니 하나만 더 짚어보고 가자.

이 프로그램은 15세 미만의 청소년이 시청하기에 부적절하므로 보호자의 시청지도가 필요한 프로그램입니다.

대단히 눈에 익은 문구일 것이다. 우리나라 TV 방송에서는 프로그램을 시작할 때마다 이런 알림말을 예쁘게 디자인된 그림과 함께 화면에 띄운다. 그런데 이거, 알 만한 사람은 다 아는 비문(非文)이다. 우리말 어법에 맞지 않기 때문에 아예 문장도 아니라는 말이다. 세상에, 명색이 공영방송국이라는 데서 전 국민을 상대로 이런 알림말을 10년도 넘게 버젓이 쓰고 있다니······.

이 프로그램은 15세 미만의 청소년에게 부적절하므로 보호자의 시청지도가 필요합니다.

이 프로그램은 15세 미만의 청소년이 시청하기에 부적절하므로 보호자의 지도가 필요합니다.

이런 식으로 주어와 서술어에 반복해서 사용한 '프로그램'을 하나만 써야 올바른 문장이 된다.

모든 문장은 길거나 짧다. 혹은 복잡하거나 단순하다. 단어 두세 개로 하나의 문장을 만들기도 하고, 수백 개의 단어를 연결해서 쓴 문장도 적지 않다.

세련되게 생긴 사람이든 촌티 나는 사람이든, 기골이 장대하든 왜소하든 신체의 기본 골격은 모두 같다. 문장도 기본이 되는 뼈대가 있다. 바로 주어와 서술어를 이르는 말이다.

우리 문장은 크게 세 가지 꼴로 나누어진다.

> 무엇은 어찌한다. (나는 사랑한다.)
> 무엇은 어떠하다. (그녀는 예쁘다.)
> 무엇은 무엇이다. (이것은 책이다.)

세 문장의 주어는 당연히 '무엇은(나는, 그녀는, 이것은)'이다. 그리고 '어찌한다(사랑한다)' '어떠하다(예쁘다)' '무엇이다(책이다)'가 바로 서술어다.

여기까지는 주어와 서술어가 잘 어울리도록 쓰는 게 별로 어렵지 않다. 조사만 빼면 주어와 서술어로 각각 하나의 단어만 썼기 때문이다. 그런데 어디 이렇게, 마치 한국어를 처음 배우는 외국인이 쓴 것처럼 단순한 문장만 있는가?

수업시간에 선생님께서 하시는 말씀이 단 두 줄이라도 매일 일기를 쓰는 습관을 갖는 것이 바람직하다고 강조하셨다. 일기는 자신의 생각을 정리하기에 가장 효과적인 수단이 일기라는 것이었다.

그렇다. 중요한 것은 일기는 거르지 않고 쓰는 것이 반드시 필요하다. 그날 선생님의 말씀은 내게 큰 깨달음이었다. 소중한 젊은 시절을 잘 보내려면 일기를 계속 쓰는 것이 요령이다.

내가 그동안 일기를 쓰지 않았던 이유는 공부 때문에 바쁘다는 핑계를 대곤 했다. 그건 옳지 않았다. 이순신 장군의 「난중일기」는 그 어려운 전쟁 중에도 꾸준히 썼다지 않은가. 그런데도 나는 일기를 쓰지 않았다니 바람직하지 않은 습관이었다.

내 생각은 앞으로는 아무리 바쁜 일이 있어도 단 한 줄이라도 일기를 매일 쓰기로 굳게 결심했다.

선생님의 말씀을 듣고 일기를 쓰지 않았던 자신의 삶을 반성하면서 앞으로의 결심을 정리한 글이다. 일기를 쓰지 않은 자신의 생활 방식을 반성하는 건 물론 바람직하다. 앞으로는 일기를 쓰기로 했다니 다행이기도 하다.

그런데 이 학생은 반성할 게 하나 더 있다. 이 글에 들어 있는 각각의 문장이 주어와 서술어가 제멋대로 노는 '따로국밥'이기 때문이다. 단어 하나로 쓴 '그렇다'와 세 어절로 된 '그건 옳지 않았다'를 빼면 모조리 비문인 것이다.

이 글을 쓴 학생은 앞으로 문장을 올바로 쓰는 요령을 터득해나가면 참 좋겠다는 생각이 든다. 어쨌든 그건 뒷날의 일이니 우선 이 글에 든 문장은 뭐가 잘못되었고, 그걸 어떻게 고쳐 써야 하는지 하나씩 검토해 보기로 하자.

첫 번째 문장의 주어는 '말씀이'다. 서술어는 당연히 '강조하셨다'이다. 중간에 들어 있는 말은 모두 빼고 이 두 어절을 한번 연결해 보라. '말씀이 강조하셨다' 아닌가. '강조'한 건 '말씀'이 아니라 '선생님'이다. '선생님께서 이러저러하다고 말씀하셨다'와 같은 꼴을 갖추어야 한다는 말이다.

다음 문장의 주어는 '일기'다. 서술어는 '일기라는 것이었다'이다. 주어와 서술어에 똑같은 말을 반복해서 쓴 건 앞서 보았던 '이 프로그램은 프로그램입니다'와 닮은꼴이다. 어느 쪽이든 하나는 빼야 한다. 그 뒤에 이어진 문장도 주어와 서술어만 떼어 '중요한 것은 ∼ 반드시 필요하다'라고 쓰고 다시 읽어 보자.

선생님의 말씀은 내게 큰 깨달음인가, 아니면 내게 큰 깨달음을 주었는가? '소중한 젊은 시절을 잘 보내려면 일기를 계속 쓰는 것이 요령이다'와 같은 문장을 보면 문장을 멋들어지게 쓰려고 한 흔적이 역력하다. '소중한 젊은 시절을 잘 보내려면 일기를 계속 써야 한다/쓰는 것이 좋다'라고 쓴 것과 비교해 보자.

그리고 '핑계를 대곤 했던' 건 '나'인가 아니면 '일기를 쓰지 않았던 이유'인가? '나는 이러저러한 핑계를 대곤 했다'와 같은 모양으로 써야 한다는 말이다.

또 그 다음 문장에서는 '썼다'고 했는데, 문장의 모양으로만 보면 「난중일기」가 썼지 이순신 장군이 쓴 건 아니다. 누구나 알고 있는 것처럼 「난중일기」를 쓴 사람은 이순신 장군이지 않은가!

'그런데도 나는 일기를 쓰지 않았다니 바람직하지 않은 습관이었다'라고 쓴 문장에는 중간에 당연히 들어가야 할 주어가 빠져 있다. '뭐가' 바람직하지 않은 습관이라는 건지 읽는 이가 알기 어려울 것 같아서 하는 말이다. '그건 바람직하지 않은 습관이었다'라고 고쳐 써야 한다.

이제 '내 생각은~굳게 결심했다'는 마지막 문장을 들여다보자. 일기를 쓰기로 한 '결심'은 '내가' 했는가, 아니면 '내 생각'이 했는가?

이런 잘못들을 바로잡아 다시 쓰면 다음과 같이 된다.

수업시간에 선생님께서는 단 두 줄이라도 매일 일기를 쓰는 습관을 갖는 것이 바람직하다고 강조하셨다. 일기는 자신의 생각을 정리하기에 가장 효과적인 수단이라는 것이었다.

그렇다. 일기는 거르지 않고 쓰는 것이 중요하다. 그날 선생님의 말씀은 내게 큰 깨달음을 주었다. 소중한 젊은 시절을 잘 보내려면 일기를 계속 써야 한다.

나는 그동안 공부 때문에 바쁘다는 핑계로 일기를 쓰지 않았다. 그건 옳지 않았다. 이순신 장군은 「난중일기」를 그 어려운 전쟁 중에도 꾸준히 썼다지 않은가. 그런데도 나는 일기를 쓰지 않았다니 그건 바람직하지 않은 습관이었다.

나는 앞으로는 아무리 바쁜 일이 있어도 단 한 줄이라도 일기를 매일 쓰기로 굳게 결심했다.

주어와 서술어를 잘 연결하는 건 문장을 구사하는 데 있어 기본에 속한다. 자신이 쓴 문장이 미심쩍다 싶으면 수고스럽더라도 앞서 설명한 방식대로 주어와 서술어를 따로 떼어 놓고 다시 읽어보아야 한다. 그런 절차를 한 번씩만 거쳐도 실수를 크게 줄일 수 있을 것이다.

파스타와 고추장

주어와 서술어만 잘 연결한다고 문장을 올바로 쓸 수 있는 건 아니다. 아직도 고쳐나가야 할 몇 가지 잘못된 습관들이 남아 있다.

오늘 하루도 날씨의 화창함이 계속되겠습니다.
어제는 그와의 우연한 만남과 차 한 잔의 따뜻함을 경험했다.

두 문장을 읽고 맨 먼저 떠오른 느낌은 무엇인가? 듬뿍 퍼 담은 버터에 참기름 두어 숟가락을 붓고 비벼서 떠먹은 밥처럼 속이 느글거리는 것 같지 않은가? 사용한 문자는 우리 것이되 문장의 꼴은 남의 나라 것이어서 하는 말이다.

이런 문장은 파스타가 싱겁다고 거기에 고추장을 듬뿍 처발라서 면발을 돌돌 만 꼴이다. 아니면 장작불을 때서 밥을 해먹는 재래식 아궁이 한쪽에 쭈그리고 앉아 신김치를 안주삼아 뚝배기에 와인을 따라서 마시고 있거나…….

'오늘 하루도 날씨가 화창하겠습니다'라고 쓰면 어디가 덧나는가. '어제는 그와 우연히 만나서 따뜻한 차 한 잔을 마셨다'라고 쓰면 미제국주의자들이 자기네들 방식대로 문장을 쓰지 않는다고 잡아가기라도 하느냐고 묻고 있는 것이다.

우리의 사고나 생활방식은 외국인, 특히 영어권 국가 사람들과 크게 다르다. 생김새나 언어도 마찬가지다. 생각이나 느낌을 전달하는 문장의 모양도 당연히 같지 않다. 그런데 그걸 잊고 쓴 문장이 많아도 너무 많아서 문제다.

헐리우드에서 제작한 로맨스 영화의 한 장면을 떠올려보자. 서로 사랑하는 남녀가 긴 입맞춤을 한다. 그런 다음 남자가 여자의 귀에 대고 'I love you'라고 속삭인다. 그런데 그 장면 바로 아래에 '나는 사랑한다, 당신을'이라는 자막이 떴다면 어떨까? 이 경우 '나는 당신을 사랑합니다'라고 해도 오십 보 백 보다. 그 대사의 자막으로는 앞뒤 다 떼어내고 '사랑해' 한 마디로 충분하다. 오히려 그렇게 해야 영화를 보는 맛이 생기고 애틋한 감정도 생길 것이다.

담배의 끊음은 40대 이후의 건강한 삶을 위해서는 필수적인 것으로 생각되어진다.

어제의 실수에 대한 생각으로 그는 손가락의 떨림으로 전화기의 버튼을 눌렀다.

'담배의 끊음은'이라는 주어를 '담배를 끊는 것은'이나 '금연은'이라고 다시 쓴 뒤 비교해 보자. 구체적인 행동이 드러나도록 쓴 후자 쪽이 우리말 표현방식 아닌가? '~를 위해서는'도 영어 표현을 번역한 모양새다. '필수적인'은 한자말이긴 해도 쉬운 우리말로 얼마든지 바꿔 쓸 수 있다. '꼭'이나 '반드시 그렇게 해야' 같은 말로 대신 쓸 수 있다는 말이다.

서술어인 '생각되어진다'의 '되어지다' 같은 꼴은 우리말에 없다. '금연을 해야 40대 이후에도 건강하게 살아갈 수 있다' '40대 이후에도 건강하게 살아가려면 반드시 담배를 끊어야 한다'와 같은 모양으로 문장을 다듬어 써야 비로소 아름다운 우리말 우리글이 되는 것이다.

'~에 대한'을 남발하는 것도 잘못된 습관 중 하나다. 그러다 보니 바로 이어 쓴 '생각으로'와 '떨림으로'의 기능이 모호해진 것이다. 그리고 전화기의 버튼을 누른 건 '그'의 '손가락'인가 '떨림'인가? '어제 실수한 일이 떠올라서 그는 손가락을 떨면서 전화기의 버튼을 눌렀다'라고 쓰는 게 오히려 더 쉬울 거 같은데 어찌자고 문장을 이렇게들 쓰는지 참 알다가도 모를 일이다.

단어·구절의 오합지졸

아버지는 호박죽과 전복죽과 여러 가지 죽을 좋아하신다.

집에 갈 시간이 되었다는 생각과 자리에서 먼저 일어났다.

이 문장을 쓴 사람은 '호박죽'하고 '전복죽'은 '여러 가지 죽'에 포함되지 않는다고 생각하는 모양이다. 그 두 가지 죽이 '여러 가지 죽' 중 하나라는 걸 알고 있다면 이런 식으로는 쓰지 말아야 한다.

'아버지는 죽을 좋아하신다'라고 쓰면 뜻을 제대로 전달할 수 없는가? 아, 그의 아버지는 특히 '호박죽'하고 '전복죽'을 즐기시는 모양이다. 그러면 '아버지는 호박죽과 전복죽을 특히 좋아하신다' '아버지는 죽을 좋아하신다. 특히 호박죽과 전복죽을 즐기신다'와 같이 써야 할 것 아닌가!

아래 문장에서도 비슷한 잘못을 저지르고 있다. '생각과'의 '~과'를 두고 하는 말이다. 이 조사 하나 때문에 '먼저 일어난' 곳이 '생각과 자리'인 것으로 여겨지는 것이다. '집에 갈 시간이 되어서/되었다는 생각이 들어서 자리에서 먼저 일어났다'라고 쓰면 좀 좋은가!

'구슬이 서 말이라도 꿰어야 보배'라는 속담이 있다. 문제는 어떻게 꿰느냐. 구슬의 크기나 빛깔을 적절히 조화시켜서 꿰어야지 그렇지 않으면 보배가 될 수 없는 것이다. 저마다의 실력이 출중한 선수들도 팀워크를 제대로 갖추지 않으면 오합지졸에 불과하다. 각자의 능력을 적절히 조화시켜야 강한 팀을 만들 수 있는 것이다. 어느 팀의 유능한 감독이란 그런 일을 잘 하는 사람을 가리킨다.

같은 이치다. 문장을 쓰다 보면 단어를 여러 개 나열할 때가 있다. 물론 어구나 어절을 연결할 때도 있고, 문장과 문장을 이어서 쓰는 경우도 드물지 않다. 그럴 때는 이어 써야 할 단어나 어구, 어절, 문장들이 서로 대등한 관계인지 아니면 종속적인지를 먼저 고려해야 한다. 그렇게 하지 않기 때문에 다음과 같은 문장을 남발하게 되는 것이다.

임산부, 노약자, 심장병, 고혈압, 신체에 이상이 있으신 분은 입장 하지 마십시오.

적성과 의무감도 없는 직업에서 일하는 보람을 어떻게 찾을 수 있 겠는가.

이기적인 행동은 타인의 기회 박탈과 사회 전체에 해악을 주므로 삼가야 한다.

아마존 삼림은 지구의 허파와 같으며 우리는 이를 잘 보존해야 할 것이다.

이 문장들은 단어나 구절을 이어 쓸 때 흔히 저지르는 잘못을 단 적으로 보여주고 있다.

첫 번째 문장은 어느 사우나탕 입구에서 발견한 경고문이다. '임 산부'와 '노약자'는 사람이다. 그런데 '심장병'과 '고혈압'은 질병의 일종이다. 반점(,)을 써서 대등하게 나열할 수 있는 말이 아니다. 게 다가 '신체에 이상이 있으신 분'이라고 했다. 이걸 굳이 살리자면

'임산부와 노약자, 심장병이나 고혈압 등 신체에 이상이 있으신 분은 입장하지 마십시오'라고 써야 한다. 앞에 것을 다 버리고 그냥 '신체에 이상이 있으신 분은 입장하지 마십시오'라고 써도 좋다.

'적성이나 의무감도 없는 직업'이라니, 이건 또 무슨 해괴한 소린가? '얼굴이 S라인으로 잘 빠진 사람'을 본 적이 있는가? '몸매'야 'S라인'도 있고 'D라인'도 있지만, 얼굴에는 그런 표현을 쓰시 않는다. 마찬가지다. '의무감이 없는 직업'은 맞지만 '적성이 없는 직업'은 말이 되지 않는다. '적성'은 있거나 없는 게 아니고 맞거나 맞지 않거나 하는 것이기 때문이다. '적성에 맞지 않거나 의무감도 없는 직업에서'와 같이 써야 한다는 말이다.

'타인의 기회 박탈'은 '사회 전체에 해악을 주'는 원인에 해당된다. '박탈과'의 조사 '~과'를 써서 대등하게 연결한 게 잘못이라는 말이다. '이기적인 행동은 타인의 기회를 박탈함으로써 사회 전체에 해악을 주므로 삼가야 한다'와 같이 원인과 결과가 분명하게 드러나도록 써야 한다.

그 아래 문장도 비슷한 잘못을 저지르고 있다. '아마존 삼림은 지구의 허파와 같으므로 우리는 이를 잘 보존해야 할 것이다'와 같이 고쳐 쓰고 다시 한 번 읽어보자.

길면 밟히는 꼬리

　나는 네가 어디서 왔고 네가 어디 살았으며 네가 무엇을 했는지
무척 궁금하다.

　문장을 이런 식으로 쓰는 사람은 혹시 매일매일 똑같은 반찬만
먹고 사는 건 아닌지 궁금해진다. '나는 네가 어디서 무엇을 하다 왔
는지 무척 궁금하다'라고 간결하게 쓸 수 있으면 얼마나 좋을까.

　혹시 언젠가 전철 안에서 내게 발등을 밟혔던 여인인지도 모르겠
고, 아니면 언젠가 내게서 배운 여인인지도 모르겠고, 아니면 어떤
자리에서 한 번쯤 인사를 나눴는지도 모르겠고, 아니면 한때나마 내
이웃에 살았던 사람인지도 모르겠다.

　이런 식으로 쓴 문장은 과연 읽을 만한가? 모르는 건 왜 그렇게
많고, 또 뭐가 그렇게 아니라는 것인가? 모양과 뜻이 같은 말을 이
런 식으로 반복해서 쓰면 만날 똑같은 옷만 입고 다니는 것처럼 문
장도 단조롭게 느껴질 수밖에 없다.

　언젠가 전철 안에서 내게 발등을 밟혔던 여인은 아닐까. 그게 아
니면 교사시절에 내가 가르쳤던 제자겠지. 물론 어떤 자리에서 한 번
쯤 인사를 나누었거나 한때 내 이웃에 살았던 사람일 수도 있다.

반복해서 쓴 '언젠가'와 '아니면'은 하나씩만 남기고 가차 없이 버렸다. '모르겠다/모르겠고'도 모조리 덜어냈다. 길게 늘어졌던 문장도 셋으로 나누었다.

이제 앞의 것과 비교해 보자. 이렇게 쓰면 앞선 문장보다 읽기도 수월하고 뜻을 이해하기도 좋지 않은가! 이런 수준으로 자유롭게 문장을 구사하려면 물론 적지 않은 연습이 필요하나.

> 최근 들어 빈번하게 발생하고 있는 성폭행 살인사건에 대하여 사회 각계에서는 인간성 회복이 무엇보다 시급한 문제라고 입을 모으고 있는데 그 한 예로 천주교에서 벌이고 있는 낙태 반대 운동과 환경 보호 단체들의 각종 활동은 우리에게 생명이 얼마나 소중한 것인가를 일깨워 줌으로써 나름의 성과를 거두고 있으나 그것이 완전한 해결책이라고 보기는 어렵다.

이렇게 문장을 길게 쓰면 읽는 사람은 도대체 어쩌란 말인가! 문장이 지나치게 길어서, 더구나 그 긴 문장 안에 쉼표가 하나도 보이지 않아서, 그걸 곧이곧대로 따라 읽다가 결국 숨을 제대로 쉬지 못해서 죽고 말았다는 어느 순진한 문예창작학과 학생도 있었다지 않은가! 물론 우스갯소리다.

> 최근 들어 성폭행 살인사건이 빈번하게 발생하고 있다. 이에 대해 사회 각계에서는 인간성 회복이 무엇보다 시급한 문제라고 입을 모

으고 있다. 그 한 예로 천주교에서 벌이고 있는 낙태 반대 운동과 환경 보호 단체들의 각종 활동을 들 수 있다. 이는 우리에게 생명이 얼마나 소중한 것인가를 일깨워 줌으로써 나름의 성과를 거두고 있다. 하지만 그것이 완전한 해결책이라고 보기는 어렵다.

이렇게 생각의 단위에 따라 문장을 짧게 나누어 쓰면 좀 좋은가. 사실 문장을 길게 늘여 쓰면 여러 가지로 좋지 않다. 그런데도 많은 사람들은 그런 습관을 좀처럼 버리지 못한다. 그 이유는 무엇인가? 복잡하게 얽혀 있는 생각이나 사실을 정리하지 않고 마구 늘어놓기 때문이다. 예를 들면 다음과 같이 쓰는 것이다.

나는 어제 친구와 함께 강가로 낚시를 하러 갔는데 수심이 아주 깊은 그 강에는 큰 물고기가 아주 많다고 들었지만 저녁 무렵에 아주 큰 친구 아버지의 어망에는 손바닥만한 붕어 세 마리만 잡은 짧은 낚싯대였다.

떠오르는 생각을 정리하지 않고 쓰면 이런 식으로 주어와 서술어가 뒤죽박죽인 비문이 되기 쉽다. 자신의 생각이나 느낌을 효과적으로 전달하기도 어렵다. 이 또한 문장을 간결하게 써야 하는 이유 중 하나다.

술에 취하면 했던 말을 자꾸 반복하는 사람들이 더러 있다. 그런 이들일수록 자신의 이야기에 신바람이 나 있기 십상이다. 듣고 있는 사람이 이맛살을 찌푸리거나 하품을 해대는 것도 아랑곳하지 않는다.

아무리 중요한 말이라도 반복해서 들으면 짜증스러워지게 마련이다. 설령 그게 자신을 칭찬하는 소리라 해도 마찬가지다. 때로는 진실조차 의심스러워지는 경우도 있다. 마찬가지로 모양이나 뜻이 같은 말을 겹쳐 사용하는 것도 문장을 길게 늘여 쓰게 되는 주된 원인 중 하나임을 꼭 기억해 두자.

> 머리를 싸매고 아무리 애를 쓰며 곰곰이 생각하고 또 생각해 봐도 떠오르지 않았다.

'머리를 싸매고' '애를 쓰며' '곰곰이 생각하고' '또 생각해'와 같은 말은 모양만 다를 뿐 뜻은 비슷하다. '아무리 애를 써도 생각이 떠오르지 않았다'라고만 써도 충분하다. 전달하려는 뜻을 힘주어 강조하거나 멋스럽게 표현한다고 문장을 길게 늘여 쓴 예인데, 이건 별로 좋은 습관이 아니다. 뜻이 비슷한 단어나 구절은 과감하게 생략할 줄 알아야 한다.

길게 써야 문장의 품격이 높아진다는 그릇된 인식도 이런 나쁜 습관을 갖는 데 한 몫을 한다. 특히 법률 관련 문건, 공공기관의 공문서나 보도자료 등을 보면 이런 현상은 여전히 심각한 수준이다.

아예 짧은 문장이야말로 무조건 미덕이라고 생각해도 좋다. 문장의 품격이나 권위는 길이에 좌우되는 것이 아니라 정확한 단어를 적재적소에 가려 쓸 줄 아는 데서 결정된다는 걸 잊지 말자.

문장은 또 짧게 쓸수록 뜻을 정확하게 전달할 수 있다. 매사를 단순하게 생각하고 행동하면 주위 사람들로부터 철이 없다고, 그 나이 먹도록 세상 물정을 잘 모른다고 조롱을 당할지 모르지만, 문장의 경우에는 뜻을 정확하게 전달할 수 있도록 간결하게 쓰지 않으면 읽는 이로부터 조롱을 당할 수도 있다.

여러 개의 문장을 연결해서 단락을 만들고, 그걸 모아서 한 편의 글을 쓴다. 사람의 몸에 비유하자면 각각의 문장들은 글의 혈관 같은 것이다. 동맥이든 정맥이든 모세혈관이든 피가 막힘없이 잘 돌아야 건강한 삶을 유지할 수 있는 건 사람이나 글이나 매한가지다.

문장의 골격인 주어와 서술어를 올바르게 호응시키고, 우리말 고유의 특성을 살린 문장을 쓰는 것, 그리고 단어와 구절을 제대로 연결하되 가급적 짧게 끊어서 뜻을 정확하게 전달할 수 있도록 문장을 구사하는 것이야말로 글의 혈관을 시원하게 뚫는 길인 것이다.

차갑고 날카로운 첫 키스의 추억

매화든 산수유꽃이든 시냇물이든 잠자리든
참새든 커피숍이든 자동차든
눈에 보이는 건 무엇이든 의인(擬人)해서
그것들과 어깨동무도 하고, 입맞춤도 하고, 포옹도 하자.
볼을 꼬집기도 하고, 옆구리에 발길질도 해보자.
가끔은 그것들의 성감대를 어루만져 주기도 하자.

S라인과 동가홍상

여름 내내, 매미는
숲속 가득 전기면도기를 돌린다
철망 밖으로 칼을 내밀지 않고도
날을 돌려 푸른 수염을 깎는다

여름의 끝, 된서리가 몇 차례
땅의 살을 그은 뒤라야
면도를 마치고 나무에서 내려온다

그러나 벌써 겨울이다
살점의 마른 잎 위에
하늘은 다시 비누거품을 풀어놓는다

그 첩첩의 눈 속에는, 언제부터인가
흙에 코드를 꽂고 주름주름 충전을 하는 굼벵이들
봄을 향해 언 땅을 흔들고 있다

　　　　　　　　　　　　　　　　　　– 이정록, 「매미」 전문

　　한여름에 잎이 우거진 나무에서 악을 쓰고 울어대는 매미 소리를
전기면도기 작동하는 소리로 듣고 있는 시인의 발상이 참신하고 재

미있지 않은가!

매미들이 전기면도기의 날을 돌려 깎고 있는 푸른 수염은 두말할 것 없이 나뭇잎일 것이다. 겨울날 메마른 가지 위에 쌓이는 눈은 또 비누거품으로 비유된다. 이듬해 여름이 오면 또 전기면도기를 힘차게 돌리는 매미로 거듭나기 위해 굼벵이들은 겨울 동안 '흙에 코드를 꽂고 주름주름 충전을' 한다.

보기 좋은 떡이 맛도 좋다고 했다. 비슷한 뜻을 가진 한자어 '동가홍상(同價紅裳)'을 우리말로 바꾸면 '같은 값이면 다홍치마'가 된다. S라인으로 잘 가꾸어진 몸매가 보기 좋은 것 또한 인지상정이다.

그런데 아무리 보기 좋은 떡이라 해도 식사 때마다 똑같은 걸 먹어야 한다면 어떨까? 광고회사의 지성미 넘치는 여자 CEO가 허구한 날 두메산골 농부의 아낙 같은 차림으로 사무실에 출근한다면 또 어떨 것인가?

글은 쓰는 것도 어렵지만 차분히 앉아서 꼼꼼하게 읽는 일도 습관을 들이지 않으면 쉽지 않다. 읽을 만해야 좋은 글이라고 했는데, 그 읽는 맛을 일차적으로 결정하는 것은 각각의 단어와 문장이다.

문장에도 맛이라는 게 있다. 음식에 다양한 맛이 있는 것처럼 문장도 담백한 문장, 쫄깃쫄깃한 문장, 밋밋한 문장, 고소한 문장, 부드러운 문장, 짭짤한 문장 등 이루 헤아릴 수 없을 정도로 종류가 다양하다.

읽는 이의 눈을 끌어서 전달하려는 효과를 드높일 수 있도록 글을 쓰는 게 그래서 중요한 것이다. 그걸 문장 구사의 수사(修辭)라고 하는데, 이때 주의해야 할 점은 그것이 얼마나 참신하고 그럴싸한가 하는 것이다. 아무리 풍부하고 독창적인 내용을 담고 있어도 그걸 어떻게 표현했느냐에 따라 읽는 이의 느낌이 크게 달라질 수 있기 때문이다.

이걸 라면 끓이기에 비유해 보자. 파와 계란을 넣고 끓인 라면은 흔해빠져서 새로울 게 별로 없다. 매운 맛을 더하기 위해 청양고추도 다닥다닥 썰어 넣어보고, 콩나물과 북어를 넣고 끓이면 개운한 맛을 더할 수도 있지 않을까? 때로는 고추장도 풀어보고, 매생이나 생굴을 곁들여서 속풀이용 라면을 완성하는 것도 나쁘지 않아 보인다. 라면에 된장을 풀어 넣고 그 맛이 어떤지도 알아볼 정도는 되어야 자신만의 개성 있는 라면을 '창조'할 수 있는 것이다.

'한 떨기 장미처럼' 예쁘고 '천사처럼' 착하기만 한 혜주는 지금 '실연의 상처' 때문에 '뼈를 깎는 듯한' 고통을 겪고 있답니다. '엎친 데 덮친 격으로' 그녀는 어머니마저 '하늘나라로 떠나셨다는' '마른 하늘의 날벼락 같은' 소식을 들었습니다.

'집채만한' 파도가 어선들을 '집어삼킬 것처럼' 달려들듯 최근 들어 값싼 중국제품들이 우리나라에 '물밀듯이' 들어오고 있습니다. 전국 어디를 가나 중국제품을 판매하는 가게들이 '우후죽순처럼' 문을 열고 있는 것입니다.

사기가 '하늘을 찌를 듯한' 적의 군사들이 '구름처럼' 몰려오고 있는데 맨주먹으로 혼자 맞서 싸우겠다는 거야? 그게 '계란으로 바위 치기'라는 거 몰라? '불같은' 화가 '머리끝까지' 치밀어 오른 장수는 '벼락처럼' 호통을 쳤다.

너처럼 '수박 겉핥는 식으로' 공부하면 이번 시험에서 '미역국을 먹을 게' 분명해. 그때 가서 '뼈에 사무치도록' 후회해도 소용없는 일이야. 공부할 때 집중해야 한다는 말은 '아무리 강조해도 지나침이 없어.' '인고의 세월'을 보낸 자만이 '성공의 달콤한 열매'를 맛볼 수 있는 법이거든.

제가 무슨 '용빼는 재주'가 있다고 미술계에 '혜성처럼' 등장하겠다는 '장밋빛 꿈'을 꾸겠습니까. 그것 말고는 할 줄 아는 게 없어서 그야말로 '울며 겨자 먹기'로 방학동안 '다람쥐 쳇바퀴 돌리듯' 집에서 미술학원을 오갔던 것이지요.

선취점을 올리자 '입추의 여지없이' 경기장을 가득 메운 관중들은 '열광의 도가니'에 빠져들었지만 동점골을 허용하자 '손에 땀을 쥔 듯' 긴장하기 시작했다. 경기 막판에 '통한의' 결승골을 허용한 우리 팀은 결국 '패배의 쓴잔'을 마시고 말았다. 그 결과는 다음날 신문에 '대문짝만하게' 실렸다.

어떤가? 읽을 맛이 나는가? 따옴표로 묶은 수사 표현은 쫄깃한가, 아니면 고소한 깨강정 맛인가? 혹시 밋밋해서 읽는 맛이 별로라는 생각은 들지 않는가?

'사비유(死比喩)'라고도 하는 이런 표현은 말 그대로 '죽은 비유'여서 읽는 이에게 그 어떤 긴장이나 감흥도 전달하기 어렵다. 오히려 글을 읽는 맛을 떨어뜨리는 주범이 되기 십상이다.

이건 그냥 봉투에 든 면발에 스프만 넣고 끓인 라면과 같은 것이다. 다들 오랫동안 마르고 닳도록 써 온 표현법이라는 말이다. 앞서 봤던 문장들 중 그 어느 것에도 자신만의 독창적인 비유는 하나도 없지 않은가?

다음의 지적도 이와 맥락을 같이하므로 귀를 기울여보자.

만약에 당신이 '가을'을 소재로 한 편의 시를 쓴다고 치자. 당신의 머릿속에 당장 무엇이 떠오르는가? 아마도 가을의 목록은 십중팔구 '낙엽, 코스모스, 귀뚜라미, 단풍잎, 하늘, 황금들녘, 허수아비, 추석'과 같은 말들일 것이다. 이런 말들이 당신의 상상력을 만나기 위해 머릿속을 왔다갔다 할 것이다.

그러다가 낙엽은 '떨어진다'는 말로 연결되고, 코스모스는 '한들한들'이라는 의태어를 만나고, 귀뚜라미는 '귀뚤귀뚤'이라는 의성어와 결합하며, 단풍잎은 '빨갛게' 물이 들 것이며, 하늘은 '푸른 물감을 뿌리다'는 문장과 조우하며, 황금들녘은 풍요의 이미지를 데리고 올 것이며, 허수아비는 반드시 '참새'를 불러들이고, 추석은 '보름달'

로 귀결될 것이다.

이렇게 한심한 조합으로 시의 틀을 짜려고 하다면 그 순간, 그때부터 당신의 시는 망했다고 보면 된다. 발버둥을 쳐도 소용없다. 당신의 시는 상투성의 그물에 스스로 갇힌 꼴이 된다. 상투성은 시의 가장 큰 적이다. 그것은 대상을 피상적으로 인식하면서 생기는 마음의 독버섯과 같다. 겉은 멀쩡한데 우리의 상상력을 마비시키는 독을 품고 있는 것이다.

— 안도현, 『가슴으로도 쓰고 손끝으로도 써라』 중에서

찢어진 청바지 한 벌

과거에는 청바지가 찢어지면 미련 없이 내다버리거나 기워 입었다. 그런데 언제부턴가 찢어진 청바지가 패션으로 자리를 잡았다. 숫제 여기저기(심지어는 허벅지나 엉덩이 언저리까지) 잘(?) 찢어서 신상품으로 판매하기도 한다. 결혼식장의 신랑 헤어스타일도 크게 달라졌다. 구식 어른들 눈에는 마치 머리칼을 마구 헝클어놓은 것처럼 보인다. 그런데 그것조차 이제는 새로운 패션이 되었다.

문장을 구사할 때도 그런 발상의 전환이 필요하다. 누구나 생각할 수 있는 표현이나 오랜 시간을 두고 많은 사람들이 자주 써 온 말은 이미 낡은 것이므로 과감히 내다버리는 게 상책이다. 앞에서 '상투성은 시의 가장 큰 적'이라고 지적했는데, 이는 적어도 수필이나 소

설을 포함한 모든 문학적 글쓰기에서는 금과옥조로 삼아야 할 말이다. 심지어 우리의 일상생활에서조차 '상투성'은 삶을 밋밋하고 재미없게 만드는 요인이다.

자신만의 개성이 묻어나는 문장을 구사하고 싶으면 귀와 눈에 익숙해 있는 상투적인 비유 표현부터 버리는 것이 좋다. '성공의 달콤한 열매'니 '뼈를 깎는 고통'이니 '실패의 쓴잔'이니 '계란으로 바위치기' 따위의 말은 미련 없이 쓰레기통에 버리자는 말이다.

겨울이 찾아오고 첫눈이 내렸습니다.

이런 문장은 누구나 쓸 수 있다. 겨울이 찾아왔으니 그 어느 날 첫눈이 내리는 건 당연한 일일 테니 그렇다. '온 누리에 봄이 찾아오니 개나리와 진달래가 앞을 다투어 피어납니다' '부모님이 돌아가시고 나서야 내가 그동안 그분들의 속을 얼마나 많이 썩였는지 뼈저리게 깨달았다'와 같은 문장도 마찬가지다.

그럼 다음 것은 어떤가?

첫눈이 내리자 그토록 고대하던 겨울이 찾아왔습니다.

이 무슨 억지소리인가? 그럼 12월이 되어 크리스마스를 지나도 첫눈이 안 내리면 겨울이 아니라는 건가? 겨우내 눈이 내리지 않으면 기나긴 겨울방학이 다 끝나고 새 학기가 시작되어도 그 해 겨울은 없다는 얘기란 말인가?

> 여름이 뜨거워서 매미가
> 우는 것이 아니라 매미가 울어서
> 여름이 뜨거운 것이다

　어느 시의 한 대목이다. 이것도 좀 황당하지 않은가? 매미가 얼마나 큰 소리로 우느냐에 따라 여름의 뜨거움이 좌우되다니, 그렇다면 매미가 울지 않으면 여름이 덥지도 뜨겁지도 않을 거라는 소리 아닌가!

> 내가 그대를 사랑하는 마음이 얼마나 깊으면 여름이 이토록 뜨거울까요.

　이번에는 한 술 더 뜬다. 내가 그대를 깊이 사랑하기 때문에 여름이 뜨겁단다. 내가 만약 그대를 깊이 사랑하지 않으면, 내게 그런 마음이 없으면 여름이 선선할 거라는 얘긴데 이건 대자연의 섭리나 인과관계에 역행하는 말 아닌가?
　그럴 것 같은데 사실은 아니다. 그렇게 되묻는 건 글의 속성을 잘 모르고 하는 소리다. 한번 생각해 보자. 대자연의 섭리조차 그대를 사랑하는 내 마음만은 어쩌지 못한다고 하는데, 그만큼 그대를 열렬히 사랑한다는데 누군들 마음을 꼭꼭 닫고만 있을 수 있겠는가!

얼큰한 해장국을 먹었더니 지난밤에 마신 술이 몽땅 깨는 것 같다.

이건 또 어떤가? 누구나 일상에서 쓸 수 있는 말 아닌가?

얼큰한 해장국을 먹었더니 지난밤에 술을 몽땅 마시길 잘했다는
생각이 든다.

해장국이 이렇게 얼큰할 줄 알았더라면 지난밤에 술을 몽땅 마실
걸 그랬어.

친구들과 모인 자리에서 이렇게 한마디 툭 던지면 비록 잠깐이나
마 좌중을 즐겁게 만들 수 있을지도 모른다. 물론 부부동반 모임에
서는 조심해야 한다. 친구들의 아내에게 눈총을 받을 게 뻔하기 때
문이다. 경망스럽다고 집으로 돌아오는 길에 마누라한테 지청구를
들을 수도 있다.

그래도 글을 쓸 때는 생각을 과감하게 뒤집을 줄 알아야 감칠맛
나는 자신만의 독창적인 문장을 구사할 수 있다. 그렇다면 글을 전
문적으로 쓰는 작가들은 어떤 방식으로 자신만의 개성 있는 문장/
문체를 구사하고 있는지 알아보자.

마을로 들어오는 길은, 막 봄이 와서,
여기저기 참 아름다웠습니다. 산은 푸르고…… 푸름 사이로 분홍

진달래가······ 그 사이······ 또······ 때때로 노랑 물감을 뭉개놓은 듯,
개나리가 막 섞여서는······ 환하디 환했습니다. 그런 경치를 자주 보
게 돼서 기분이 좋아졌다가도 곧 처연해지곤 했지요. 아름다운 걸 보
면 늘 슬프다고 하시더니 당신의 그 기운이 제게 뻗쳤던가 봅니다.
연푸른 봄산에 마른버짐처럼 퍼진 산벚꽃을 보고 곧 화장이 얼룩덜
룩해졌으니.

저, 저만큼, 집이 보이는데,

저는, 집으로 바로 들어가질 못하고, 송두리째 텅 빈 것 같은 마을
을 한 바퀴 돌고도······ 또 들어가질 못하고······ 서성대다가 시끄러
운 새소리를 들었어요. 미루나무를 올려다보니 부부일까? 두 마리의
까치가, 참으로 부지런히 둥지를······ 둥지를 틀고 있었어요. 오래 바
라보았습니다, 둘이 서로 번갈아가며 부지런히 나뭇잎이며 가지들을
물어나르는 것을.

- 신경숙, 「풍금이 있던 자리」 중에서

‘사랑하는 당신’에게 보내는 편지 형식을 빌려 쓴 이 소설의 문체
는 한눈에 보아도 참 특이하다. 우선 지나치게 많이 사용했다 싶은
말없음표/말줄임표가 눈에 띌 것이다. 이게 과연 소설/산문일까 의
문이 생길 만큼 쉼표도 자주 썼다. 첫 번째와 두 번째 문단에서는 운
문 형식의 행갈이 방식까지 보여주고 있다.

이 글을 읽는 이는 이런 쉼표와 말없음표와 행갈이 방식 때문에
독서의 호흡을 자연스럽게 이어가지 못하고 멈칫멈칫해질 수밖에

없다. 그런데 그게 바로 작가의 의도다. 사회적으로 용인 받을 수 없는 사랑의 선택을 앞두고 끝없이 주저하고 망설이는 작중화자의 복잡한 내면 심리를 생동감 있게 드러내려고 작가는 일부러 이런 문체를 구사한 것이다.

읽는 이는 이런 문장들을 읽는 가운데 작중화자인 '나'가 마음의 갈등으로 얼마나 힘겨워하고 있는지 자연스럽게 받아들이게 된다. 또 사물과 풍경을 바라보는 작가의 따뜻하고 섬세한 눈길도 문체에 잘 녹아 있다.

아지발도가 튀어올랐다. 그의 머리 위에 풍등(風燈)이 떠 있었다. 나기나타의 칼 그림자가 풍등 사이로 높이 떴다. 칼빛 바람이 불었다. 아내의 목소리가 들렸을까. 슈겐부츠의 꾸지람이었을까. 아지발도의 고함이 길게 터지며 불타는 황산마루까지 메아리쳤다. 두란이 각지를 풀었다. 살이 아지발도의 검은 투구를 향해 날았다. 아지발도의 투구가 허공으로 떨어져나갔다. 성계가 그 뒤를 이어 불길 타오르는 한복판, 아지발도의 머리를 향해 살을 쏘았다. 살이 곧장 검은 선을 그으며 아지발도의 얼굴로 뻗어나갔다. 먼 하늘의 풍등이 아지발도의 얼굴을 비추며 마지막 빛을 발했다.

– 서권, 「시골무사 이성계」 중에서

이 글의 문체는 앞서 본 것과 확연히 다르다는 걸 한눈에 알 수 있을 것이다. 장면과 장면이 멈칫거리거나 주저함 없이 긴박하고 숨 가쁘게 전개되고 있다. 시위를 떠난 화살처럼 그야말로 거침이 없다.

이건 물론 짧게 끊어 쓴 단문의 효과다. '나기나타의 칼 그림자가 풍등 사이로 높이 떴다. 칼빛 바람이 불었다.'와 같은 대목은 읽는 이의 상상을 한껏 자극해준다. 이런 문체를 구사함으로써 작가는 칼과 화살이 난무하는 전장의 전투 장면을 읽는 이들에게 생생하게 전달하고자 했던 것이다.

고정관념과 오감의 문

나만의 색깔을 드러낼 수 있는 독창적이고 참신한 문장과 문체를 구사할 수 있는 능력은 하루아침에 얻어지는 게 아니다. 그런 능력을 체득하려면 틈날 때마다 생각과 느낌을 가꾸고 다듬어 쓰는 연습을 지속적으로 반복해야 한다.

어떻게 연습해야 하는가? 먼저 고정관념부터 깨는 것이다. 미끈하게 잘 빠진 아가씨의 몸매는 예쁘고, 돼지 멱따는 소리는 언제 들어도 짜증나고, 재래식 변소에서 풍기는 똥 냄새는 역겹고, 그녀와 함께 떠먹는 아이스크림은 달콤하기 그지없으며, 내 어깨를 토닥여주는 엄마의 손길은 무조건 따뜻하다고만 생각해서는 오감의 문을 열 수 없다.

S라인 몸매라고 무조건 보기 좋은 것만은 아닐지도 모른다고 슬

그머니 의문을 제기하면 자신이 갖고 있는 고정관념에 조금씩 균열이 생기는 소리가 들리기 시작할 것이다.

돼지가 꽥꽥거리는 소리는 과연 이맛살을 찌푸리게만 하는가? 죽음을 코앞에 둔 돼지의 모습을 떠올리면 그 소리에 따뜻한 연민의 정 같은 것도 생기지 않을까? 지금까지 똥 냄새가 구수하게 여겨진 적은 단 한 번도 없었는가? 그녀와 아프게 헤어지는 자리에서 먹는 아이스크림의 뒷맛은 어쩔 건가? 엄마의 손도 때로는 얼음장처럼 싸늘할 수 있지 않을까?

> 광화문 거리 흰 눈에 덮여가고
> 하얀 눈 하늘 높이 자꾸 올라가네.

이영훈이 노랫말과 곡을 쓰고, 가수 이문세가 부른 〈옛사랑〉이라는 노래의 마지막 부분이다. 어떤가? '하얀 눈'은 하늘에서 땅으로 내리거나 떨어지기만 한다는 고정관념에서 벗어나지 않고서야 그것이 '하늘 높은 곳'으로 '자꾸 올라간다'는 구절을 어떻게 쓸 수 있었겠는가?

만해의 시 「님의 침묵」을 보면 '날카로운 첫 키스의 추억'이라는 구절이 있다. '날카롭다'라는 형용사는 끝이 뾰족하거나 잘 벼려진 칼날, 혹은 그와 유사한 행동을 비유할 때 주로 쓰는 말이다. 하지만 누구에게나 '첫 키스'는 가슴 떨리고 달콤한 법이라는 고정관념에서 탈피했기 때문에 만해는 그처럼 강렬한 이미지를 그려낼 수 있었던 것이다.

독창적인 문장을 구사하는 방법은 또 있다. 평소 생활에서 오감의 문을 활짝 열어두는 것이다. 오감은 시각, 청각, 후각, 미각, 촉각을 이르는 말이다. 즉 눈으로 보고, 귀로 듣고, 코로 냄새 맡고, 혀로 맛을 보며, 손으로 만져서 질감을 느끼는 것이다. 이런 오감의 문을 열기 위해서도 고정관념을 버려야 한다. 색깔은 눈으로 보는 것이고, 소리는 귀로 듣는 것이며, 냄새는 코로 맡기만 하는 것이라는 보편화된 생각에서 벗어나야 한다는 말이다.

주황색에서 우리는 온몸을 진저리치게 하는 시큼한 맛도 얼마든지 느낄 수 있다. 노란색을 오래 바라보다 보면 거기에서 유치원 아이들이 재잘대는 소리가 들릴 수도 있지 않을까? 새신부의 입장을 알리는 경쾌하고 아름다운 웨딩마치가 암회색 먹구름이나 오디 씹은 혓바닥처럼 검보랏빛으로 보인다면 무조건 이상하기만 한가? 달달한 아이스커피 맛도 그날 기분에 따라 빨간색으로 보일 수도 있고, 연두색으로 느껴질 수도 있고, 또 계곡에서 물장구치는 소리로도 들릴 수 있는 것이다.

사실 모든 글쓰기는 사물을 바라보는 데서 시작된다. 나와 가까운 곳에 있는 돌멩이 하나도 세상에 있는 사물이다. 나무와 풀, 꽃 한 송이도 나만의 개성 있는 문장을 만드는 데 유용하게 활용할 수 있는 재료들이다. 계절의 변화에 따라 형형색색으로 고운 자태를 바꿔가는 온갖 자연현상도 물론 예외가 아니다.

알싸하게 튀는 나만의 색깔이 묻어나는 문장을 구사하고 싶다면 이제부터 언제 어느 곳을 가든 틈나는 대로 그런 것들에 눈길을 주어보자. 오감의 문을 활짝 열고 평소 눈에 보이는 온갖 사물들을 그에 어울릴 만한 빛깔, 냄새, 소리, 맛, 감촉 등으로 다양하게 비유해보기를 멈추지 말자.

예를 들어 색깔 하나에 눈길과 마음길을 주어본다. 늦가을이면 어디서나 흔히 볼 수 있는 낙엽은 대부분 갈색이다. 갈색에서는 비 오는 날의 흙냄새가 풍겨난다. 갈색은 할머니가 끓여주신 청국장이고, 쿰쿰한 냄새가 진동하는 서재이며, 카라멜 마끼야또다. 입안에 군침이 저절로 돌게 노릇노릇 잘 구워진 바게트다. 그럼 빨간색은?

난 빨강이 끌려 새빨간 빨강이 끌려

발랑 까지고 싶게 하는 발랄한 빨강

누가 뭐라든 신경 쓰지 않고 튀는 빨강

빨강 립스틱 빨강 바지 빨강 구두

그냥 빨간 말고 발라당 까진 빨강이 끌려

빼지도 않고 앞뒤 재지도 않는 빨강

빨빨대며 쏘다니는 철딱서니 같아서 끌려

그 어디로든 뛰쳐나갈 수 있을 것 같은 빨강

난 빨강이 끌려, 새빨간 빨강이 끌려

해종일 천방지축 쏘다니는 말썽쟁이, 같은 빨강

빨랑 나도 빨강이 되고 싶어 빨랑

빨랑, 빨강이 되어 싸돌아다니고 싶어

빨빨 싸돌아다니다가 어느새 나도

빨강이 될 거야 새빨간 빨강,

빨강 치마 슈퍼우먼이 될 거야

빨강 팬티 슈퍼맨이 될 거야

빨강 구름 빨강 바다 빨강 빌딩숲 만들러 날아다닐 거야

새빨간 거짓말 같은 빨강,

막대사탕처럼 달달하게 빨리는 빨강,

혀를 내밀면 혓바닥이 온통

새빨갛게 물들어 있을 것 같은 달콤한 빨강

빨—강, 하고 말만 해도

세상이 온통 빨개질 것 같은 끈적끈적한 빨강

– 박성우, 「난 빨강」 전문

빨간색 하나가 립스틱도 되고, 바지도 되고, 구두도 된다. 해종일 천방지축 쏘다니는 말썽쟁이 어린아이를 끌어오기도 한다. 슈퍼우먼, 슈퍼맨, 치마, 팬티, 구름, 바다, 빌딩숲, 막대사탕 등으로 '빨강'은 얼마든지 변화무쌍하게 비유된다.

이와 같이 눈에 비치는 어떤 색깔이 있으면 그게 무엇이든 망설이지 말고 소리로도 바꿔 보자. 손이나 입술에 느껴지는 감촉을 눈에 보이는 다른 사물에 견주어보기도 서슴지 말자. 귓속을 파고드는 어떤 소리나 코끝을 쥐고 흔들다 숨을 멎게 하는 라일락의 향기도 다른 사물로 은유하거나 직유해 보자.

그러면 사랑하는 이와 뜨겁게 키스를 나누는 동안 입술에 느껴지는 감촉이 보랏빛이거나 주황빛으로 보일지도 모른다. 보랏빛은 꿀벌의 날갯짓 소리일 뿐 아니라 입안에 새콤달콤한 막대사탕 맛을 가져다주기도 할 것이다.

시큼한 석류를 베어 한 입 무는 맛은 햇살을 튕겨내는 물고기 비늘이고, 물고기 비늘은 또 바위에 부딪쳐 잘게 부서지는 물방울의 투명하게 빛나는 어깨와 어깨들에 은유될 수도 있을 것이다. 사랑하는 이의 부음을 받고 듣는 물방울 소리는 또 붉게 핀 동백꽃으로 얼마든지 직유할 수 있지 않겠는가!

이제부터는 매화든 산수유꽃이든 고로쇠나무든 시냇물이든 돌멩이든 올챙이든 잠자리든 참새든 독수리든 두더지든 호랑이든 축구장이든 커피숍이든 자동차든 냉장고든 눈에 보이는 건 무엇이든 의인해서 그것들과 대화도 나누고, 어깨동무도 하고, 입맞춤도 하고, 포옹도 하고, 서로의 성감대를 어루만져주기도 하자. 가끔은 그것의 볼을 꼬집기도 하고, 옆구리에 발길질도 해보자. 지금 당신이 몸에 걸치고 있는 옷을 하나도 남김없이 홀홀 벗어던지고 알몸이 되어 그 내면으로 들어가 상상하기도 틈나는 대로 계속하자.

그러면 머지않아 알싸하고 짭조름할 뿐 아니라 어릴 적 학교 앞 문구점에서 자주 사먹었던 쫀득이처럼 쫄깃쫄깃한 맛이 살아 있는 나만의 문장을 구사할 수 있게 될 것이다.

당신의 상상력이 필력을 결정한다

평소 자세히 들여다보고 세심하게 느꼈던 것들이
당신의 상상력을 키워서
독창적인 글을 쓰는 데 소중한 자양분이 되어줄 것이다.
'주력(酒力)이 필력(筆力)'이라는 그럴싸한 궤변도 있지만
상상력, 그것이야말로 당신의 필력을 결정한다는 사실을
마음속 깊이 새겨두자.

여인숙·이슬의 집

소개팅 자리에서 처음 만난 여자가 잠깐 화장실에 다녀온 걸 알고 남자는 좀 음흉한 미소를 지었단다. 그게 미심쩍었던 여자가 어째서 그런 표정을 지으며 웃느냐고 남자에게 물었단다. 그러자 남자가 곧이곧대로 이렇게 대답했단다.

"제가 상상력이 좀 풍부한 편이거든요."

약간의 결벽증까지 갖고 있던 여자는 그 말이 끝나기가 무섭게 물컵에 남은 물을 남자의 얼굴에 끼얹고 자리를 떴단다.

여자들은 공중화장실에 들어가면 변기의 물부터 내린다. 밖에서 남자의 기척이 느껴질 때는 그 일에 더 적극적이다. 왜겠는가? 자신이 옷 벗는 소리를 감추려고 그 아까운 물을 허투루 쏟아버리는 것이다. 아니, 그런데 사실은 소리 때문만이 아니다. 그 소리를 듣고 누군가 자신의 벗은 몸을 '상상'할까 봐서다.

왜 있지 않은가? 김광균의 시 「설야」에 나오는 '머언 곳에 여인의 옷 벗는 소리'도 옷을 벗는 '소리'와 상상을 통해 눈앞에 그려지는 시각적 이미지를 결합해서 만들어낸 공감각적 이미지 아닌가?

달개비꽃 밑에

여인숙 치는

여치

숙박계도 안 쓰고

하룻밤 자고 가는

이슬

하늘일까

지상일까

이슬의

집

— 유강희, 「이슬의 집」 전문

밤사이 소리 없이 내린 이슬은 어느 꽃잎이나 나뭇잎에 머물다 (숙박계도 안 쓴 공짜 잠을 자고) 아침이 오면 아무런 흔적도 남기지 않고 사라진다. 이슬과 꽃잎이 스스럼없이 동화되는 자연현상에서 시인은 혹시 우리가 꿈꾸는 삶의 자유와 여유를 보았거나 그걸 간절히 열망한 건 아니었을까?

시인의 그런 생각과 느낌이 이 짧은 시의 내용이다. 그리고 이런 시를 쓰는 게 가능했던 건 바로 시인의 상상력이다. 밤마다 찾아오는 이슬을 상대로 달개비라는 꽃에 여치가 여인숙을 친다는 이야기는 상상의 힘이 아니고는 쓸 수 없을 거라는 말이다.

사전을 찾아보면 '상상'은 '아직 일어나지 않은 일이나 존재하지 않은 대상을 머릿속으로 그려 보는 것'이라고 정의되어 있다. 아무리 사전이라도 그건 그야말로 천만의 말씀이다. 전지전능하신 '그분'이 아니고서야 어떻게 한 번도 일어나지 않은 일, 존재하지도 않은 대상을 머릿속으로 그려내고, 다시 그걸 구체적으로 표현할 수 있단 말인가?

영화 〈아바타〉에 등장하는 기괴하게 생긴 인물들을 떠올려 보자. 이 세상에서 아바타와 똑같이 생긴 생물체가 발견된 적이 한 번이라도 있었는가? 그건 누구나 처음 보는 생물체다. 그야말로 '존재하지 않은 대상'인 것이다. 그런데 어떻게 그런 인물을 만들어낼 수 있었을까?

아바타의 모습을 조목조목 떼어놓고 보면 답을 얻을 수 있다. 쫑긋하게 솟은 아바타의 귀는 당나귀의 것과 흡사하게 생겼다. 피부 생김새나 빛깔 역시 어느 파충류의 표피를 떠올리게 한다. 아바타와 같은 꼬리를 가진 동물은 얼마든지 있다. 전체적인 모양새는 사람을 닮지 않았는가.

상상이란 바로 그런 것이다. '이미 일어난 일'이나 '존재하는 대상'을 되살려 자신만의 방식으로 조합하는 것이다. 지금까지 살아오는 동안 자신이 직접 겪었거나 어딘가에서 보고 들었던 장면 또는 사건을 되살려 새로운 모양이나 이야기를 만들어내는 힘이 바로 상상력인 것이다.

상상력의 차이

국어시간에 교사가 학생들에게 미리 준비한 용지를 나눠주며 지난주에 3박 4일 동안 다녀온 제주도 수학여행에서 각자 보고 느낀 것이 있으면 뭐든 좋으니까 형식이나 분량에 구애받지 말고 맘껏 적어보라고 말했더란다. 한 시간 후에 보니 어떤 학생은 일곱 장을 썼고, 어떤 학생은 석 장을 썼더란다. 물론 한 장도 제대로 못 쓴 학생도 있더란다. 평소 글쓰기를 좋아하는 한 학생은 다음날 스무 장도 넘게 써 왔더란다.

자, 과연 이런 일이 가능할까? 물론이다. 그런데 이건 선뜻 납득하기가 어렵다. 같은 또래의 아이들이 같은 기간에 똑같은 곳을 여행하고 왔지 않은가. 그런데 어째서 어떤 학생은 스무 장도 넘게 쓰고, 어떤 학생은 한 장조차 제대로 채우지 못하는 걸까? 바로 상상력의 차이다.

한 장도 제대로 쓰지 못한 학생의 글과 스무 장 넘게 쓴 학생의 글을 비교해 보면 그 까닭을 쉽게 알 수 있다.

제주도에 가려고 아침 일찍 공항으로 갔다. 우리는 선생님의 안내로 제주행 비행기에 올랐다. 제주에 도착한 것은 이륙 후 겨우 40분만이었다. 맨 처음 간 곳은 제주시에 있는 용두암이라는 곳이었다. 그곳에서 나는 바다를 구경하다가 친구들하고 재미있게 사진을 여러 장 찍었다. 다음에는 관덕정이라는 곳에도 갔다. 하루 여행을 마치고 그날 저녁에는 선생님 몰래 콜라병에다 소주를 숨겨 와서 친구들과 함께 마셨다.

다음날 아침에 일찍 일어나서 우리는 관광버스를 타고 한라산 기숲을 넘어 중문단지로 이동했다. 그곳에는 볼거리가 참 많았다. 여러 가지 폭포도 구경했다. 여미지 식물원은 입장료 때문에 못 가서 서운했다. 그래도 외돌개라는 데하고 주상 뭔가 하는 곳은 바닷물이 참 깨끗해서 인상이 깊었다. 숙소로 이동하는 차안에서 나는 잠에 곯아떨어졌다. 너무 피곤했기 때문일 것이다.

한 장도 제대로 쓰지 못한 학생의 글이다. 벌써 1박 2일 일정을 모두 옮겨 썼으니 이 정도면 전체 글의 3분의 1쯤 되지 않을까? 그러다 보니 전체 분량이 A4 용지 한 장에도 미치지 못했던 것이다. 이 학생은 앞으로 쓸 내용도 별로 없어 보인다. 한눈에 보아도 글의 내용이 듬성듬성하다. 마치 어떤 글의 줄거리를 요약해 놓은 듯하다.

다음 글은 어떤가?

어젯밤에는 잠을 설쳤다. 태어나서 처음으로 가게 된 제주도 아닌가. 나도 모르게 많이 설렜던 게 틀림없다. 우리나라에서 가장 아름다운 섬이라는 곳, 얼마 전에는 세계 7대 자연경관으로 선정되었다는 곳이 바로 제주도다. 무엇이 제주도를 그렇게 유명한 섬으로 만들었던 걸까?

특히 제주는 푸른 바다가 가장 인상적이라고 한다. 어젯밤에 인터넷으로 검색해 본 바로는 정말이지 가볼 곳이 너무 많았다. 물론 나는 그동안 TV 드라마 같은 데서 제주도의 아름다운 자연 풍경을 가끔 볼 수 있었다. 그렇지만 이렇게 내가 직접 그곳을 가게 되리라고는 예상치 못했다.

나는 그곳에 가서 무엇을 볼 수 있을까? 마음이 하도 설레서 엄마가 차려주신 아침밥도 다 먹지 못했다. 아파트 현관에서 나는 수학여행 갈 때 신으라고 아버지께서 며칠 전에 새로 사다주신 트레킹화를 신었다. 이걸 신고서라면 수십 킬로라도 얼마든지 걸을 수 있을 것 같다.

가방을 메고 현관문을 나서다 나는 걸음을 멈추었다. 혹시 빠뜨린 것은 없나? 핸드폰은 바지 주머니에 들어 있다. 배터리 충전기도 가방에 넣어두었다. 엄마가 주신 용돈도 점퍼 안주머니에 넣고 지퍼로 잘 갈무리했다. 어제 잠을 설쳤는데도 집을 나서는 발걸음이 가뿐하다. 기분이 날아갈 듯하다.

아, 내가 제주도를 가기 되다니. 엄마의 배웅을 받으며 아파트 현관을 나섰다. 가만 있자, 엄마 아빠에게는 무슨 선물을 사다 드리지? 에이, 그건 제주도에 가서 생각해야겠다.

스무 장 넘게 쓴 학생의 글이다. 분량으로만 보면 전체 글의 한 삼사십 분의 일쯤 되지 않을까? 글의 내용이 한눈에 보기에도 베란다 방충망처럼 촘촘하게 짜여 있다. 이 학생은 이제 겨우 집을 나서서 집결장소인 학교로 가기 위해 버스 정류장으로 향하는 중이다. 물론 아직도 쓸 내용이 많이 남았다.

자, 이제 한 장도 제대로 쓰지 못한 학생에게 스무 장 넘게 쓴 글을 보여준다. 그걸 읽으며 그 학생은 아마 자신도 모르게 이런 식으로 탄성을 쏟아내지 않을까?

"아, 맞다! 정말 그래. 그때 성산포에서 도시락이 다 쉬어서 밥을
못 먹고 그 대신 친구들하고 소시지를 사먹었어, 맞아!"

"그래, 그래! 함덕 해수욕장인가 하는 데서 우리가 담임을 물에
빠트렸어. 맞아! 담임은 옷이 다 젖어서 버스 안에서 덜덜덜 떨었
고……. 이상하다, 그런데 나는 왜 이런 게 하나도 생각이 안 나는 거
지?"

이 학생은 똑같은 여행비를 내고 제주도를 다녀왔는데, 다른 학생
이 적은 글을 읽으며 이렇게 감탄만 하고 있는 것이다. 그 차이를 한
마디로 설명할 수 있는 게 뭘까? 역시 상상력이다.

스무 장 넘게 쓴 학생은 상상력이 풍부한 것이고, 한 장도 제대로
쓰지 못한 학생은 상상력이 부족한 것이다. 스무 장 넘게 쓴 학생은
훗날 훌륭한 작가가 될 수 있는 기본적 소양을 이미 갖추었다고 할
수 있다. 반면 한 장도 제대로 채우지 못한 학생은 앞으로 별도의 노
력을 기울이지 않으면 '괜찮은' 독자도 되기 어려울지 모른다.

스무 장 넘게 쓴 학생(A)과 한 장도 제대로 채우지 못한 학생(B)
의 차이는 어디에서 생긴 것일까? 두 학생이 수학여행을 다녀오는
모습을 비교해 가며 그들의 외면과 내면을 들락거려 보기로 하자.

수학여행을 떠나기 전날 A는 제주도에서 들르기로 예정되어 있

는 곳을 인터넷으로 미리 검색하면서 중요하다 싶은 생각이 드는 건 수첩에 메모를 해둔다. 그 시간에 B는 들뜬 마음에 잠이 제대로 오지 않아 밤늦게까지 드라마를 열심히 본다.

제주행 비행기를 타기 위해 공항으로 가는 버스 안에서 A가 이번 수학여행의 여정을 머릿속으로 하나하나 그려보며 창밖으로 비치는 풍경을 바라보는 동안, B는 친구들과 수다를 떨다가 지난밤에 제대로 못 잔 잠에 곯아떨어진다.

제주에 도착해서 예정된 관광명소를 들를 때마다 A는 인상적인 장면을 자신의 스마트폰에 열심히 담기 바쁜데, B는 그런 배경을 뒤에 두고 친구들과 어울려 재미나게 사진을 찍는다.

하루 일정이 끝난 뒤 A가 그날 여행지를 돌아본 소감을 메모하고 스마트폰에 담아온 장면을 다시 정리하는 동안, B는 선생님들 몰래 반입한 술을 친구들과 나눠먹으며 흥겨운 시간을 보낸다.

상상력을 키우는 방법이 무엇인지 이제 자명해졌다. 바로 다양한 경험을 쌓는 것이다. 그런데 단순히 경험을 많이 쌓는다고, 이것저것 본 것이 많다고 상상력이 풍부해지는 건 물론 아니다. 이때 필수적인 것이 바로 자세히 들여다보고, 관찰하고, 정리하는 습관이다.

여행지에 가서도 기억에 오랫동안 남기고 싶은 장면이 눈에 띄면 스마트폰을 꺼내서 그걸 찍을 줄 알아야 한다. 그렇게 자세히 들여다보고, 관찰하고, 요모조모 뜯어보고, 카메라에 담고, 자신만의 감상을 수시로 메모하는 습관을 가져야 상상력을 키워서 앞서 본 학생

A처럼 스무 장 넘는 글을 쓸 수 있는 것이다.

　글은 책상 앞에 앉아서 펜을 들거나 컴퓨터 모니터를 켠 순간부터만 쓰는 것이 아니다. 사소하고 하찮은 사물이나 아름답고 특이한 장면을 마음을 활짝 열고 열심히 바라보고 있다면 당신은 이미 글을 쓰고 있는 것과 같다.

　지금 자신이 겪고 있는 황당한 사건을 곱씹어가며 요모조모 생각을 굴리는 것 또한 글을 쓰는 과정이라고 할 수 있다. 시내버스 정류장에서 차를 기다리고 있는 사람들의 다양한 생김새나 독특한 행동 하나하나도 언젠가는 자신이 쓰게 될 글의 일부가 될 수 있으니 자세히 관찰해 두라는 말이다.

　그렇다면 상상의 힘은 실제로 글을 쓰는 데 어떻게 작용하는가?

　　500원짜리 동전 크기로

　　속살을 드러낸 아버지의 정수리

　　방학 때 알바를 해서

　　개기일식을 시켜드리고 싶은…….

　어느 고등학생이 쓴 글의 일부로, 제목은 '보름달'이다. 이 학생은 까만 밤하늘에 떠 있는 보름달을 바라보다가 머리카락이 빠진 아버지의 정수리를 떠올렸다. 평소 자신이 안타깝게 여겼던 아버지의 정수리와 보름달의 이미지를 마음속에 축적해 두었기 때문에 이런 글을 쓸 수 있었던 것이다.

물론 같은 보름달이라도 상상하기에 따라서는 여러 가지 이미지를 떠올릴 수 있을 것이다. 머리가 아픈 이의 눈에는 보름달이 두통약처럼 보일 수도 있다. 김밥을 먹는 중이라면 둥글게 잘라놓은 단무지처럼 생긴 보름달에 젓가락질을 하고 싶어지지 않을까? 둥그런 뻥튀기를 상상하는 것도 어렵지 않을 것 같다.

상상하는 즐거움

소설가 전상국은 상상하는 건 즐거운 일이라고 단정한다. 어떤 점에서 왜 그럴까? 그의 말에 잠시 귀를 기울여보자.

> 작가의 상상하는 즐거움은 자신의 상상세계에 독자들을 동참시키는 것이지요. 작가가 상상으로 작품을 썼을 때 독자들도 상상에 의해 그 작품세계를 여행하는 즐거움에 빠지게 됩니다. 그리하여 좋은 소설은 작가와 독자가 상상을 나눠 발화하는, 즉 독자의 몫이 남겨진 작품이라는 것이지요.
>
> — 전상국, 「글쓰기의 즐거움을 찾아서」 중에서

이게 무슨 소린가? '작가의 상상세계에 독자들을 동참'시킨다니? '좋은 소설은 작가와 독자가 상상을 나눠 발화하는' 것이라고? 그렇다면 글을 쓰는 이들만 상상하는 게 아니라 독자들도 상상을 한다는 거 아닌가? 또 '독자의 몫이 남겨진 작품'이라는 건 도대체 무엇을 두고 하는 말인가?

　　"저런, 어리보기 자식!⋯⋯"

　　다시 집안으로 돌아오는 막내를 보며 사내가 탄식을 했다. 그래도 그의 얼굴에는 동료의 미더운 의리에 만족하는 게 틀림없을 미소가 엷게 비쳤다. 그 표정 그대로, 대문 안으로 들어서는 동료의 발치를 향해 그가 느닷없이 권총을 발사했다. 문간에는 노란색 국화 화분이 하나 있었다. 총알은 거기로 날아가 공교롭게도 소담스럽게 꽃을 피우고 서 있던 국화 줄기 하나를 톡 부러뜨렸다.

　　"막내야, 그게 바로 내가 주는 마지막 선물이다. 그게 내 마음이니, 어서 그걸 가지고 가라."

　　"형님!⋯⋯"

　　"어서, 자식아!"

　　사내가 또 한 발의 총을 쏘았다. 그때서야 우두머리의 마음을 다 헤아렸는지 범인이 천천히 국화송이를 집어 들었다. 그리고 진짜 꽃인지 확인이라도 하는 양 그걸 자기 코에 갖다 댔다. 다시 고개를 든 그의 눈에는 이미 눈물이 흥건했다. 느닷없는 총소리에 놀라 잠시 우우 휩쓸려가던 관중들은 뒤를 힐끗 돌아보다가 해괴하기 짝이 없는 광경을 목격하고 다시 전열을 가다듬은 시위대처럼 앞으로 나서기 시작했다. 두 팔을 치켜든 손에 국화 한 송이를 들고 있긴 했지만 영락없이 푸주에 들어서는 소걸음으로 터덜터덜 걸어 나오는 범인 하나가 눈에 띄었기 때문이다.

– 이병천, 「홀리데이(Holiday)」 중에서

주택가 어느 집에서 인질극을 벌이는 범인들의 모습을 사실적으로 그린 소설의 한 대목이다. 필자가 알기로 이 소설을 쓴 작가는 단 한 번도 인질극 따위를 벌인 적이 없다. 인질극 현장을 직접 구경했다는 말을 들은 적도 없다. 그런데 어떻게 그는 인질범들의 표정 하나부터 그들이 나누는 대화 한 마디까지 이토록 생생하게 그려낼 수 있었는가?

당연히 상상의 힘이다. 작가는 적어도 TV 뉴스나 영화를 통해 어떤 사건을 저지른 범인들의 모습을 유심히 바라본 경험이 있을 것이다. 그런 간접경험을 축적해 두었다가 자신이 그려내고자 하는 장면에 차용해서 쓴 것이다.

그런데 독자인 당신도 소설의 이 대목을 읽으면서 어떤 장면을 떠올리지 않았는가? 총알에 맞아 톡 부러지는 국화 줄기와, 우두머리의 입가에 어리는 엷은 미소와, 그의 뜻을 이해하고 눈에 눈물이 흥건해진 범인의 얼굴까지 아주 생생하게…….

사실 이 대목은 그야말로 '하얀 것은 종이요, 검은 것은 글자' 아닌가. 따지고 보면 작가가 한 일은 자신의 상상력을 통해 어떤 장면을 문자로 표현한 것뿐이다. 정작 그런 장면을 생생하게 그려서 만들어내는 건 독자들이다.

독자들은 이 대목을 읽으면서 작가가 문자언어를 통해 이끄는 대로 상상의 힘을 빌려 어떤 장면을 머릿속이나 눈앞에 구체적으로 그려내는 것이다. 이때 독자들은 각자의 체험에 따라 각기 다른 장면을 떠올리게 된다.

앞서 독자가 소설을 읽는 동안 '상상에 의해 그 작품세계를 여행하는 즐거움'을 맛본다거나, '좋은 소설은 작가와 독자가 상상을 나눠 발화하는 것'이라고 말한 것도 바로 이런 과정을 두고 한 말이다. 물론 독자 역시 작가처럼 TV나 영화 등을 통해 비슷한 장면을 본 경험이 있어야 이런 상상이 가능하다.

모르긴 해도 과거 언젠가 흉악범들에게 인질로 잡혀 본 적이 있는 사람은 이 장면을 더욱 생생하게(혹은 몸서리를 쳐가며) 그려낼 수 있을 게 틀림없다. 반대로 세상 물정을 아무것도 모르는('인질극'이니 '범인'이니 하는 말조차 아무 개념이 없는) 어린아이는 소설의 이 대목을 아무리 여러 번 반복해서 읽어도 그 어떤 장면도 생생하게 떠올리지 못할 게 뻔하다.

이렇듯 글을 쓰는 이든 읽는 이든 상상하는 만큼 쓸 수 있고 읽을 수 있다. 눈앞에 보이는 사소한 장면 하나까지 자세히 들여다본 사람은 그만큼 자세히 쓸 수 있고, 그렇게 쓴 글의 장면과 장면을 다른 이들보다 훨씬 생동감 있게 그려가며 읽을 수 있는 것이다.

마르지 않는 샘

세상에서 제일 잠이 많은 사람은? 가수 이미자다(이미 자고 있으니까). 그럼 세상에서 제일 한가한 사람은 누굴까? 주말이나 휴일이 아닌 평일에 낚시질하는 사람이다(탤런트 한가인이 유명해지기 전까지는 그게 이 '한가한' 유머의 답이었다). 그런데 평일에 낚시질하는 사람보다 더 한가한 사람은 따로 있다. 바로 그 사람 옆에 쭈그리고 앉아서 낚시질을 구경하는 사람이다. 물론 우스갯소리다.

글을 쓰려고 하는 당신은 그래도 평일 낚시까지 맘껏 즐겨도 좋다. 대신 낚시의 덕목이라는 무념무상만은 삼가자. 낚시질을 하되, 호수 수면에 꽂힌 찌를 노려보기도 하고 쩨려보기도 하는 일은 게을리 하지 말자. 낚싯대를 타고 전해지는 손맛도 깊이 음미하자. 낚시 바늘에 물린 붕어의 파닥거리는 몸짓도 눈에 새겨두자. 틈날 때마다 옆자리에 앉은 낚시꾼의 표정 하나까지 유심히 관찰하자.

어쩌다 비라도 내리면 빗방울이 나뭇잎을 두드리는 소리에 귀를 쫑긋 세우자. 수면을 덮은 연꽃잎 하나라도 그 생김새를 유심히 바라보고, 거기 고인 빗물이 얼마나 투명하게 빛나는지 눈빛을 반짝이자. 머뭇거리지 말고 주머니에서 꺼낸 스마트폰 카메라를 가까이 들이대기도 하자.

일상에서도 마찬가지다. 지금까지와는 달리 오렌지의 시큼한 맛도 더 깊이 음미하자. 뚝배기에서 보글보글 끓고 있는 된장찌개도 자세히 들여다보고, 거기서 풍겨나는 구수한 냄새도 가슴속으로 깊이 맡아보자. 된장찌개가 끓는 소리도 들어보고, 그 모양도 남김없이 눈에 담아두자. 밤하늘에 떠 있는 초승달은 내가 알고 있는 어떤 사물과 닮았는지도 연상하기를 멈추지 말자.

평소 그렇게 자세히 들여다보고, 카메라에 담고, 두고두고 세심하게 느끼고, 큼큼거리며 냄새 맡은 것들이 당신의 상상력을 키워서 독창적이고 풍부한 내용이 살아있는 글을 쓰는 데 소중한 자양분이 되어줄 것이다.

'주력(酒力)이 필력(筆力)'이라는 그럴싸한 궤변도 있지만 상상력, 그것이야말로 마르지 않는 샘처럼 당신의 필력을 든든하게 받쳐줄 거라는 사실을 마음속 깊이 새겨두자.

허구, 실제인 양 짜 맞추는 테크닉

글은 사실과 상상, 혹은 실제로 겪은 이야기와
의도적으로 가공한 이야기를 잘 조립해서
하나의 유기체로 만드는 허구의 세계다.
허구화되지 않은 글을 읽어서는
내용에 공감하기 어렵고,
감동을 얻을 수도 없다.
읽는 이를 상상의 세계로 이끌 수도 없을 것이다.

속이기, 속지 않기

사회적 통념상 거짓말은 옳지 않다. 물론 '하얀 거짓말'이라고 해서 상대방의 입장을 배려하려고 일부러 꾸며대는 거짓말은 예외로 치는 경우도 있긴 하다.

그런데 처음부터 거짓말인 건 없다. 들통이 나야 비로소 거짓말인 것이다. 그 전까지는 어떤 말이나 행동에 아무리 의구심을 갖는다 해도 여전히 진실이고, 또 그렇게 믿을 수밖에 없다. 그렇다고 선거에 출마해서 죽기살기로 이전투구를 벌이는 후보들처럼 '공약(空約)'을 남발해도 된다는 건 물론 아니다.

새 학기가 시작되어 개강모임을 하는데 참가비가 만 원이라고 한다. 그런데 그걸 구실로 엄마한테 십만 원을 타내서 생일을 맞은 여친한테 예쁜 스카프를 선물하고 싶다. 자, 어떻게 할 것인가?

"엄마, 우리 과에서 내일 저녁에 개강모임을 하거든?

"그런데?"

"참가비가 십만 원이야. 그거 달라고⋯⋯."

"뭐? 무슨 학생들이 십만 원씩이나 걷어서 개강모임을 해?"

"술도 마시거든. 하여튼 나는 몰라. 엄마는 그냥 십만 원만 주면 돼."

쯧쯧⋯⋯. 이래 가지고 이 친구는 엄마한테 십만 원을 어떻게 받아내겠다는 건지 모르겠다. 어느 엄마가 이런 아들의 말을 믿고 십만 원이니 되는 거금을 선뜻 내주겠는가. 물론 이 땅의 많은 엄마들이 그러하듯 아들이 거짓말한다는 걸 뻔히 알면서도 '속아주는' 척하는 건 예외다.

그렇다면 방법은 둘 중 하나다. 한 이만 원 정도만 달라고 조금만 '뻥'을 쳐서 만 원은 개강모임 비용으로 내고 남은 돈으로는 여친하고 짜장면이나 한 그릇씩 사먹든가, 아니면 정말로 십만 원이 들겠다는 생각이 들도록 그럴싸하게 꾸며대서 엄마가 믿도록 하는 수밖에 없다. 가령 이런 식이다.

"엄마, 나 말야, 우리 과 애들 하는 짓 정말 짜증나서 학교 못 다니겠어."

"왜, 또?"

"몰라, 엄마는 몰라도 돼."

"도대체 뭔데 그래? 얘길 해야 엄마가 알지."

"엄마도 알다시피 이번 학기 개강한 지가 얼마 안 됐잖아."

"그거야, 그렇지."

"개강모임을 한다고 그러더라고. 그런데……."

"그런데 뭐?"

"참 내, 기가 막혀서. 아니 글쎄 개강모임을 뭐 그딴 식으로 하는지 정말 짜증나!"

"개강모임을 도대체 어떤 식으로 한다는 건데?"

"에이, 몰라. 그냥 엄마는 몰라도 돼. 그깟 모임 안 나가면 되지 뭐."

진짜 중요한 건 지금부터다. 우선 여기까지 이야기를 끌어오는 동안 엄마의 심리변화를 주도면밀하게 읽어내는 일을 게을리 해서는 안 된다.

"그래? 그럼 이번 개강모임에는 빠지면 되겠네."

엄마 입에서 이런 말이 튀어나오기라도 하면 졸지에 속수무책으로 수세에 몰릴 것이기 때문이다. 잘못하면 만 원조차 못 건질지도 모른다.

없는 말을 꾸며낼 때일수록 표정이나 말투에서 허점을 보여서는 안 된다. 얼굴이 상기되어 자칫 말을 더듬거나 엄마가 되묻는 말에 선뜻 대답을 못하고 얼버무리기라도 할라치면 금세 탄로가 날지도 모른다. 그랬다가는 십만 원은커녕 아들로서의 신용등급까지 일거에 추락하고 말 게 뻔하다.

"사실은, 학회장 선배가 이번 개강모임에는 좀 특별한 이벤트를 만들었는가 봐."

"특별한 이벤트? 그게 뭔데?"

"엄마도 지난번에 신문에 난 거 봤지?"

"신문?"

"거 왜, 우리 과 1학년 애 하나가 아버지한테 간 이식해 드린 거,

몰라?"

"그런 일이 있었어? 엄만 몰랐네?"

"수술비가 엄청 들어갔다는데, 걔네가 거의 기초생활수급자 수준이거든."

"아, 그러면 친구들이 조금씩이라도 도와줘야지."

"그것만 있는 줄 알아?"

"뭐가 또 있는데?"

"1학기 때 학과 학술제를 하면서 돈이 엄청 빵구났다고 하더라고."

"저런……."

"그때는 어쩔 수 없이 교수님들 돈으로 대충 해결했다는데……."

"아니, 교수님들한테까지 그런 부담을 드렸단 말야?"

"그리고 2학기 답사 비용까지 이번에 아예 걷을 건가 봐. 그러다 보니까 개강모임 비용이 너무 많아진 거거든."

"들어 보니까 적어도 한 사람에 오륙만 원씩은 걷어야겠네."

"사실은 하도 비싸서 빠질까 했는데, 얘기를 들어보니까 그럴 수도 없겠더라고."

"그럼, 당연하지. 밥값은 얼마 안 되겠지만, 아무튼 모두 합해서 얼마를 내야지?"

"경품 추첨 이벤트도 있고 해서 팔만 원인가 한다던데, 엄마도 좀 부담스럽지?"

"부담스럽기야 하지만……."

"모임 끝나고 그동안 신세 진 친구들한테 소주도 한잔 간단히 쏠까 하는데, 기왕 좀 부담스러운 거, 신사임당 할머니 두 분으로 하면 안 될까, 엄마?"

참으로 눈물겹기는 해도 이쯤은 보여주어야 십만 원을 타낼 수 있을 것 아닌가! 여기서 중요한 것은 말을 꾸며대는 동안 엄마의 궁금증을 지속적으로 유발할 수 있어야 한다는 사실이다. 그럼 어떻게 해야 하는가?

말머리와 말꼬리를 교묘히 활용해서 엄마와 적당히 밀고 당기는 가운데 다음 이야기를 적절하게 이어가야 한다. 그러다 이때다 싶은 타이밍을 간파해서 여전히 긴가민가하고 흔들리는 엄마의 마음을 낚아채야 하는 것이다. 물론 엄마는 신사임당 두 장을 주면서 속으로 이렇게 생각할지도 모른다.

'너, 참 애쓴다. 그게 하도 가상해서 이번에는 내가 속아준다.'

후배가 간이식 수술을 했다느니, 학술제에서 돈이 엄청 빵꾸가 났다느니, 그걸 교수님들이 대신 갚았다느니 하는 건 모두 사실이 아닐 수 있다. 경품추첨 이벤트를 한다는 것도 뻥이겠지만 그것도 사실인 양 매끄럽게 포장해서 말할 줄 알아야 한다. 설령 그게 모두 사실이어서 그야말로 단도직입적으로 개강모임 비용 십만 원을 달라고 했다가 엄마가 사실관계를 확인하겠다고 나서기라도 하면 복잡하고 번거로운 절차를 거쳐야 할지도 모른다.

일상생활뿐 아니라 글을 쓰는 데 있어서도 이런 기술은 대단히 중요하다. 자신이 쓴 글의 내용을 읽는 이가 생생한 사실인 것처럼 믿어야 공감할 수 있고, 감동도 얻을 수 있을 것이기 때문이다.

실제와 가공의 비빔밥

모든 글은 허구다. 여기서 말하는 허구는 '있지도 않은 사실', 즉 '거짓말이나 허황된 말'을 가리키는 게 아니다. '사실인 듯 그럴싸하게 포장한 이야기' 혹은 '그렇게 꾸미는 기법'이 바로 허구라는 뜻이다.

그렇다고 실제로 벌어질 수 없는 이야기를 잘 꾸며 쓰기만 하면 된다는 얘기가 아니다. 글은 무엇보다 진솔하게 써야 하지만, 때로는 자신이 직접 겪지 못한 일이거나 사실과 다른 이야기라도 읽는 이가 납득할 수 있도록 그럴싸하게 꾸밀 줄 알아야 한다는 말이다.

윗집에 사시던 노부부가 얼마 전에 텃밭이 있는 집으로 이사를 했다. 나는 그분들이 이사 가신다는 소식을 처음 들었을 때 내심 얼마나 반가웠는지 모른다. 그 어른들과 함께 살던 아이 때문이었다. 지난봄부터 갑자기 천장에서 쿵쾅거리는 소리가 잦아서 알아봤더니 아들네 사정으로 손자를 맡아 기르게 되었다는 것이었다.

우리 식구는 밤늦게 귀가하는 편이어서 위에서 좀 뛰어도 평일에는 그런대로 참을만했다. 문제는 주말이었다. 도저히 집중이 안 된다고 툴툴대는 고 3짜리 딸아이를 주말에는 근처 독서실로 보낼 수밖에 없었다. 우리도 아이들 둘을 아파트에서 키운 주제니까 저것도 풍악소리려니 여기자 했지만, 천장이 심하게 울릴 때는 견디기가 만만치 않았다. 그러니 노부부의 이사 소식이 반가울 수밖에.

그날부터 우리 부부는 한동안 윗집에 새로 이사 올 사람들에게 은근히 기대를 했다. 하지만 기대는 뜬구름이었고, 걱정은 현실이 되고 말았다.

윗집 이삿짐이 들어온 그날 저녁부터 주방에서 거실로, 안방에서 다른 방으로 쿵쾅거리며 뛰어다니는 소리가 시시각각 천장을 울려댔다. 숫제 놀이터였다. 아내 말로는 새로 이사 온 윗집에서 보내온 팥떡 접시에 포도 두 송이를 얹어갖고 올라갔더니 네다섯 살짜리 사내아이 둘이 보이더라는 것이었다. 눈앞이 캄캄했다.

그 철없는 아이들이 무슨 잘못일까 싶은 생각도 물론 없진 않았다. 아파트가 주거문제 해결의 가장 현실적 대안일 수밖에 없는 좁쌀만 한 나라의 부모를 만난 죄밖에 없었던 것이다. 아이들이 어리다 보니 부모로서도 요령부득일 거라는 짐작도 당연히 갔다.

그런데 드디어 사단이 났다. 마침 일요일이었는데 그날은 무슨 운동회라도 열렸는지 아침부터 쿵쾅거리는 소리가 끊이질 않았다. 해도 해도 너무한다고, 어른들이 애들을 타이르지도 않는가 보다고 이번에는 아내가 먼저 볼멘소리를 했다. 차라리 영화나 한 편 보고 오겠다고 나가는 딸아이들을 말릴 수도 없었다. 나도 더는 견딜 수가 없어서 기어이 윗집 초인종을 누르고 말았다.

그런데 계단을 도로 내려오는 발걸음이 그렇게 무거울 수 없었다. 아내가 봤다던 두 아이의 착한 눈망울이 눈앞에 자꾸 어른거렸기 때문이었다. 윗집 젊은 가장의 서글서글한 얼굴도 생생했다. 아이들을 좋게 타일러서 문제를 해결할 수 있기까지는 앞으로도 5년은 족히 걸릴 듯했다. 그렇다고 우리가 다른 곳으로 이사를 갈 수도 없었다.

해결 방안은 의외로 가까운 데 있었다. 평소 친동생처럼 아끼는 후배 부부가 그날 오후 우리 집으로 놀러왔다. 얼마 전에 유치원에 입학한 아들 녀석을 대동하고였다. 어른들이 얘기를 나누는 동안 아이는 거실을 뛰어다니기 바빴고, 후배 부부는 또 그걸 못하게 하느라 아이를 어르고 야단치기에 바빴다. 그런데 나는 친조카 같은 그 아이가 이리저리 뛰어다는 게 도무지 싫지가 않았다. 그러다 문득, 만약 저 아이가 위층에서 뛰어다닌다면, 하는 데까지 생각이 미쳤다.

후배가 돌아간 뒤 우리 부부는 쉽게 의견을 모았다. 윗집 아이들을 내 친조카처럼 여기면 되는 것이었다. 조금 전에 다녀간 후배 부부처럼 윗집 부부와도 서로 가까워지면 되는 것이었다. 어린아이들을 유난히 좋아하는 딸아이들한테도 그 아이들이 친동생 같아지면 되는 것이었다.

다음날 저녁 무렵에 나는 다시 윗집 초인종을 눌렀다. 눈매가 서글서글한 그 남자는 또 죄송하다는 말부터 꺼냈다. 그런 게 아니라고, 이번에는 내가 더 미안해져서 손사래를 쳤다. 그리고 혹시 주말에 바쁜 일 없으시면 우리 집에서 부부끼리 함께 맥주나 한 잔 하시지 않겠느냐 말했다. 여부가 있겠느냐고, 안주는 저희들이 챙겨가겠다고 반색하면서도 그는 좀처럼 미안해하는 표정을 거두지 않았다.

그날 계단을 내려오는 발걸음은 왜 또 그렇게 가뜬하던지…….

필자가 쓴 짧은 글이다. 이 글을 읽은 이들은 어쩌면 이 이야기에 담긴 여러 가지 사건들이 모두 실제로 벌어진 일일 거라고 믿을지 모르겠다. 하지만 그렇지 않다. 이 글에 들어 있는 몇 가지 사건 중에는 실제 일어난 일도 있고, 이야기의 전체적인 내용에 필연성을 부여하거나 어떤 부분을 특별히 강조하려고 일부러 가공해서 끼워 넣은 사건도 있다는 말이다.

노부부가 이사를 가고 윗집에 새 식구가 들어왔는데, 그들이 이사 온 첫날부터 어린아이가 마구 뛰어다니는 바람에 천장에서 쿵쾅거리는 소리가 계속되었고, 그래서 필자의 식구들이 한동안 스트레스를 받았다는 건 모두 사실이다. 그 소음이 하도 심해서 더 이상 참지 못하고 직접 위층에 가서 초인종을 눌렀고, 그 집의 젊은 가장이 필자에게 사과의 말을 한 것도 마찬가지다. 위 아랫집 부부가 함께 맥주나 한 잔 하자고 한 것도 사실이다. 여기까지가 실제로 있었던 일이고, 이 글의 뼈대다. 그런데 거기까지다.

글 첫머리에 보이는 노부부의 손자 이야기는 한마디로 뻥이다. 그런 이야기를 앞에 제시함으로써 새로 이사 온 식구 때문에 우리 가족이 받은 스트레스의 강도를 높이고자 한 것이다. 그러므로 윗집 노부부의 이사 소식이 반가울 수밖에 없었다고 한 것도 당연히 가공된 이야기다.

윗집에서 뛰어다닌 아이가 너덧 살짜리 사내인 건 맞는데, 이 글에 쓴 것과 달리 아이는 둘이 아니라 하나뿐이었다. 이 또한 천장에서 울리는 소음이 얼마나 컸는지를 보여주기 위해 사실을 부풀린 것이다.

'사단'이 났다고 한 그 일요일에 필자의 두 딸아이가 영화를 보러 갔다고 한 것 역시 뺑이다. 어디 그뿐인가. 후배 부부는 또 하필 그날 오후에, 그것도 얼마 전에 유치원에 입학한 아들을 대동하고 정말 우리 집에 놀러왔겠는가? 그 아이가 우리 집 거실을 마구 뛰어다녔다느니, 그걸 못하게 하느라고 후배 부부가 어르고 야단치기에 바빴다느니, 그 아이를 보고 윗집 아이를 생각했다느니 하는 것도 당연히 새빨간 거짓말이다. 물론 우리 집에 후배 부부가 놀러온 적이 여러 번 있긴 했다. 하지만 적어도 그날은 아니었다.

이 모든 건 우리 부부가 생각을 고쳐 윗집과 화해하는 과정에 필연성을 부여하기 위해 과거에 있었던 사건 하나를 끌어다 맞춰놓은 것이다. 말하자면 상상력을 발동시킨 것이다.

마지막으로 주말에 함께 맥주나 한 잔 하자는 뜻을 윗집에 전달한 건 내가 아니라 아내였다. 내가 아내에게 그렇게 전해달라고 부탁한 것이다. 그러니까 그 말을 전하고 계단을 내려오는 발걸음이 가뜬했던 것도 내가 아니었다.

자, 어떤가? 내용 대부분이 실제로 벌어진 일이 아니므로 이 글은 잘 못 쓴 것인가? 글을 쓰는 사람으로서 필자는 뺑쟁이라고 할 수 있는가? 아마 그건 아닐 것이다. 오히려 그 반대일지도 모른다.

글은 그걸 쓴 사람이 실제로 겪은 일을 얼마나 비중 있게 다루었느냐가 아니라 읽는 이로 하여금 얼마나 생동감 있게 받아들일 수 있도록 썼느냐가 중요하다는 뜻이다. 읽는 이의 관심은 글쓴이가 겪은 이야기를 얼마나 있는 그대로 썼느냐가 아니라 이야기 그 자체일 것이기 때문이다.

필자와 화자의 거리

글 속에서 말하는 사람을 '화자(話者)'라고 한다. 앞서 살펴본 글의 경우는 '나'가 바로 화자다. 그런데 글을 쓴 필자와 화자로서 '나'는 하나이면서도 근본적으로는 다르다. 이렇게 글쓴이와 화자를 따로 구별하는 것은 그 둘이 일치할 수도 있지만 대체적으로는 그렇지 않기 때문이다.

글쓰기의 초보 단계에 있는 사람들일수록 이 둘을 의식적으로 구별하는 데 서툰 경향이 있다. 그걸 구별하지 못하기 때문에 꼭 있는 사실만 갖고 글을 쓰려고 한다. 없는 사실을 쓰면 큰일이라도 나는 줄 안다. 가까운 사람이 그걸 사실이라고 믿고 오해를 할까 봐 염려해서다(그런 걸 오해하는 사람은 TV 드라마에 악질 일본 형사로 출연한 배우를 길거리에서 만나면 "천하에 나쁜 놈"이라고 욕설을 퍼부으면서 삿대질을 해대거나 그의 얼굴에 날계란을 던질지도 모른다. 이 또한 얼마나 어리석은 일인가!).

그러다 보니 신변잡기의 나열로 일관하게 되는데 그렇게 쓴 글은 읽는 맛이 떨어질 수밖에 없다. 글을 쓰는 사람은 글 속의 화자를 통해서 말을 해야지 그 안에 스스로 뛰어들면 안 되는 것이다.

사실 글을 쓰는 자신과 화자를 구별하라는 것은 글의 본질과 관련되어 있다. 시든 수필이든 소설이든 희곡이든 일단 활자로 옮겨지는 순간부터 글은 실제로 벌어진 사실이 아니라 언어로 이루어진 하나의 허구적 구조물이 되어야 한다는 말이다.

우리 삶에서는 이따금 생각지도 못했던 우연적인 사건들이 연속될 수도 있다. 하지만 그걸 있는 그대로 옮겨 써서는 글의 예술성을 확보하기 어렵다. 아무리 짧은 수필 한 편이라 해도 글쓴이의 사적이고 주관적인 체험을 바탕으로 그 체험이 읽는 이에게 그럴싸하게 전달될 수 있도록 써야 한다. 글쓴이의 체험이나 감정을 있는 그대로 나열만 해서는 작품성을 담보하기 어렵다.

글을 쓰는 사람은 아주 오래 전에 자신이 직접 겪은 사소한 체험이나 다른 이로부터 전해 들어서 간접적으로 체험한 것까지 상상해서 그것을 일그러뜨리거나 잘 포장하는 등의 방식으로 이야기를 구성할 줄 알아야 한다.

다시 한 번 강조하지만, 글은 사실과 상상, 혹은 실제로 겪은 이야기와 의도적으로 가공한 이야기를 잘 조립해서 하나의 유기체로 만든 허구의 세계다. 글이 이렇게 허구화되지 않으면 읽는 이는 상상의 나라에 도달할 수 없다. 당연히 글의 내용에 공감하기 어렵고, 그렇게 쓴 글을 읽어서는 좀처럼 감동을 얻을 수도 없을 것이다.

이야기의 인물처럼 말하고 행동하기

글 속에 그리려는 장면 하나까지도
앞뒤가 서로 모순되지 않도록 꼼꼼히 따져가면서 쓰자.
그러저러한 앞뒤 상황에서는 둘 사이의 대화가
이러저런 식으로 이루어질 거라는 데
읽는 이들 누구나 고개를 끄덕일 수 있도록 쓰자는 말이다.

사건과 장면의 엇박자

　　그때 우리 나이가 아마 20대 후반쯤이었을 테니 벌써 30년도 넘게 지난 일이다. 그해 겨울 어느 날 여고동창생들인 우리는 겨울바다를 구경하려고 대천으로 향했다.

　　서해안 고속도로를 한참 달리다 잠시 휴게소에 들렀다. 벤치에 앉아서 아메리카노 한 잔씩을 마시다 보니 첫눈이 하얗게 내리는 게 아닌가. 그러자 집 떠난 지 몇 시간이나 됐다고 갑자기 남편이 보고 싶어졌다. 나는 주머니에서 핸드폰을 꺼내 그이에게 전화를 걸었다.

　　어느 주부글쓰기 모임의 회원이 쓴 글 중 일부다. 이 글에 구사한 문장을 보면 그간의 노력을 충분히 엿볼 수 있다. 문장 하나하나가 크게 흠잡을 데 없이 깔끔하게 다듬어져 있는 것이다. 사건이나 생각의 전개방식도 매끄럽다. 그런데 내용만 떼어놓으면 별로 그렇지 않아 보인다.

　　이 글을 읽는 이는 몇 가지 의문이 저절로 생길 것이다. 여고동창들과 겨울바다를 구경하러 간 게 30년도 넘게 지난 일이라고 했다. 그 시절에는 20대 후반쯤만 되어도 대부분 결혼을 했을 테니 부잣집 젊은 마나님들이 자가용을 몰고 바다구경을 갔다고 한 건 그럴 수도 있겠다고 치자.

　　그런데 30년 전에도 서해안 고속도로라는 게 있었나? 그 고속도로는 1991년에 개통된 걸로 나와 있는데? 그러면 기껏해야 20년 조금 넘게 지난 것 아닌가? 아무리 부잣집 마나님들이라지만 휴게소에서 아메리카노를 한 잔씩 마셨다고? 그 시절에는 '아메리카노'라는 커피는커녕 그런 이름조차 없었는데?

한 술 더 떠서, 또 뭐라고? 주머니에 핸드폰을 넣고 다녔다고? 그걸로 즉석에서 '그이'에게 전화를 걸었다고? '그이'가 못 견디게 보고 싶었다면 전화를 걸기 위해 공중전화 부스로 갔다고 해야 맞는 거 아닐까? 이 글의 내용이 조금 황당하게 느껴지는 이유다.

살다 보면 가끔 황당한 일을 겪을 때가 있다. 연인의 느닷없는 변심도 그중 하나다. 목숨처럼 사랑한다고, 자기와 함께라면 지옥이라도 따라가겠다고 맹세했던 여자가 어느 날 갑자기 너무너무 사랑하는 남자가 생겼다고 하는 것이다.

그게 왜 황당할까? 앞뒤가 맞지 않기 때문이다. '목숨처럼' 사랑한다고 했으면 목숨이 붙어 있는 한 계속 사랑해야 할 것 아닌가! 아니면 로미오하고 줄리엣이 그랬던 것처럼 같이 죽어서라도 한 번 맹세한 사랑을 지키든가.

그래도 어쩌겠는가? 마음이 그렇게 변했다는 걸, 이렇게 변한 내 마음을 나도 모르겠으니 그냥 눈 딱 감아달라는 걸, 급기야는 「진달래꽃」처럼 말없이 고이 보내달라고 숫제 애원하고 나서는 걸…….

'삶이 그대를 속일지라도 슬퍼하거나 노하지 말라'고 푸슈킨이 노래했던 것도 삶의 그런 속성을 간파했기 때문일 것이다. 이렇게 전혀 예기치 못한 황당한 일을 겪으면서 살아가기도 하는 게 인생일지도 모른다.

물론 예외는 있다. '저토록 청명한 하늘을 보고 있으면 괜히 눈물이 쏟아진다'와 같은 말이 그것이다. 말이 안 될 것 같지만 살다 보면 이 또한 충분히 생길 수 있는 일이다. 실제로 그런 '느낌'을 가져 본 사람도 많을 것이다.

사실 '느낌'은 다분히 주관적인 것이기 때문에 논리로는 설명하기 어려운 부분도 있다. 하지만 자신의 생각이나 주장을 전달하기 위해 글을 쓸 때는 사정이 좀 다르다. 아니, 달라야 한다.

요즘 청소년들은 아이돌 가수들의 옷차림을 모방하여 자신의 머리칼을 아무 주저없이 빨간색이나 노란색으로 염색을 하고 다닌다. 그들 중에는 음주와 흡연을 일삼는 아이들도 적지 않다.

청소년들의 이런 탈선행위는 개인의 문제가 아니라 모두 사회적인 문제이므로 우리 같은 기성세대는 이 아이들이 바른 길을 갈 수 있도록 지속적으로 관심을 가져야 한다.

생각의 앞뒤를 조목조목 따져가며 글을 쓰면 얼마나 좋을까? 한편으로는 슬그머니 의문도 생긴다. 이 글을 쓴 사람은 혹시 자신이 태어나 살고 있는 사회를 원망하면서 청소년 시절에 탈선행위를 일삼았던 건 아닐까?

요즘 청소년들이 아이돌 가수들의 '옷차림'을 모방한다고 했다. 그랬으면 지나치게 짧은 스커트나 바지를 입고 다닌다거나, 때와 장소를 못 가리는 해괴한 옷차림으로 아이돌 가수 흉내를 낸다는 식의 예를 들어 그런 주장을 뒷받침해야 할 것이다. 그런데 뜬금없이 머리칼 염색이 문제라는 것이다. 머리칼 염색은 외모를 결정하는 중요한 요소이긴 해도 옷차림과는 별개 아닌가?

청소년들의 탈선행위가 '모두 사회적인 문제'라고 단정 지은 것도 잘못이다. 그게 사실이라면 어떤 사회에서 태어나 자란 청소년들은 하나도 남김없이 탈선행위를 일삼거나 어느 누구도 탈선을 하지 않아야 한다. 그런데 어디 그런가? 개인의 문제도 있다는 말이다.

이렇게 앞뒤가 엇박자를 내는 생각을 제대로 정리하지도 않고 쓴 글을 종종 발견하게 된다. 어떤 이야기나 사건을 글감으로 수필이나 동화, 소설 등의 글을 쓸 때도 이런 잘못을 저지르는 경우를 자주 보게 된다.

KTX와 빨강 트레킹화

임진왜란이 시대적 배경인 TV 사극의 한 장면을 떠올려 보자.

적진으로 염탐을 갔던 군졸이 말을 타고 드넓은 평원을 달리며 진지로 돌아오는 장면이 눈앞에 긴박하게 펼쳐지고 있다. 마른침을 꼴깍 삼켜가며 그걸 지켜보고 있는데 저 멀리 보이는 산 아래로 난데없이 KTX 한 대가 힘차게 지나가고 있다면, 아, 이 노릇을 어쩌면 좋은가!

또 본진에 도착한 그 군졸이 말에서 뛰어내리는데, 자세히 보니 유명 상표의 로고가 선명히게 찍힌 붉은색 드레킹화를 신고 있다년, TV로 그런 장면을 지켜보는 사람들은 도대체 어쩌란 말인가?

밤이 깊어가고 있었다. 찬호는 벌써 사흘이 넘도록 외출도 하지 않고 빙에 틀어박혀 컴퓨터 앞에 앉아 있었다. '고등어 사려, 갈치 사려. 싱싱한 물오징어도 사세요.' 주택가 먼 골목길을 빠르게 지나가는 생선장수 아저씨 목소리가 귓속을 쟁쟁하게 울렸다.

찬호는 어제 PC방에서 함께 게임을 하면서 놀았던 친구들의 말에 따라 자신의 페이스북을 꾸미느라 하루 종일 낑낑대고 있는 중이었다. 그런데 예상했던 것과 달리 이게 쉽지 않았다.

'페이스북을 관리해본 적이 없던 터라 뭘 어떻게 해야 하는 건지……'

찬호는 답답해서 자신도 모르게 중얼거렸다.

'이걸 어떻게 해야 잘 할 수 있지?'

친구 정우에게 문자를 해보았지만 다들 묵묵부답이었다.

'친구들이 지금 어디 모여서 술이라도 마시고 있는 것일까?'

찬호는 또 한 번 짜증스럽게 중얼거리며 애꿎은 휴대전화를 침대 위로 던져버렸다.

찬호는 의자에 앉은 채 뒤를 돌아보았다. 찬호의 방 너머에는 방문을 꼭 걸어 잠근 찬미의 방이 있었다. 찬호는 그제 오후부터 동생인 찬미 얼굴을 한 번도 볼 수 없었다. 늘 저렇게 방문을 걸어 잠그고 굳게 닫혀 있는 찬미의 방문을 바라보고 있자니 슬슬 화가 나기 시작했다. 더구나 찬미는 지금 방에 불도 켜지 않은 채 컴퓨터를 하고 있지 않은가. 아무래도 찬미한테 도움을 청해야겠다는 생각이 들었다.

찬호는 방문을 열고 어두운 복도로 나왔다. 복도를 대여섯 발짝 걸어 오른쪽으로 꺾어진 자리에서 걸음을 멈췄다. 그리고 방문 손잡이를 돌렸다. 달칵, 다른 때처럼 방문은 쉽게 열렸다. 찬미의 방을 가득 채우고 있던 형광등 불빛이 찬호에게 와락 달려들었다. 모니터를 열심히 들여다보고 있는 찬미의 옆모습이 눈에 들어왔다. 모니터에서 뿜어져 나오는 강렬한 빛이 어둠 속에서 찬호의 눈을 예리한 화살처럼 찔러댔다. 찬호는 문밖에 선 채 눈을 가늘게 뜨고 찬미에게 말했다.

"찬미야. 내가 지금 페이스북에 가입하려고 하는 중이거든? 그런데 이게 되게 어렵다. 정우한테 연락을 했는데 문자도 안 와. 너는 페이스북 같은 거 많이 해봤으니까 나 좀 도와줄래? 내일 점심은 니가 좋아하는 이탈리안 돈까스로 내가 한턱 쏠게, 응? 어떻게 좀 안 될까? 제발, 찬미야."

"아, 몰라. 그건 오빠가 알아서 해. 그리고 나도 지금 바쁘거든? 그러니까 귀찮게 하지 말고 문 좀 닫아줘. 제발이야."

소설 습작을 열심히 하고 있는 어느 대학생의 글에서 일부를 따왔다. 그런데 어떤가. 좀 이상하지 않은가? 글을 다 읽었는데도 그런 점을 별로 발견할 수 없다면 한 번만 더 꼼꼼히 읽어보자. 그러면 앞서 말했던 바로 그 'KTX'와 '붉은색 트레킹화'가 눈에 띄어 이야기의 사실감이 현저히 떨어진다는 걸 알 수 있을 것이다.

자, 뭐가 잘못되었는지 한 단락씩 떼어 조목조목 따져보자.

　밤이 깊어가고 있었다. 찬호는 벌써 사흘이 넘도록 외출도 하지 않고 방에 틀어박혀서 컴퓨터 앞에 앉아 있었다. '고등어 사려, 갈치 사려. 싱싱한 물오징어도 사세요.' 주택가 먼 골목길을 빠르게 지나가는 생선장수 아저씨 목소리가 귓속을 쟁쟁하게 울렸다.

밤이 깊어가고 있다고 했다. 적어도 밤 열 시는 넘어야 우리는 '밤이 깊어간다'고 말한다. 그런데 그 깊어가는 밤중에 생선장수 아저씨가 골목길을 누비고 다니는 걸 본 적이 있는가? 설령 있다 해도 생선장수는 골목길을 빠르게 지나가지는 않을 것이다. 혹시 근처에 사는 누군가가 생선을 사러 나올지도 모르기 때문에 느릿느릿 걷지 않을까? 그리고 주택가 먼 골목길에서 들리는 생선장수의 목소리가 어떻게 귓속을 '쟁쟁하게' 울릴 수 있단 말인가!

또 있다. 요즘에는 생선을 작은 트럭에 싣고 다니면서 판다. 그것도 미리 녹음한 걸 반복해서 틀어주는 방식으로 생선장수가 왔음을 알린다. '고등어 사려, 갈치 사려. 싱싱한 물오징어도 사세요.'라고 하는 식의 육성을 통한 호객은 이미 수십 년 전에 사라지고 없다. 그야말로 구시대의 유물이다.

어떻게 하면 이런 생선장수의 호객 내용 하나까지 생생하게 글로 표현할 수 있을 것인가? 어쩌다 아파트 단지에 생선을 실은 트럭이 들어오면 거기에서 어떤 말이 녹음되어 흘러나오는지 귀를 활짝 열고 들어보는 것이다. 녹음된 내용뿐만 아니라 목소리의 톤이나 템포까지도 세심하게 들어두는 것이다. 스마트폰으로 녹음을 하는 것도 좋은 방법 중 하나다. 기차나 전철의 안내방송 같은 것도 녹취를 해서 '글쓰기 자료' 파일에 옮겨 놓으면 요긴하게 쓸 수 있다.

　　찬호는 어제 PC방에서 함께 게임을 하면서 놀았던 친구들의 말에 따라 자신의 페이스북을 꾸미느라 하루 종일 낑낑대고 있는 중이었다. 그런데 예상했던 것과 달리 이게 쉽지 않았다.
　　'내가 페이스북을 관리해본 적이 없던 터라 뭘 어떻게 해야 하는 건지…….'
　　찬호는 답답해서 자신도 모르게 중얼거렸다.
　　'이걸 어떻게 해야 잘 할 수 있지?'
　　친구 정우에게 문자를 해보았지만 다들 묵묵부답이었다.
　　'친구들이 지금 어디 모여서 술이라도 마시고 있는 것일까?'
　　찬호는 또 한 번 짜증스럽게 중얼거리며 애꿎은 휴대전화를 침대 위로 던져버렸다.

　　'내가 페이스북을 관리해본 적이 없던 터라 뭘 어떻게 해야 하는 건지…….' 와, 찬호가 컴퓨터 앞에서 '이걸 어떻게 해야 잘 할 수 있지?'라고 혼자 중얼거리는 장면을 보자. 앞에서는 페이스북을 '꾸미느라' 낑낑댔다면서 이제는 '관리'를 잘 못해 난감해 하고 있다. 게다가 어떤 일이 잘 안 된다고 이렇게 마치 곁에 있는 누군가에게 말하듯 중얼거리는 사람이 어디 있는가?

'도대체 이건 어떻게 하는 거야?'라든가, '미치겠네, 정말.'과 같이 혼잣말로 짜증을 냈다고 써야 더 사실적으로 들리지 않을까? '친구들이 지금 어디 모여 술이라도 마시고 있는 것일까?'라고 찬호가 짜증스럽게 중얼거렸다고도 썼다. 하지만 실제로는 그렇게 말하지 않을 것이다. 이럴 때는 아마, '이 자식들이 어디서 술을 퍼먹고 있는 게 분명해.'라고 하지 않았을까?

앞서 첫 단락에서는 찬호가 벌써 사흘이 넘도록 외출도 하지 않고 방에 틀어박혀 컴퓨터 앞에 앉아 있다고 했는데, 둘째 단락 첫머리에서는 '어제 PC방에서' 친구들과 게임을 하면서 놀았을 뿐만 아니라 그들로부터 페이스북을 만들어 보라는 권유까지 들었다고 한다.

　　찬호는 의자에 앉은 채 뒤를 돌아보았다. 찬호의 방 너머에는 방문을 꼭 걸어 잠근 찬미의 방이 있었다. 찬호는 그제 오후부터 동생인 찬미의 얼굴을 한 번도 볼 수 없었다. 늘 저렇게 방문을 걸어 잠그고 굳게 닫혀 있는 찬미의 방을 바라보고 있자니 슬슬 화가 나기 시작했다. 더구나 찬미는 지금 방에 불도 켜지 않은 채 컴퓨터를 하고 있지 않은가. 아무래도 찬미한테 도움을 청해야겠다는 생각이 들었다.

'방 너머'에 있는 방이라면 찬미의 방은 도대체 어디에 있는가? '너머'라는 말을 생각 없이 갖다 쓴 결과다. 이틀 넘게 동생의 얼굴을 한 번도 볼 수 없었다는 것도 쉽게 납득하기 어렵다. 혼자 방에 틀어박혀 있으면서 찬호는 또 어떻게 굳게 닫혀 있는 동생의 방을 이토록 생생하게 바라볼 수 있는가?

이틀이나 본 적도 없는 동생이 지금 컴퓨터를 하고 있다고? 찬호는 무슨 영험한 투시력이라도 갖고 있는가? 그래서 찬미가 그 방에 있는 걸 알고 도움을 청하려고 하는 것인가?

찬호는 방문을 열고 어두운 복도로 나왔다. 복도를 대여섯 발짝 걸어 오른쪽으로 꺾어진 자리에서 걸음을 멈췄다. 그리고 방문 손잡이를 돌렸다. 달칵, 다른 때처럼 방문은 쉽게 열렸다. 찬미의 방을 가득 채우고 있던 눈부신 형광등 불빛이 찬호에게 와락 달려들었다. 모니터를 열심히 들여다보고 있는 찬미의 옆모습이 눈에 들어왔다. 모니터에서 뿜어져 나오는 강렬한 빛이 어둠 속에서 찬호의 눈을 예리한 화살처럼 찔러댔다. 찬호는 문밖에 선 채 눈을 가늘게 뜨고 찬미에게 말했다.

동생 찬미가 방문을 늘 걸어 잠그고 생활한다면서 찬호가 그녀의 방문 손잡이를 다짜고짜 잡아 돌리는 것도 이상하다. 그날만은 방문을 잠그지 않았다는 걸 미리 알고 있었나? 더구나 '다른 때처럼' 그 문이 쉽게 열렸다고? 이틀씩이나 얼굴을 못 보았다면 찬호는 창미의 방문을 조심스럽게 노크하는 게 먼저 아닌가?

그뿐이 아니다. 앞에서는 찬미가 방의 불을 켜놓지 않고 혼자 컴퓨터를 하고 있다고 했는데 방문을 열자마자 눈부신 형광등 불빛이 와락 달려들었다는 건 어떻게 이해해야 할까? 이번에는 찬미가 투시력을 발휘해서 오빠가 자신의 방으로 오는 걸 알고 미리 불을 켜두기리도 했다는 건가? 또 방안에 켜놓은 불빛이 그토록 환한데 모니터에서 예리한 화살처럼 강렬한 빛이 뿜어져 나왔다고?

대화·대사·말하기

"찬미야. 내가 지금 페이스북을 꾸미려고 하는 중이거든? 그런데 이게 되게 어렵다. 정우한테 연락을 했는데 문자도 안 와. 너는 페이스북 같은 거 많이 해봤으니까 나 좀 도와줄래? 내일 점심은 니가 좋아하는 이탈리안 돈까스로 내가 한턱 쏠게, 응? 어떻게 좀 안 될까? 제발, 찬미야."

"아, 몰라. 그건 오빠가 알아서 해. 그리고 나도 지금 바쁘거든? 그러니까 귀찮게 하지 말고 문 좀 닫아줘. 제발이야."

끝부분에 보이는 두 사람의 대화 장면이다.

글의 내용상 찬호와 찬미는 한 집에 살지만 이틀씩이나 얼굴을 본 적도 없을 만큼 사이가 별로 가깝지 않은 남매로 보인다. 그런데 어떻게 이처럼 다짜고짜 하고 싶은 말을 단숨에 몰아서 마구 쏟아 낼 수 있는가? 혹시 찬미도 어제부터 오빠가 페이스북을 만드느라 방에 처박혀서 낑낑대고 있다는 걸 알고 있었던 걸까?

설령 어찌어찌해서 방문을 열고 찬미에게 도움을 청하느라 말을 걸었다고 치자. 그러면 아무리 성격 좋은 동생이라도 노크도 없이 여동생의 방문을 연 오빠에게 눈을 매섭게 흘기거나 볼멘소리 한 마디쯤 먼저 쏟아내지 않을까? 그래야 이 장면이 사실적으로 느껴질 수 있을 거라는 말이다. 이런 과정들을 함부로 생략하다 보니 어떤 이야기를 어설프게 쓴 흔적이 역력하게 드러나고 만 것이다.

마지막 대화 부분을 다음과 같이 고쳐 놓고 다시 둘을 비교해 보자.

"찬미야."

찬호는 방문 손잡이를 잡은 채 조심스럽게 말을 꺼냈다. 하지만 찬미는 아랑곳하지 않고 모니터만 들여다보고 있었다. 찬호는 그냥 발걸음을 돌릴까 잠시 망설였다.

"……찬미야. 사실은 있지……, 오빠가 부탁이 하나 있는데……."

"뭔데?"

찬미는 모니터에 시선을 둔 채 퉁명스럽게 대꾸했다. 보다시피 난 지금 무지 바쁘니 용건이나 빨리 말하고 사라져달라는 투였다.

"내가 지금 페이스북을 꾸미려고 하거든?"

"그런데?"

"이게 생각보다 되게 어렵다, 야."

찬호는 어느새 애원조로 말을 바꾸고 있었다.

"그래서?"

"니가……. 좀 도와주면 안 될까?"

"아, 몰라! 그런 건 오빠가 알아서 해. 그리고 나, 지금 바쁘단 말야!"

"그러지 말고 좀 도와주라. 내일 점심 때 너 좋아하는 이탈리안 돈가스 한 턱 쏠게."

"……."

"응, 찬미야……."

"바쁘다니까 왜 자꾸 귀찮게 하고 그래!"

"……."

"에이, 짜증나!"

어떤가? 이렇게 고쳐 쓴 것과 앞서 본 대화 부분을 비교해 보면 작중인물들이 나누는 대화를 사실감 있게 그려내려면 어떻게 해야 하는지 금방 알 수 있지 않은가?

가죽 소파에 앉아서 최신형 LED TV로 브라질 월드컵 축구경기를 시청하고 있는 세종대왕의 모습을 상상할 수 있겠는가? 밀고 밀리는 접전 끝에 왜적의 함선을 모조리 침몰시킨 이순신 장군이 큰 칼 옆에 차고 거북선에 홀로 앉아 치킨 안주로 생맥주를 시원하게 마시는 장면이 TV로 방영되고 있다면 그건 개그 프로그램의 한 꼭

지일 수는 있을 것이다.

똑같은 내용의 유머 한 대목이라도 어떤 이가 얘기하면 좌중이 썰렁해지는데, 어떤 이가 얘기하면 모두를 포복절도하게 만들기도 한다는 걸 적어도 한두 번은 경험해 본 적이 있을 것이다. 그 유머를 얼마나 생생하고 사실감 있게 전달했느냐의 차이다. 글도 그렇게 써야 한다.

어떤 사건이나 대화 장면을 글로 쓸 경우 이 점은 대단히 중요하다. 앞서 본 것처럼 글 속에 그려지는 장면 하나까지도 서로 모순되지 않도록 꼼꼼히 따져가면서 써야 한다.

그러저러한 앞뒤 상황에서는 역시 둘 사이의 대화가 이러저런 식으로 이루어질 거라는 데 읽는 이들 누구나 고개를 끄덕일 수 있도록 써야 한다는 말이다. 실제로 일어날 가능성이 없는 사건이나 앞뒤가 맞지 않게 쓴 장면은 역사극 속의 'KTX'나 '붉은색 트레킹화'처럼 이야기의 사실감을 떨어뜨리는 주범임을 명심해야 한다.

글을 쓰는 이와 작중화자는 일치할 수도, 그렇지 않을 수도 있다고 했다. 글을 쓸 때는 이 둘을 구분할 줄 알아야 한다고도 했다. 그건 글을 쓰는 사람 자신이 수시로 이야기 속에 만들어 놓은 인물의 입장이 되어 보라는 뜻이기도 하다.

글 속의 작중화자들이 서로 주고받는 대화를 쓸 때도 마찬가지다. 글을 쓰는 동안 '찬호'가 되어 보기도 하고, '찬미'의 입장을 헤아려 보기도 하는 것이다. 그러면 그 인물들의 현재 심리상태나 오가는 대화를 훨씬 생생하게 글로 묘사할 수 있을 것이다. 다음 장면을 보자.

> 김 대리와 박 대리는 모텔 출입문을 열고 골목길로 나왔다. 길 건너편에 있는 허름한 순대국밥집 하나가 눈에 띄었다. 모텔 청년이 일러준 바로 그 집이었다. 두 사람은 앞서거니 뒤서거니 그 식당의 문을 열고 들어섰다.
> "어서 오십시오. 뭘 드릴까요?"
> 50대 중반쯤으로 보이는 주인아주머니가 물컵을 챙기며 그들을 맞았다. 두 사람은 창가 쪽 자리에 마주앉았다.
> "주모, 여기 국밥 두 그릇만 말아주소."
> 선배인 박 대리를 대신해서 김 대리가 아주머니에게 말했다.

"어서 오십시오, 뭘 드릴까요?"라고 했는가? 50대 중반인 국밥집 아주머니가 손님에게 그렇게 말하는 걸 들어본 적 있는가? 그냥 "어서 오세요." 정도 아닐까? 그리고 지금이 무슨 조선시대인가 아니면 일제 말기나 해방 직후 어느 날 쯤인가? "주모, 여기 국밥 두 그릇만 말아주소."라니? 이런 식의 음식 주문법은 1960년대 이전에 이미 효력이 만료되었다. 자, 그럼 어떻게 써야 하는가?

"아줌마, 여기 순대 둘요."

보나마나 이런 식이어야 하는 거 아닌가. 그래야 읽는 이가 그 소리를 생동감 있게 받아들일 수 있을 것 아닌가!

그런데 여러 정황으로 미루어 그 식당이 두 사람의 오랜 단골집이라면 다음과 같이 써야 사실감을 더욱 높일 수 있다는 것, 손끝에도 새겨두고 마음속에도 깊이 새겨두었으면 좋겠다.

"이모, 우리 순대 둘!"

당신의 글, 내돌릴수록 다듬어진다

유명 작가들에게조차 '일필휘지'는 결코 미덕일 수 없다.
완성한 글은 일단 주저하지 말고 다른 사람들에게 보여주도록 하자.
옛말에 여자하고 쪽박은 밖으로 내돌리면 깨진다고 했지만,
글은 그럴수록 더욱 정교하게 다듬어진다.

한밤에 쓰는 연애편지

사랑에 빠진 한 여자가 있다. 어느 날 그 여자는 밤이 깊어가는 줄도 모르고 사랑하는 남자에게 보낼 편지를 쓴다. 물론 '사랑하는 아무개 씨'와 '그리운 당신'도 중간 중간 적절히 섞어 넣는 센스도 발휘한다.

깊어가는 가을밤의 고즈넉한 풍경에 한없이 젖어 그녀는 그를 향한 주체할 수 없는 그리움과 뜨겁게 피어오르는 사랑의 열정을 한 글자씩 쓰고 또 쓴다. 정성을 다해 쓰다 보니 새벽녘이 되어서야 여자는 노트 열 장 분량의 편지쓰기를 마친다.

여자는 자신이 방금 쓴 편지를 처음부터 다시 읽는다. 평소 남자에게 전하고 싶었던 가슴절절한 말들로 편지지가 빼곡하게 채워져 있다. 흐뭇한 미소가 절로 나온다. 그 편지가 남자와의 사랑을 더욱 굳건히 해줄 거라는 믿음이 들자 여자는 가슴이 벅차오르기까지 한다. 여자는 그걸 다음날 출근하는 길에 부치기로 하고 잠이 든다.

다음날 아침에 일어나자마자 여자는 어젯밤에 쓴 편지를 다시 꺼내 읽어본다. 혹시 잘 못 쓴 내용은 없는지 확인하고 싶었던 것이다. 그 다음은 뻔하다. 여자는 밤새 그토록 정성스럽게 쓴 편지를 사랑하는 남자에게 부치기를 포기하고 만다.

불과 몇 시간 전까지만 해도 한없이 감동적으로 보였던 말들이 어쩌면 이토록 유치해 보일까. 어젯밤에는 눈에 띄지 않았던 오자나 탈자도 수두룩하게 발견된다. 여자는 자신도 모르게 얼굴이 벌겋게 달아오르는 것을 느낀다.

여자가 그 편지를 '그리운 당신'이나 '사랑히는 아무개 씨'에게 부치기로 굳게 마음먹었다면 자고 일어나서 그걸 다시 꺼내 읽는 일은 하지 말아야 했다. 아니면 잠들기 전에 무슨 수를 써서든 눈 딱 감고 편지를 우체통에 넣어버리거나…….

대부분의 글쓰기가 다 그렇다. 최선을 나해 썼는데도 얼마간의 시간이 흐른 뒤 다시 읽어보면 쓴 사람 자신마저도 부끄럽게 만드는 것이 글이다. 어떤 때는 글에 담겨 있는 생각이나 느낌이 마치 사춘기 소녀가 쓴 것처럼 유치해 보이는 대목들이 발견되기도 한다.

제대로 다듬어지지 않은 문장도 곳곳에 포진해 있을 것이다. 의욕만 앞서서 사실을 과장되게 표현한 부분도 어렵지 않게 포착될 것이다. 앞뒤 내용이 서로 맞지 않아서 글의 사실감을 떨어뜨리는 문장도 적지 않을 것이다.

그래서 일단 쓴 글은 반드시 다듬어 고치는 과정을 거쳐야 하다. 흔히 그걸 '퇴고'라고 한다. 물론 이건 글쓰기에 능숙하지 않은 사람들에게만 해당되는 얘기가 아니다.

「광장」과 「진달래꽃」

김소월은 그의 대표시라고 할 수 있는 「진달래꽃」을 완성하기까지 무려 3년에 걸쳐 수정에 수정을 반복했다고 한다.

나 보기가 역겨워

가실때에는 <u>말없이</u>

<u>고히고히</u> 보내드리우리다.

寧邊에 藥山

<u>그</u> 진달래꽃을

<u>한아름</u> 따다 가실 길에 뿌리우리다.

가시는 길 <u>발거름</u>마다

<u>뿌려놓은 그 꽃을</u>

<u>고히나 즈려밟고</u> 가시옵소서.

나보기가 역겨워

가실 때에는

죽어도 아니, 눈물흘리우리다.

    이것이 1922년 『개벽』 7월호에 발표된 「진달래꽃」이다(철자는 현대어 표기법에 따라 바꿨음). 이 시는 우리가 익히 알고 있는 「진달래꽃」하고는 상당히 다르다(밑줄 부분 참고). 1925년 12월에 출간한 시집 『진달래꽃』이 나오기까지 소월은 3년 동안 이 시를 고쳐 쓴 것이다. 그 결과 다음과 같은 작품을 얻을 수 있었다.

나 보기가 역겨워

가실 때에는

말없이 고이 보내드리우리다.

영변에 약산

진달래꽃

아름 따다 가실 길에 뿌리우리다.

가시는 걸음걸음

놓인 그 꽃을

사뿐히 즈려밟고 가시옵소서.

나 보기가 역겨워

가실 때에는

죽어도 아니 눈물 흘리우리다.

   이것이 바로 현재 우리가 익히 알고 있는 「진달래꽃」이다. 1연의 경우 '말없이'는 시행을 바꿔 전체적으로 리듬을 유려하게 살렸고, '고히고히'는 '고이'로 줄여 음수율을 맞췄다. 2연에서도 '그'라는 불필요한 관형어와 조사 '을'을 지웠다. '한아름'도 '아름'으로 바뀠다.

   특히 3연은 원작을 대폭 손질한 흔적이 역력하다. 원작에 썼던

'길'과 '뿌리다' '고히'라는 말을 모두 지운 것이다. '길 발걸음마다'
는 '걸음걸음'으로 바꿔서 리듬감을 한층 높였다. 그런 각고의 노력
덕분에 우리가 그의 시를 통해 생동감 넘치는 한국적 언어의 아름
다움을 맛볼 수 있는 것이다.

한국 현대소설사의 수작(秀作)으로 평가되는 작품으로 최인훈이
쓴 「광장」이라는 소설이 있다. 그런데 작가는 1961년 이 작품을 처
음 발표한 뒤 여러 차례에 걸쳐 수정에 수정을 반복했다고 한다. 그
과정을 한눈에 읽을 수 있는 것이 바로 소설 「광장」의 첫 문장이다.

바다는 크레파스보다 진한 푸르고 육중한 비늘을 무겁게 뒤채면
서 숨쉬고 있었다.

바다는 숨쉬고 있었다. 크레파스보다 진한 푸르고 육중한 비늘을
무겁게 뒤채면서.

바다는 크레파스보다 진한, 푸르고 육중한 비늘을 무겁게 뒤채면
서, 숨을 쉰다.

맨 위의 문장은 「광장」을 처음 발표할 당시의 첫머리로 전형적인
산문체다. 두 번째 것에서는 '숨쉬고 있었다'를 도치하고 문장을 둘
로 나누어 리듬감을 살리고자 한 의도가 엿보인다. 세 번째 문장은
독서의 리듬을 맞추기 위해 반점(,)을 두 번씩이나 사용한 것이 눈

에 띈다. 그리고 '숨을 쉰다'와 같이 현재형 어미로 고쳐 씀으로써 사건 진행에 속도감을 주고 있다.

이밖에도 그는 원작에서 비교적 많이 썼던 한자어를 순우리말로 고쳐 쓰는 데 공을 들였다. 작중의 중요한 장치 중 하나인 갈매기도 처음에는 북에서 사랑한 은혜와 그 뱃속의 아이를 상징했다. 그러다 수정 과정을 거쳐 그 상징적 의미가 남과 북에서 주인공 이명준이 사랑한 윤애와 은혜로 변화한다.

김소월이나 최인훈과 같은 대가들조차 자신이 쓴 작품을 다듬는 데 오랜 시간을 두고 심혈을 기울였던 것이다. 하물며 이제 글을 본격적으로 쓰려고 하는 이들이야 더 말할 게 뭐가 있겠는가!

일필휘지, 그 치명적 유혹

다음과 같은 글을 보면 일상의 글쓰기에서 잘못을 다듬어 쓰는 것이 얼마나 중요한 일인지 알 수 있다.

> 저의 대학생활 시작은 우연히 얻은 신동엽의 금강을 필사하며 시작되었습니다. 그 당시 금서목록으로 서점에서는 구입할 수도, 복사할 수도 없는 시집임을 알고 돌려주기 전에 밤을 새워가며 일주일 내내 스프링공책에 필사했던 기억이 새롭습니다. 강의가 끝나고 중앙도서관에 올라가 구석진 자리를 잡고 손목이 시도록 시를 옮겨 쓰

다가 밤이 깊어서야 나와서 걷다가 문득 사범대 건물을 올려다보면 언제나 교수님 연구실엔 불이 밝혀 있었습니다. 대학 4년 내내 교수님 연구실의 불은 밤늦게까지 언제나 밝혀져 있었습니다.

일단 완성된 글의 한 부분이다. 이걸 어딘가에 그대로 발표한다면 어떻게 되겠는가?

우선 첫 문장부터 우리말 어법의 주술관계가 잘못된 비문이 보인다. '시작은 ~ 시작되었습니다'여서 그렇다. 신동엽의 『금강』은 시집의 이름이므로 그에 맞는 문장부호를 써야 읽는 이의 혼란을 막을 수 있다.

또 있다. 밤을 새워가며 시집을 필사했다고 했는데, 바로 그 다음 문장에서는 강의가 끝나고 중앙도서관에 가서 밤이 깊을 때까지 시를 옮겨 썼다고 했다. 그러니 앞뒤가 안 맞을 수밖에……

선생님 연구실엔 언제나, 그것도 4년 내내 밤늦게까지 불이 밝혀 있었다고 한 건 아무리 봐도 과장이 좀 지나쳤다. 이를 다듬어 쓰면 다음과 같은 글을 얻을 수 있다.

저는 우연히 얻은 신동엽의 『금강』을 필사하는 것으로 대학생활을 시작했습니다. 그 당시 『금강』은 금서였지요. 서점에서는 물론 구입할 수 없었고, 함부로 복사할 수도 없는 시집이었습니다. 그걸 약속한 날짜에 주인에게 돌려주기 위해 밤이 늦도록 스프링 공책에 필사했던 기억이 새롭습니다.

그 며칠 동안 저는 강의가 끝나기 무섭게 중앙도서관 구석진 곳에 자리를 잡고 앉아 손목이 시리도록 시를 옮겨 썼습니다. 밤이 깊이서 도서관을 나와 교정을 걷다 말고 사범대 건물을 올려다보면 교수님 연구실에는 불이 밝혀져 있곤 했습니다.

어떤가? 다듬어 쓰기 전보다 훨씬 안정감 있는 글을 얻지 않았는가. 비문도 바로잡았고, 앞뒤가 맞지 않는 부분도 적절히 맞추었다. 지나치게 길어서 내용을 선뜻 이해하기 어려운 문장은 짧게 끊어 썼다. '손목이 시도록'도 '손목이 시리도록'으로 바꿨다. 단락도 둘로 나눴다.

막상 이렇게 다듬어 쓰면 좋긴 한데, 사실 이게 처음 글을 쓸 당시에는 잘못된 문장이나 내용이 좀처럼 잘 발견되지 않는다는 게 문제다.

'일필휘지(一筆揮之)'라는 말이 있다. 어떤 글이나 글씨를 단숨에 써내려가는 걸 이르는 말이다. 그런데 이 일필휘지를 큰 미덕으로 생각하는 사람들이 의외로 많다. 또 유명 작가들은 모든 글을 대부분 일필휘지하는 줄 아는 이들도 적지 않다. 하지만 그건 사실과 다르다. 그들도 자신이 쓴 글을 끊임없이 수정하고 점검하는 과정을 거쳐 독자들 앞에 내놓는다는 말이다.

그녀는 교단에서는 후배들을 가르치고, 번역 작업을 하고, 평론,

수필, 그리고 가정에서는 두 아이의 어머니로서 한 남자의 아내로서, 그래서 그녀의 죽음이 더욱 우리를 절망하게 하는 이유가 된다고 말할 수 있다.

어느 대학생이 쓴 감상문에서 발견한 문장이다. 이런 문장을 대하면 교실에서 글쓰기를 제대로 가르치지도 않고, 가르치려고도 하지 않는 우리 공교육의 현주소를 빤히 들여다보고 있는 것만 같아서 좀 씁쓸해진다. 어째서 그런가?

보다시피 이건 하나의 문장이다. 그런데 그걸 길게 늘여 빼다 보니 비문을 쓰고 말았다. 문장부호의 반점(,)도 올바른 사용법을 무시하고 기분 내키는 대로 쓴 흔적이 역력하다. 군데군데 지나치게 과장해서 쓴 말도 곱게 보이지 않는다.

한두 군데 고장이 난 기계는 부속품을 갈아 끼워 고칠 수 있지만 수리해야 할 데가 지나치게 많으면 아예 새로 구입하는 편이 나은 경우가 종종 있다. 이 문장도 처음부터 다시 쓰는 게 나을 만큼 문제점투성이다. 하나하나 짚어보자.

'그녀'의 생활은 교사로서의 '교단생활', 작가로서의 '집필생활', 어머니와 아내로서의 '가정생활' 세 가지로 나누어진다. 이 세 가지 분야의 일을 모두 훌륭하게 해냈기 때문에 그녀의 죽음을 애도한다는 것이 이 글/문장의 주된 내용이다.

우선 '그녀'는 현재 죽고 없다는 사실에 주목하자. 그렇기 때문에 그녀의 세 분야에 걸친 생활은 모두 과거형으로 통일해서 쓰는 것이 좋다. '후배들을 가르치고'를 '후배들을 가르쳤고'라고 고쳐 써야 한다는 말이다.

'번역 작업을 하고, 평론, 수필' 다음에 '그리고'를 연결해서 쓴 것도 잘못이다. 더구나 이 부분은 앞의 '교단에서는'에 이어서 쓸 수 없다. 작가로서의 집필활동과 교단에서 후배들을 가르친 것과 어머니로서의 삶은 직접적으로 관련되어 있다고 보기 어렵기 때문이다.

또 있다. '평론, 수필'에 이어 써야 할 서술어도 빠졌다. 그녀가 '평론, 수필'을 얼마나 왕성하게 잘 썼다는 것인지 읽는 이는 알 수가 없다. 가정에서 '그녀'가 '한 아이의 어머니로서 한 남자의 아내로서' 도대체 얼마나 어떻게 잘 살았다는 것인지도 전혀 나와 있지 않다. 좀 심하게 표현하면, '그녀'가 이것저것 가리지 않고(잘 했든 못했든 상관없이) 했기 때문에 그 죽음을 애도한다는 뜻으로 보일 수도 있는 것이다.

'그녀의 죽음이~말할 수 있다'고 쓴 부분도 피동형으로 처리되어 있는데, 이는 능동형으로 바꾸는 것이 바람직하다. '더욱 우리를 절망하게'의 경우도 '더욱'이라는 꾸밈말의 위치가 잘못되어 있지 않은가. '우리를 더욱 절망하게'와 같이 꾸밈을 받는 말 앞에 쓰도록 한다.

이 부분에 '절망'이라는 단어를 사용함으로써 읽는 이에게 지나치게 과장된 느낌을 주는 것도 잘못이다. '절망'은 말 그대로 '더 이상 희망이 끊어져 없는' 상태를 뜻하는 말이다. 사람이 스스로 목숨을 끊는 이유는 오직 한 가지다. 바로 '절망'했기 때문이다. 그만큼

'절망'은 무거운 뜻을 가진 말이다. 문맥상으로 보면 '절망' 대신 '슬픔'을 써도 과장된 표현이긴 마찬가지다. 이럴 때는 그저 '안타까움' 정도로 표현하는 것이 무난할 듯하다.

　머릿속에 떠오르는 대로 정리하지 않은 채 여러 사실을 한꺼번에 마구 나열하다 보니 문장이 길어진 것도 큰 약점으로 지적될 수 있다. 또 서술부의 '이유가 된다고 말할 수 있다'라는 식의 표현은 문장을 길게 늘여 빼기 위해 흔히 쓰는 수법 중 하나 아닌가. '이유이다'라고만 써도 충분하다는 뜻이다.

　이와 같은 점들을 고려해서 앞의 글을 고쳐 쓰면 다음과 같다. 앞서 본 것과 서로 비교해가면서 읽어보자.

　　그녀는 교단에서는 후배들을 가르치는 데 정열을 바쳤다. 물론 개인적으로는 번역, 평론, 수필 등 집필활동에도 많은 노력을 기울였다. 또한 가정에서는 두 아이의 어머니와 한 남자의 아내 역할에도 충실했다. 그래서 우리는 그녀의 죽음을 안타까워하는 것이다.

　물론 문장을 이렇게 고쳐 쓰면 예문보다 전체적인 분량은 늘어나게 된다. 하지만 글을 읽는 이에게는 그 뜻을 훨씬 더 정확하게 전달할 수 있지 않겠는가!

글·여자·쪽박

글을 잘 다듬어 쓰는 데도 왕도가 있는가? 그런 건 없다. 다만 좋은 방법이 한 가지 있기는 하다. 일단 한 편의 글을 끝까지 쓴 다음 일정 기간 묵혀두는 것이다. 그건 빵을 만들기 위해서 밀가루 반죽을 해 놓고 숙성되기를 기다리는 것과 같다.

글을 효과적으로 숙성시키는 방법도 있다. 자신이 쓴 글을 다른 사람에게 보여주는 것이다. 밖에 나가서 남을 위해 헌신적으로 일하면 결국 헌신짝이 되고 만다는 우스갯소리가 있다. 또 옛말에 여자하고 쪽박은 밖으로 내돌리면 깨진다고 했지만, 글은 그럴수록 더욱 정교하게 다듬어진다.

자신이 쓴 글의 장단점을 정확하게 짚어가면서 조목조목 설명해줄만한 사람에게 보여주면 큰 도움을 받을 수 있을 것이다. 물론 그런 전문적 식견을 갖춘 이가 아니어도 무방하다. 평소 글을 잘 읽지도 쓰지도 않는 친구나 동생도 좋다. 그들도 훌륭한 글쓰기 선생이라 생각하고 자신이 쓴 글을 주저 없이 보여줄 수 있어야 한다.

더구나 그들 모두는 장차 자신이 쓰려고 하는 글의 잠재적인 독자이기도 하다. 그들이 들려주는 의견에 귀는 활짝 열고 가슴은 스펀지로 만들어야 한다. 그래야만 글의 완성도도 높이고 글 쓰는 능력도 향상시킬 수 있다.

요즘에는 잘 쓰지 않는 말이지만, 과거에는 자동차 정비업소에 가면 '닦고 조이고 기름치자'라고 적힌 문구가 붙어 있곤 했다. 자동차를 정비할 때처럼 우리가 쓰는 글도 닦고 조이고 기름을 쳐서 마무리해야 한다.

맞춤법에 어긋나는 단어는 없는지, 식상한 수사적 표현이 남발된 곳은 없는지, 문체는 내용과 잘 조화되도록 구사했는지, 이야기는 순서에 따라 적절하게 배열했는지, 생각의 오류는 없는지, 읽는 이에게 사실적이고 생동감 있게 다가갈 수 있도록 썼는지 등을 다시 살펴서 구석구석 닦고 조이고 기름 치는 과정을 거쳐야 비로소 글다운 글, 읽을 만한 글을 완성해낼 수 있는 것이다.

4장

글쓰기, 이제 시작하자
무엇을 할 것인가

하루 석 줄 쓰기로 충분하다

글쓰기 공부로 일기를 충실히 쓰는 것 만한 게 없다.
유명한 작가도 처음에는 자신의 이야기부터 썼다.
그러다가 차츰 다른 사람이 겪은 일을 섞어 쓰면서
글의 내용과 범위를 확장시켜 간 것이다.
그러니 당장, 오늘 밤부터 일기쓰기를 시작하자.
하루 석 줄만 써도 충분하다.

일기쓰기의 즐거움

어릴 적 방학숙제 중에 빠지지 않는 것이 있었다. 바로 '방학생활일기'다. 그건 누구에게나 지겹고 귀찮은 일이었다. 그걸 왜 써야 하는지 선생님이나 엄마는 자상하게 설명해 주지도 않았다. 하긴 설명을 들었다 해도 그걸 제대로 이해할 수도, 일기를 쓰고 싶은 마음이 저절로 생겼을 리도 없었겠지만……

생각해 보라. 친구들과 망아지처럼 여기저기 쏘다니면서 놀기도 바쁜데 일기까지 쓸 시간이 어디 있단 말인가. 더구나 하루 종일 놀다 보면 저녁밥을 먹자마자 잠에 곯아떨어지기 일쑤였던 것이다.

물론 처음 이삼 일은 어찌어찌 쓰긴 한다. 하지만 그러고는 그만이다. 그야말로 작심삼일이다. 결국 일기장이 어디 쑤셔 박혀 있는지도 모르고 방학을 다 보낸다. 개학날이 다가오면 슬금슬금 걱정이 되다가 어쩔 수 없이 두 달 가까이 되는 일기를 한꺼번에 벼락치기로 쓴다. 그때마다 이렇게 후회한다.

"에이, 이럴 줄 알았으면 달력에 날씨라도 적어놓을 걸……"

그림일기든 생활일기든 방학일기든 우리의 글쓰기는 대부분 일기에서 시작되었는지도 모른다. 그건 아마 요즘도 크게 다르지 않을 것이다.

그런데 일기는 다른 글과 차별되는 두 가지 특징이 있다. 하나는 매일 써야 한다는 것이고, 다른 하나는 자신이 쓴 일기를 누가 볼지도 모른다는 것이다. 어릴 때 일기를 쓰기가 싫었던 건 별로 쓰고 싶지도 않고 쓸 만한 일도 없는데 매일 꼬박꼬박 써야 하기 때문이었던 건 아닐까? 부모나 선생님께 일기숙제 검사를 받는다는 건 곧 자신의 속마음을 누군가 엿보게 된다는 뜻이기도 했다.

바로 이런 점들 때문에 어린 마음에도 일기를 쓰기가 고역으로만 여겨졌을 것이다. 이 또한 우리가 글쓰기를 그리 달가워하지 않게 된 원인일지도 모른다.

초등학교를 졸업하면 이런 부담이나 염려에서 얼마든지 해방될 수 있다. 중학생만 돼도 일기숙제 같은 걸 내는 선생님은 없다. 왜냐하면 그것도 인권침해(?)의 소지가 있으므로, 혹은 그런다고 순순히 일기를 써서 제출할 아이들이 아니라는 것쯤은 선생님들도 잘 알고 있을 테니까.

이제부터는 숙제가 아니므로 맞춤법이나 띄어쓰기 따위를 틀릴까 봐, 누군가 자신이 쓴 일기를 몰래 훔쳐볼까 봐 더 이상 염려하지 않아도 된다. 아, 처음부터 그랬더라면 얼마나 좋았을까!

요즘에도 일기숙제라는 게 있을까? 초등학교 저학년 아이들에게 일기를 숙제로 내고, 그걸 매일 검사하는 선생님이 아직 있을지 모르겠다. 그 아이들한테 일기를 쓰게 하는 건 물론 나름의 이유가 있을 것이다.

"엄마. 나 오늘은 일기숙제 못하겠어."

"왜? 너, 오늘은 일기가 쓰기 싫구나?"

"아니거든요? 일기를 쓸 게 없으니까 그렇지."

"쓸 게 없다니, 그 이유가 뭘까?"

"왜냐하면 오늘 하루에 내가 한 일이 어제하고 똑같거든."

"아하, 그렇구나. 그런데 너 혹시 어제도 그런 생각이 들었니?"

"음…… 그건 아닌데?"

"그럼 나는 왜 일기를 쓸 게 없는 거지? 그런 얘길 쓰면 되지 않을까?"

"그런 걸 써도 일기가 돼?"

"그러엄!"

일기숙제를 하다 말고 투덜대던 아이는 엄마의 말을 듣고 고개를 갸웃거리며 제 방으로 들어간다. 한참 지나서 엄마는 아이가 잠이 든 걸 확인하고 일기장을 몰래 들춰본다.

나는 요즘 정말 재미가 없다. 매일매일 똑같이 산다. 나는 어제 아침에 늦잠을 잤다고 엄마한테 잔소리를 들었는데 오늘도 늦잠을 잤다고 잔소리를 들었다. 그래서 오늘도 지각했다. 선생님한테 야단도 맞았다. 더럽게 화장실 청소를 또 했다.

어제도 학교 끝나고 영어학원 가고, 피아노학원 가고, 집에 와서 밥 먹고 텔레비전을 봤다. 생각해 보니 오늘도 똑같다. 그래도 일기 숙제는 해야 하는데 뭘 써야 하나. 나는 요즘 사는 게 정말 재미가 없다. 인생은 원래 이렇게 재미가 없는 건가 보다.

어릴 때부터 자신의 하루를 돌아보면서 생각하는 습관을 갖게 한
다는 점은 일기쓰기의 소중한 가치임에 틀림없다. 이 아이도 일기
를 쓰다 보니(혹은 쓰기 싫은데도 써야 했기 때문에) 자신의 하루하루
가 '정말 재미가 없다'는 걸 제법 진지하게 생각했고, 또 그걸 새롭
게 발견하지 않았는가!

이 아이는 어쩌면 직어도 다음날 하루는 일기에 쓸거리를 만들기
위해서라도 뭔가 새로운 일을 벌일지 모른다. 잠자리에 들면서 내일
아침에는 일찍 일어나야겠다고 굳게 마음먹을 수도 있다. 그러면 엄
마나 선생님께 야단도 안 맞고, 더럽게 화장실 청소를 하지 않아도
될 것이다. 또 속으로는 좋아하면서도 용기가 없어서 말을 못했던
짝꿍 여자애한테 자신이 아끼는 예쁜 필통을 선물할지도 모른다. 혹
시 딱지를 맞더라도 아이는 그러면서 성장해가는 것이다.

기쁨·실망·마음의 정화

5월 15일. 오전에는 빗방울 드문드문, 오후는 청명한 하늘.

루윈 그 아이가 편지를 보내왔다. 중국 남경에서다. 오전 수업을
마치고 왔더니 내 책상에 빨간 편지봉투가 하나 놓여 있는 게 아닌
가. 나는 그동안 그 아이를 잊고 지냈다. 그런데 그 아이는 그렇지 않
았던가 보다. 무척 반가웠다.

편지를 읽다 보니 옛날 생각이 많이 났다. 루윈은 내가 그동안 가르쳤던 수많은 유학생들 중에서도 좀 각별한 아이다. 한국음식을 못 먹어서 고생하던 그 아이에게 내가 며칠간 홍합죽을 쑤어다 준 적도 있었는데 루윈은 그걸 잊지 않고 있었구나. 막상 편지를 받고 보니, 졸업하고 귀국하면서 내게 인사 한 마디 없이 떠난 그 아이에게 한동안 섭섭한 마음을 갖고 있었던 게 좀 미안해졌다.

루윈 그 아이는 지금 남경에 있는 방송국에서 일한다고 했다. 그곳에서 만난 남자와 다음 달에 결혼도 할 거라고 했다. 그 어린 녀석이 벌써 결혼을 한다니 실감이 잘 안 된다. 그래도 얼마나 기특하고 대견한가. 그 아이 결혼식에 직접 가볼 수는 없겠지만, 며칠 내로 꼭 축하편지를 해주어야겠다.

아, 그러고 보니 오늘이 스승의 날이네?

자신에게 한국어를 배운 뒤 중국으로 돌아간 어느 학생이 보낸 편지를 받고 그 시절을 회고하면서 쓴 일기다. 이건 일기쓰기의 모범이 될 만한 글이다. 오늘 편지를 받은 '사실'과 그에서 비롯된 글쓴이의 '생각'과 '느낌'이 잘 정리되어 있는 것이다.

물론 일기는 그날그날의 쓸거리에 따라 이보다 더 짧게 쓸 수도 있고, 훨씬 길게 써지는 날도 있을 것이다. 그에 맞춰 적절히 쓰면 된다.

누구나 한번쯤은 옷장을 정리해 본 적이 있을 것이다. 먼저 옷장에 걸려 있거나 개켜놓은 옷들을 모두 꺼낸다. 각종 스카프나 머플러, 벨트, 모자, 양말 같은 것들도 방바닥에 모조리 꺼내놓는다. 그러다 보면 언제 이렇게 다 뒤죽박죽으로 쑤셔 박아 두었던가 싶은 것들까지 마구 쏟아져 나온다. 최근 몇 년 동안 입어보기는커녕 아예 잊고 지낸 옷도 수두룩하다.

그중에서 유행이 너무 지나 앞으로도 도저히 입을 수 없을 것 같거나, 몸에 두르거나 걸칠 일이 없겠다 싶은 것들은 과감하게 헌옷 수거함으로 보낸다. 나머지는 계절별로 분류하고 하나씩 개켜서 서랍에 넣거나 옷걸이에 걸어놓으면 옷장 정리가 모두 끝난다.

일기를 쓰는 것도 옷장 정리와 같다고 보면 된다. 일기쓰기는 자신의 생각을 손으로 적어서 그 내용을 눈으로 직접 확인하는 행위이고 과정이다. 옷장 속에 든 옷들을 눈으로 보면서 손으로 정리하는 것과 같은 원리인 것이다. 그러니까 깔끔하게 정돈된 옷장처럼 자신의 새로운 모습을 발견해서 정리할 수 있게 하는 게 바로 일기이고 글쓰기라는 말이다.

일기쓰기는 자신이 잘한 일이나 잘못한 일, 즐거웠거나 속상했거나 보람 있었던 그날의 일을 책상 앞에 앉아서 찬찬히 돌아보는 일이다. 그걸 곱씹어가며 글로 옮겨 쓰다 보면 미처 떠오르지 않았거나 의식하지 못하고 지나칠 뻔했던 생각들까지 새롭게 정리되는 걸 느낄 수 있을 것이다.

11월 19일, 날씨처럼 기분도 하루 종일 우울했던…….

남편이라는 사람이 어쩌면 내게 그런 말을 할 수 있단 말인가. 뭐? 집안에만 틀어박혀 지내니 생각이 꽉 막힌 거 아니냐고? 그게 나한테 할 말인가? 속상했다. 서운했다. 누구는 뭐 바깥 생활을 하고 싶지 않아서 안 한 건가?

내가 왜 직장을 그만뒀는데? 남의 손에 아이를 맡겨서 기르지 말자는 자기 뜻을 존중해서 그렇게 했던 거 아닌가. 나는 이렇게 자기하고 아이들 뒤치다꺼리하느라고 청춘을 다 보냈는데, 이제 와서 날더러 뭐라고?

그런데 이게 어디서부터 잘못된 거지? 결혼을 하면 부부는 무슨 일이든 함께 해야 하는 건가? 서로 똑같아야 하는가? 말 한 마디도 무조건 조심해야 하고, 비밀 따위는 절대로 있어서는 안 되는 것인가? 아, 부부는 꼭 그래야만 하는가?

어쩌면 그게 아닐지도 모르겠다. 내가 잘못 생각한 것도 있을지 모르겠다. 남편이라고 꼭 나를 무시해서만 그런 소리를 한 것이 아닐지도 모른다. 누구하고 영화를 보러 갔는지 내가 하도 꼬치꼬치 따지다 보니 남편도 홧김에 그런 말을 했을 것이다.

나 자신도 모르게 남편을 믿지 못하고 있었던 것이다. 남편의 사랑을 끊임없이 확인하고, 당신은 누가 뭐라 해도 내 소유라는 걸 표시해 두느라고 남편을 숨 막히게 했을지도 모르겠다. 진정한 사랑은 서로 믿는 가운데 구속하지 않고 상대방을 자유롭게 해주는 것이었는데…….

중년으로 접어든 여인이 어느 날 남편한테 섭섭한 말을 듣고 자신의 지난날을 되돌아보면서 떠오른 생각을 정리한 일기다. 어떤가? 이 여인은 일기를 쓰는 과정에서 자신을 정신적으로 괴롭히고 있는 문제를 차근차근 스스로 풀어가고 있지 않은가! '진정한 사랑은 서로 믿는 가운데 구속하지 않고 상대방을 자유롭게 해주는 것'이라는 깨달음을 통해 마음의 평화를 얻고 있지 않은가!

일기쓰기는 이처럼 자신이 겪고 있는 정신적인 통증을 치유하는 기능도 갖고 있다. 굳게 믿었던 누군가의 배신으로 분노를 삭일 수 없어서, 혹은 본의 아니게 가깝고 소중한 사람을 실망시켰다는 자책감 때문에 괴로운 시간을 보내고 있다면 그런 감정을 모조리 끌어내서 그날의 일기로 써보는 것이다.

내게는 과연 아무 허물도 없었는지, 나는 그의 태도가 어떻게 변하기를 바라는지, 그가 진정으로 내게 실망한 것은 무엇이었는지를 곰곰이 생각하면서 한 자 한 자 적어보는 것이다. 그러다 보면 새로운 생각들이 꼬리를 물지도 모른다.

자신이 상대에게 취했던 행동이 부끄럽다고 해서 생각하기를 꺼리거나 감추는 건 바람직하지 않다. 누가 엿보고 있는 것이 아니므로 남김없이 솔직하게 쓰는 것이 좋다.

그러면, 사실은 그렇게 분노할 만한 일도 아니었다는 깨달음을 얻을 수도 있다. 같은 잘못을 반복하지 않음으로써 내 행동에 실망한 사람에게 희망을 줄 수 있는 길이 무엇인지를 찾을 수도 있다. 그런 과정에서 자신조차 주체할 수 없었던 슬픔이나 분노 따위들을 객관화시켜 마음도 정화시킬 수 있을 것이다.

이런 효과는 물론 일기쓰기를 통해서만 얻을 수 있는 것이 아니다. 자신이 살면서 겪은 일 중에서 기억할 만한 것들이 있으면 형식에 구애받지 말고 자유롭게 쓰면 되는 것이다. 분량에 얽매일 필요도 없다. 어떤 일이든 규모를 미리 정해두면 시작하기가 어렵다.

> 버스커버스커의 〈벚꽃 엔딩〉이라는 노래를 오늘 처음 들었다. 함박눈처럼 나부끼는 벚꽃의 고운 빛깔에 취하고, 〈벚꽃 엔딩〉의 경쾌한 선율에 흠뻑 젖었던 하루…….

골머리 아프게 이것저것 떠올리기도 귀찮고, 무얼 복잡하게 생각하기도 싫은 날은 이렇게 단 석 줄만 써도 충분하다. 얼마나 깊이 생각하고 쓰느냐도 중요하지만 지속적으로 쓰는 것도 그에 못지않게 가치가 있는 일이기 때문이다.

일상을 살면서 가장 쓰기 쉬운 글이 바로 일기다. 자신이 직접 부딪쳐서 겪은 일을 쓰기 때문이다. 일기는 글쓰기를 습관화시키는 데도 매우 유용하다. 볼펜으로 노트에 써도 좋고, 컴퓨터를 이용해도 좋고, 스마트폰에 써도 무방하다.

유명 작가도 처음에는 일기와 같은 자신의 이야기부터 쓰기 시작했다는 걸 기억해 두자. 그러다 차츰 다른 사람들의 이야기를 쓰기도 하고, 자신의 이야기와 다른 사람의 이야기를 섞어 쓰기도 하면서 글의 내용과 범위를 확장시켜 가는 것이다. 그런 과정에서 곰곰이 생각하는 습관도 생기고, 다른 사람의 인생에 관심을 가지게 되다 보니 세상을 이해하는 능력도 넓고 깊고 커진 것이다.

글쓰기 공부로 일기를 충실히 쓰는 것만한 게 없을지도 모른다. 그러니 당장 오늘 밤부터 일기쓰기를 시작하자.

나만의 능력과 열정을 전달하는 법

자신이 살고 있는 사회의 흐름에 지속적으로 관심을 갖자.
거기에 능동적으로 대처할 수 있도록
다양한 스펙을 쌓는 일도 게을리 하지 말자.
그렇게 해야 내용이 풍부한 자기소개서를
쓸 수 있을 것이기 때문이다.

민낯의 용기·만용·배짱

모든 글쓰기는 자기표현 행위다. 일기든 편지든 시든 소설이든 신문의 칼럼이든 예외가 없다. 어떤 글이든 그 안에는 쓴 사람 자신만의 생각이나 느낌이 들어 있기 때문이다. 글은 자신을 전달하는 수단이기도 한 것이다.

시와 소설 같은 문학적인 글이 불특정 다수인 대중에게 자신을 간접적으로 전달하는 양식이라면, 일기나 편지는 제한된 이에게 자신의 생각과 느낌을 직접 전달하는 글이다. 그런데 자신을 일목요연하게 정리해서 불특정 다수나 제한된 누군가에게 직접 전달하는 글은 따로 있다.

자기소개서가 바로 그것이다. 자기소개서는 자신을 누군가에게 잘(자세히 혹은 긍정적 이미지를 갖도록) 전달하기 위해서 쓰는 대단히 실용적인 글이다. 어떻게 하면 그걸 '잘' 쓸 수 있을까?

소개팅이나 맞선을 보는 자리에 '민낯'으로 나간다면 그건 용기일까, 만용일까, 배짱일까? 그도 저도 아니면 요즘말로 '개념'이 없어서라고 해야 하나?

아, 상대 남자와 관련된 사전정보를 충분히 입수해서 요모조모 뜯어보고 분석을 마친 결과 이번 맞선은 안 봐도 비디오라는 결론은 확고한데 주변의 성화를 못 이겨서, 혹은 주선하신 분의 체면을 나 몰라라 할 수 없어서 거기에 응하는 시늉이라도 해야 하는 경우라면 그럴 수도 있겠다.

아니다. 그럴 수는 없을 것 같다. 아무리 그래도 이땅의 여자들은 그런 자리에 '민낯'으로는 나가지 않는다. 여자로서의 자기만족 같은 본능적 요인 말고도, 처음 만나는 사람한테 자신의 '스타일'을 구기고 싶지 않아서일 것이다.

사람과의 만남에서 첫인상은 이후의 관계를 결정하는 데 대단히 중요한 요소로 작용한다. 누군가를 처음 만나는 자리에 신경이 훨씬 많이 쓰이는 까닭도 여기에 있다.

자기소개서

저는 지금부터 25년 전인 1988년 8월 8일에 ○○○도 ○○군 ○○면 ○○리 235-67번지에서 김해 김씨 ○○○파 ○○대손으로 3남 1녀 중 둘째 아들로 태어나 초등학교 교사이신 아버지와, 가사 일에 전념하시는 어머니 사이에서 자랐습니다.

아버지는 교육자다운 풍모를 지니신 분으로 자식들에게 인자하시면서도 잘못을 바로잡는 데는 늘 엄격하셨으며, 어머니는 살림 형편이 넉넉지 않은 가운데서도 남편과 자식 뒷바라지에 헌신하시는 자애로운 현모양처이셨습니다.

자기소개서의 첫머리를 이런 식으로 쓰는 이들이 적지 않다. 그런데 한번 생각해 보자. 요즘 세상에 누군가에 대해 알고 싶다고 해서 그가 태어난 주소의 번지수까지 궁금해 할 사람이 몇이나 될까? 자신이 집안의 몇 남매 중 몇 째로 태어났는지는 또 과연 얼마나 중요한 사항인가? 세상의 부모치고 자식들에게 엄격하지 않은 아버지와 자애롭지 않은 어머니는 과연 얼마나 있을까?

사랑하는 여친하고 결혼하기 위해서 그녀의 부모에게 보여주려고 쓴 자기소개서라면 얘기가 좀 달라질 수는 있겠다. 또 공교롭게 성씨와 본관까지 똑같은 남친과의 결혼을 어떻게든 성사시키고 싶어서라면 자신이 어떤 유파의 몇 대손인지까지 소상히 적어서 그의 부모를 설득할 필요도 있을 것이다. 물론 종친회 사무실에 취직하려고 쓴 자기소개서에는 이런 게 반드시 들어가야 한다.

제목은 또 어떤가? 거두절미하고 '자기소개서'라고 썼지 않은가. 자기를 소개하는 글인지 아닌지 잘 분간하지 못하는 사람에게 읽히려고 글을 쓴 건가? 이런 사람에게 기행문을 한 편 써오라 하면 '기행문'이라는 제목을 붙여 오지 않을까?

이렇게 시작한 자기소개서로는 기대하는 결과를 얻기가 대단히 어렵다. 읽는 이에게 그 어떤 감흥도 줄 수 없을 것이기 때문이다. 이제부터는 좀 바꿔보도록 하자.

우선 자기소개서의 전체 내용을 한눈에 읽을 수 있는 제목을 만들어서 글머리에 얹어놓자. 그래야 자신의 첫인상을 강렬하게 심어줄 수 있다. '글을 제법 쓸 줄 아는 사람'이라는 긍정적 이미지를 전달할 수도 있을 것이다.

자동차회사나 보험회사의 영업사원으로 취직해서 장차 열정적으로 일하고자 한다면 '신념과 열정, 그리고 판매왕의 꿈'과 같은 제목이 적당하지 않을까? 대학에서 간호학을 전공하고 어느 병원에 취업할 때는 '모든 환자들의 친구가 되겠습니다'라는 정도로만 써도 하나의 본보기가 될 수 있을 것이다. 웬만한 자기소개서에 공통적으로 쓸 수 있는 제목으로는 '긍정의 힘을 믿고 최선을 다하는 청년!' 정도가 괜찮을 듯하다.

그 다음에는 처음 한두 문장이 전체 글의 성패를 좌우할 수도 있다는 사실을 명심해야 한다(자기소개서뿐만 아니라 모든 글이 그렇다). 아래와 같이 쓰면 자기소개서의 첫머리로 비교적 무난할 것이다.

일에 대한 확고한 신념과 열정! 이 두 가지는 귀 회사 입사 후 3년 내로 전국 최고의 판매왕이 되겠다는 야심찬 포부를 갖고 있는 저의 가장 큰 자산이라고 믿습니다.

질병으로 고통 받는 세상의 모든 환자들에게 가장 필요한 건 따뜻한 손길이라고 믿습니다. 다른 사람의 아픔을 기꺼이 함께 나눌 줄 아는, 밝은 미소가 강점인 아무개입니다.

항상 긍정적인 마음을 갖고 책임을 다하자!
저는 긍정의 힘과 맡은 일에 책임을 다하는 적극적인 자세의 중요성을 어느 누구보다 잘 알고 있습니다. 그리고 이것이 바로 제 인생의 모토이기도 합니다.

이처럼 자기소개서의 첫머리는 자신만의 개성을 독특하고 산뜻한 한두 개의 문장으로 압축해서 읽는 이의 마음을 사로잡을 수 있도록 쓰는 것이 바람직하다. 그래야 자신의 긍정적이고 적극적인 마인드를 돋보이게 할 수 있다.

'첫 끗발이 개 끗발'이라는 말은 노름판에나 갖다 주는 게 좋다. '첫 끗발'이야말로 글 전체의 '모든 끗발'을 좌우할 수도 있다는 사실을 잊지 말아야 한다.

나와 그의 관심사

나는 중학교에 다니는 동안 주위 어른들로부터 대단히 버르장머리가 없다는 말을 자주 들었다. 그만큼 천방지축 제멋대로 살았던 것이다. 하지만 우정여자고등학교에서 보낸 지난 3년은 중학교 때까지 농땡이나 치면서 지 멋대로 개망나니처럼 살아 온 나에게 훨 다른, 뭐랄까 인생의 새로운 전환점이 돼었다고나 할까?

자신의 성장기를 설명한 대목이다. 읽는 이의 입장에서 다시 한 번 읽어보자. 그야말로 요령부득이라는 생각이 들지 않는가? 이렇게 쓴 글을 읽다 보면 이 사람은 도대체 자기소개서를 왜 쓰고 있는지 이해하기 어려워진다.

자기소개서는 말 그대로 자기 자신을 글로 써서 소개하는 수단이다. 그러니 정직하게 쓰는 것이 중요하다. 있지도 않은 사실이나 경험을 장황하게 나열해서 읽는 이로 하여금 고개를 갸웃거리게 해서는 안 된다. 그렇다고 앞서 본 것처럼 자신만 알고 있는 단점까지 시시콜콜 모조리 쓰는 건 과연 옳은 일일까?

천방지축 제멋대로 살았다고 썼다. '농땡이나 치면서 지 멋대로 개망나니처럼' 살았다고도 했다. 이렇게 쓴 사람은 어쩌면 반바지 차림에 슬리퍼를 질질 끌면서 면접시험장으로 가지 않을까? 굳이 비유하자면 이런 표현은 면접관의 질문에 반말을 섞어가며 꼬박꼬박 말대꾸를 하는 것과 같다.

자기소개서에는 비속한 표현이나 은어도 무조건 쓰지 말아야 한다. 과다한 수사표현, 지나치게 추상적인 말, 부정적인 사회관이나 인생관, 타인을 비방하는 말도 함부로 써서는 안 된다.

나는 중학교에 다니는 동안 주위 어른들로부터 개성이 매우 강하다는 말씀을 자주 들었다. 그만큼 나는 내 생각이나 느낌에 충실하고자 했던 것이다. 하지만 우정여자고등학교에서 보낸 3년은 중학교 때까지만 해도 뚜렷한 목표를 세우지 않고 학업을 소홀히 하면서 방황해 왔던 나에게 인생의 새로운 전환점이 되었다.

어떤가? 같은 내용인데도 이런 식으로 정리하면 그 느낌이 사뭇 다르지 않은가? 거짓말을 하지 않고도 얼마든지 자신의 긍정적 이미지를 부각시켜서 쓸 수 있는 것이다.

단어나 문장 하나를 골라 쓰는 데도 세심하게 주의를 기울여야 한다. 맞춤법에 어긋나는 단어를 아무 생각 없이 미구 쓰면 시민의 식이나 준법정신까지 의심받을 수도 있다. 자신의 잘 정돈된 인격을 드러낼 수 있도록 품격 있는 문장을 구사하는 것도 중요하다.

자기소개서를 다 쓴 다음에는 제출하기 전에 오자나 탈자가 없는지, 맞춤법과 띄어쓰기는 정확하게 되었는지까지 반드시 검토해서 수정하는 것도 잊지 말아야 한다.

고등학교 때 매주 한 번씩 재활원 봉사활동에 참여하면서 저는 다른 사람의 고통을 함께 나누는 것이 얼마나 가치 있는 일인지 절실히 깨달았습니다. 제가 대학에서 간호학을 공부한 것도, 이렇게 귀 병원에서 환자들을 돌보는 간호사로 일하고자 하는 이유도 그때의 깨달음 덕택입니다.

대학 1학년 때 처음 본 토익시험 결과가 기대에 훨씬 못 미쳤을 때 저는 크게 실망을 했던 게 사실입니다. 하지만 첫술에 배부를 수 없다는 옛말을 되새기며 다음 시험을 준비하기 위해 저는 바로 그날 도서관으로 향했습니다. 어떤 일이 있어도 하루 한 시간 이상은 토익 공부에 매달렸습니다. 그렇게 3년 넘게 꾸준히 노력한 결과 졸업을 앞두고 지난달에 치른 토익 시험에서 저는 최상위 점수를 획득할 수 있었던 것입니다.

자기소개서는 개방적이고 진취적인 자신만의 인생관을 드러낼 수 있도록 쓰는 것이 바람직하다. 대부분의 직장에서는 투철한 신념과 강한 성취의욕, 합리적이면서도 체계적인 사고능력, 그리고 편협하지 않은 개방적 포용력을 갖춘 인재를 원하기 때문이다.

그렇다고 자신의 인생관을 백화점식으로 나열하는 데 그쳐서는 안 된다. 그동안의 경험이 자신의 인생관과 세계관을 형성하는 데 어떤 영향을 끼쳤는지, 그것을 토대로 미래를 어떻게 설계해나갈 것인지도 아울러 언급해야 읽는 이를 효과적으로 설득할 수 있다.

자신이 쓴 자기소개서를 어떤 사람이 읽게 될 것인지를 고려하는 것도 대단히 중요하다. 앞서도 언급했던 것처럼 종친회 사무실에 취업하려면 성씨의 본관이나 유파, 그리고 자신이 몇 대손인지도 꼼꼼하게 따져 써야겠지만, 일반 회사에 제출할 자기소개서에서 그런 내용은 오히려 쓰지 않은 것만 못하다.

> 저는 처음 만난 사람과 말문을 트는 데 어려움을 많이 겪는 편입니다. 그러다 보니 모든 걸 기꺼이 나눠가질 수 있는 친구는 몇 명 있지만, 다른 사람들처럼 친구의 수는 별로 많지 않은 게 사실입니다.

자신의 성격을 솔직하게 고백한 것까지는 좋다. 그런데 생각해보자. 만약 이런 식으로 쓴 자기소개서를 자동차회사 영업사원을 모집하는 데 제출한다면 어떤 결과를 얻게 될까? 처음 만난 사람과 말문을 트는 데 어려움을 많이 겪는 사람을, 그래서 친구가 별로 많지 않다고 하는 사람을 과연 채용해 주겠는가를 묻는 것이다.

'누울 자리를 보고 발을 뻗으라'는 옛말도 있지 않은가. 똑같은 내용의 자기소개서를 수십 장씩 프린트해서 여기저기 제출하는 취업 준비생들도 있다. 대단히 어리석은 이들이다. 지원하는 곳마다 원하는 사람의 유형이 다르기 때문이다.

취업용으로 사기소개서를 쓸 경우 그 직장의 경영방침이나 선호하는 인재의 유형, 그리고 그 안에서 자신이 맡아 추진하고자 하는 일의 특성 등을 미리 파악해서 자신의 개성과 장점이 그것에 조화되도록 부각시켜서 써야 한다. 한번 생각해 보자. 닭 튀기는 냄새만 맡아도 헛구역질이 올라온다는 대학생을 어느 치킨집에서 알바생으로 쓰겠는가?

저는 한국어학과에서 공부한 4년 동안 교수님들의 많은 가르침과 조언 아래 한국어교사가 되는 데 필요한 자질을 하나씩 익혀나갔습니다. '한국어교수법'과 같은 이론적 지식은 물론이고, 한국어교사로서 마땅히 갖추어야 하는 심성이나 말투, 심지어는 한국어교사다운 옷차림까지 차근차근 배웠습니다.

한국어 수업이 이루어지는 강의실에서 저는 수업 분석과 실습을 열심히 반복해서 유능한 한국어교사로서의 실무 능력도 갖추었습니다. 특히 대학 3학년 때는 중국 하얼빈에 있는 교류대학으로 어학연수를 다녀오기도 했습니다. 비록 6주간의 짧은 기간이었지만 저는 그 연수를 통해서 중국을 몸소 체험했고, 중국어도 본격적으로 공부하기 시작했습니다. 그 덕택에 지금은 중국인들과 자연스럽게 대화를 나눌 수 있는 능력도 갖게 되었습니다.

자기소개서에 반드시 들어가야 할 게 하나 더 있다. 주어진 업무를 성공적으로 추진할 수 있는 능력을 갖추기 위해 자신이 어떤 노력을 기울였는지, 요즘말로 어떤 스펙을 쌓았는지를 밝혀 읽는 이를 설득할 수 있어야 한다. 그 다음에는 마무리 단계로 간다.

저는 이제 대학생활을 모두 마치고 한 사람의 간호사로서 사회에 첫발을 디디려고 합니다. 귀 병원에서 일할 수 있는 행운과 기회가 제게 주어진다면 저는 대학 때 익힌 전공이론과 실무능력을 바탕으로 주어진 일에 책임을 다하는 간호사로서 성실하게 일하려고 합니다.

특히 지난 4년 동안 저의 내면을 충실하게 가꾸어 온 긍정적이고 적극적인 마인드는 귀 병원에서 일하는 동안 혹시 닥쳐올지도 모르는 크고 작은 어려움을 슬기롭게 극복하는 데 큰 힘이 될 것으로 저는 믿습니다. 또 저는 어려운 이웃을 가족처럼 따뜻하게 배려할 줄 아는 저만의 장점을 살려서 저에게 맡겨진 환자들의 고통을 기꺼이 함께 나누어가지려고 합니다.

자기를 소개하는 글은 이와 같이 앞으로의 포부와 각오를 밝히는 내용으로 마무리를 짓는 게 중요하다. 특히 이 부분은 자신의 주관적 생각이나 감상을 자유자재로 쓸 수 있다는 장점이 있다. 그렇다고 해서 앞으로 맡게 될 업무의 성격과 동떨어진 실현 불가능한 계획이나 허황된 포부를 밝히면 신뢰할 수 없는 사람으로 비칠 수도 있으니 조심해야 한다.

스펙과 자기소개서

자신을 직접 소개하는 글은 살아온 시간의 순서에 따라 과거와 현재와 미래의 순서로 전체를 구성하는 게 일반적이다. 물론 각각의 시간대별로 내용을 균등하게 배분해서 쓰는 것이 바람직한데, 최근 몇 년간 자신이 어떤 노력을 해왔고, 또 현재 어떤 노력을 계속하고 있는지에 대해서는 조금 더 비중 있게 다루는 것도 무방하다.

요즘에는 자기소개서를 컴퓨터로 작성해서 프린트하기 때문에 서체와 글자 크기 등도 읽기 편하도록 신중하게 선택해야 한다. 사실 자신을 소개하는 글은 펜이나 키보드로만 쓰는 게 아니다. 그것도 하나의 글이기 때문에 글쓰기의 기술적인 면도 물론 중요하다.

그런데 이보다 더 중요한 것이 있다. 평소 주위의 사물이나 사건에 관심을 갖고 세심하게 관찰을 해두어야 좋은 글을 쓸 수 있는 것처럼 자신이 살아가게 될 사회의 흐름에 관심을 갖고, 그에 능동적으로 대처할 수 있는 능력을 갖추기 위해 다양한 스펙을 지속적으로 쌓아두는 것이다. 좋은 자기소개서의 내용은 그러한 스펙이 들어가야 충실해질 것이기 때문이다.

스마트폰으로 그들과 소통하라

쓰고자 하는 마음부터 갖자.
그런 다음 당신의 주머니에 들어 있는 스마트폰을 꺼내서
가장 먼저 떠오르는 이에게
문자메시지를 보내고, 편지를 쓰는 것이다.
그런 소통이 그와의 거리를 한층 좁혀줄 것이다.
우리들 각자의 삶도 그만큼 풍성해질 것이다.

글쓰기와 소통

　우리는 누구나 다른 사람들과 어울려 살아간다. 가장 가까운 곳에 가족이 있다. 친구도 있고, 직장 동료와도 많은 시간을 함께 보낸다. 그들과 차를 마시기도 하고, 여행을 떠나기도 한다. 밤늦도록 술을 미시는 것도 대개는 누군가와 함께다.

　그들 안에 내가 있고, 그들 또한 내 안에 있다. 그게 삶이다. 나 아닌 누군가와 활발하게 소통하는 것, 그러는 가운데 자신의 존재를 확인하고 보람을 느끼며 즐거움을 찾는 것이 우리네 삶의 본질일지도 모른다.

　모든 소통은 '자기표현'에서 시작한다. 이 '자기표현'은 사람이라면 누구나 갖고 있는 본능 중 하나다. 실제로 우리는 저마다 다양한 방식으로 자신의 생각과 느낌을 드러내서 다른 사람에게 보이고 싶어 한다.

　외출 전에 정성을 다해서 메이크업을 하는 것도 자기표현의 일종이다. 피트니스 클럽 같은 곳에서 몸매를 가꾸는 것, 많은 사람들 앞에서 노래를 부르거나 즉흥적인 우스갯소리로 좌중을 즐겁게 하는 것도 마찬가지다.

　예술 장르와 같이 고도로 정제된 자기표현의 방법도 물론 있다. 화가, 작곡가, 가수, 연출자, 건축가는 그 분야의 양식에 맞는 작품을 창작하고 발표함으로써 많은 이들과 소통한다. 이런 소통이야말로 각자의 삶을 결정하는 하나의 과정이라고 할 수 있다.

글을 쓰는 것도 직접적이든 간접적이든 다른 이들과 소통하기 위해서다. 그런데 글을 전달하는 수단이 최근 들어 크게 변하고 있다. 과거의 엽서나 편지의 자리를 〈카카오톡〉 같은 모바일 메신저나 문자메시지 등이 대신하고 있는 것이다.

카톡·문자메시지

내일(23일) 저녁 여섯시
'꽃마름'(290-1322)에서
교수님들과 졸업생들의
꽃다운 만남이 있습니다.
후딱 내일이었음 좋겠죠,
그쵸?

흔히 주고받는 문자메시지 중 하나다. 짧은 두 문장으로 전하려는 말을 다 하고 있다. 전화번호를 덧붙여서 모임장소를 찾는 데 도움을 준 것도 돋보인다. 식당 이름에서 따온 '꽃다운 만남' 또한 쓴 사람의 재치를 엿볼 수 있게 한다.

이런 문자메시지를 받으면 그 자리에 참석하고 싶은 마음이 저절로 생기지 않을까? 특히 마지막 부분의 애교 섞인 마무리가 고명처럼 깜찍한데, '꼭 참석해주시기 바랍니다'보다는 확실히 감칠맛이

더하다. 물론 메세지를 받는 사람과의 관계에 따라서는 이렇게 쓰는
것이 오히려 예의에 어긋날 수도 있기는 하다.

엄마. 어제 짜증내서

미안.... ㅠㅠ

버릇없이 군 것도....

용서해 줄 거지?

사랑해요, 우리 엄마.^^

선생님

한가위 보름달만큼

풍성한 가을 맞으세요.

항상 건강하시기를

이 제자가 매일매일

기원 드릴게요.

잘 들어가셨어요?

오늘 뵙게 되어

반갑고 즐거웠습니다.

혹시 시간 괜찮으시면

이번 토요일에

영화 한 편 어때요?^^

이처럼 문자메시지를 적극적으로 활용하면 가까운 이와의 친교 활동도 얼마든지 가능하다. 전날 엄마에게 심통을 부린 것도 어렵지 않게 사과할 수 있다. 스승의 날을 맞아 오랫동안 잊고 지냈던 은사님께 감사의 말을 손쉽게 전할 수도 있다.

명절이나 새해를 앞두고 웃어른들께 안부인사를 드릴 수도 있다. 소개팅에서 만난 상대에게 데이트를 신청할 수도 있다. 문자메시지를 적극 활용함으로써 그들과의 소통을 원활하게 해나가는 것이다.

> 교수님, 뒷모습이 쓸쓸해 보이십니다.
>
> 엉? 넌 누구지?
>
> 방금 교수님 강의를 듣고 나온 학생입니다. ^^
>
> 그래? 아무튼 고맙다.
>
> 예, 교수님. 남은 하루도 즐겁게 보내세요.
>
> 고맙다. 근데 너는 무슨 과 누구지?
>
> 저어.... 경영학과 서우석이라고 합니다. ㅎㅎ
>
> 그래 우석이, 너도 열심히 공부해라.
>
> 꾸벅. 그럼, 다음 시간에 또 뵙겠습니다.

한눈에 보아도 대충 짐작이 가는 대화일 것이다. 학생은 스마트폰에 있는 〈카카오톡〉으로 자신이 수강하고 있는 교과목 담당교수와 즉석에서 소통을 시도했고, 교수 또한 학생과의 소통에 기꺼이 응한 모습이다. 이 또한 정겹지 않은가!

다소 뜬금없기는 해도 이런 문자메시지를 받고 기분이 상할 교수가 있을까? 이런 버르장머리 없는 학생은 끝까지 추적해서 혼쭐을 내거나 학점에 불이익을 주어야 한다고 씩씩대는 교수가 있다면 그는 강의를 마친 뒤 연구실로 곧장 갈 게 아니라 가까운 매장에 들러 스마트폰을 반납하는 게 차라리 나을지도 모른다.

어쨌든 지신이 즉흥적으로 보낸 메시지에 적극적이고 친절하게 화답해 준 교수에게 학생은 평소보다 더 큰 호감이 생길 것이다. 이런 문자메시지 대화를 계기로 어쩌면 두 사람은 평생을 두고 각별한 인연을 이어가게 될지도 모른다.

S이야기

우리 아빠는 계속 방귀를 길게 부욱 부우욱
뀌어 대신다.
바로 옆에 아저씨는 위암 환자인데
낮부터 극심한 통증 때문에 괴로워하신다.
그 아저씨는 아빠의 방귀 소리를 부러워하시고
아빠는 미안해하신다. 그러면서도 아빠는
내일 퇴원하실 앞의 아저씨가 부러우시겠지.
방귀 하나 때문에 나는
웃어야 할지, 울어야 할지……

SNS의 일종인 〈페이스북〉에 쓴 글이다. 'S이야기'라는 아이디를 사용하는 어떤 이가 '아빠'의 병간호를 하는 동안 병실에서 벌어지고 있는 장면과 느낌을 즉흥적으로 적어 올렸을 것이다. 스마트폰을 활용하면 언제 어디서든 이런 글을 쓸 수 있다. 또 글의 내용을 중심으로 가까운 친구들과 대화를 나누면서 아래와 같이 활발하게 소통할 수도 있을 것이다.

박 여사 : 아빠께 웃는 모습 많이 보여 드리세요.

　　　　　어릴 때 얘기도 많이 하시구요...

S이야기 : 네, 감사해요~^^

정실^^ : 아버님 얼른 쾌차하시길 바래요. 힘내세요!

S이야기 : 이번에 병원에 와 있어 보니

　　　　　우리 아버지들이 모두 건강하셨음 해요.^^

정실^^ : 네, 맞아요. 저는 요즘 들어서

　　　　　부모님도 부모님이지만

　　　　　자식인 우리가 더 건강해야 한다는

　　　　　생각이 들면서 나이를 실감하고 있어요.ㅜㅜㅜ

박진호 : 수술 후 방귀는 장이 제자리를 찾아간다는 증거예요.

　　　　　건강해지실 거라 믿어요.

S이야기 : 고마워.^^

어떤가? 스마트폰의 SNS 기능으로 가까운 친구들과 애정 어린 관심을 갖고 마음을 나누면서 활발하게 소통하는 모습이 보기 좋지 않은가! 그러니 더 이상 망설이지 말고 SNS를 활용해보자. 주위의 친구들과 지속적으로 소통하자. 그들하고 지금보다 훨씬 가까워질 것이고, 살아가는 재미도 더할 것이다.

어디서든 쓰는 편지

글쓰기를 통한 타인과의 소통은 그 대상을 제한된 인원으로 미리 정하고 쓰는 것과 대상이 불특정 다수로 광범위하게 퍼져 있는 것 두 가지로 나뉜다. 이런 구분은 글의 특정 양식과 직접 관련이 있을 거라고 생각하기 쉬운데 사실은 꼭 그런 것만도 아니다. 특별한 경우를 제외하면 자신이 쓴 글을 전달하는 매체에 따라 소통하려는 대상이나 범위가 달라지기 때문이다.

앞서 보았던 학생의 〈카카오톡〉 문자메시지는 소통하려는 대상이 특정 교수 한 사람으로 제한되어 있다. 일기 역시 '또 다른 나'와 대화하는 글쓰기로서 소통의 대상이 '나' 한 사람인 경우에 해당된다. 그런데 같은 일기라도 그걸 신문이나 잡지와 같은 인쇄물을 통해 공개하면 불특정 다수와 소통하는 글이 된다.

소통하려는 대상을 미리 정하고 쓰는 대표적인 글이 편지다. 지금 40대 후반 이상의 연령대에 있는 이들은 밤을 꼬박 새워가며 누군

가에게 편지를 썼던 젊은 날의 추억을 적어도 하나쯤은 갖고 있으
리라. 특히 연애편지처럼 자신의 감정을 듬뿍 실어야 하는 글일수록
깊은 밤에 썼다.

편지는 고향에 계신 부모님에게도 썼고, 은사님께도 써서 보냈다.
군대에 가 있는 친구나 선후배에게도 편지를 썼다. 초등학교 때는
'국군장병 아저씨'께 위문편지를 보내기도 했다. 어머니가 딸들에게
쓴 편지도 있다.

지원아, 지영아.

벌써 5월이 왔구나. 한국에는 지금 온갖 꽃들이 다투어 피고 있겠지.
엄마가 머물고 있는 이곳 상하이에도 온갖 꽃들이 만발하고 있단다. 싱
그럽고 푸르른 계절, 5월은 일 년 중 가장 아름다운 달이라고들 하지.
그래서 어린이날, 어버이날, 스승의 날, 성년의 날 등 좋은 날들이 다
모여 있는 거겠지.

우리 큰딸 지원이는 올해 성인이 되지? 이제 완전 어른이 되는 거
네? 어른이 된다는 건 어떤 건지 지원이는 혹시 생각해 본 적 있을까?
엄마 작은딸 지영이도 고2니까 조금만 있으면 언니처럼 대학생이 될
테니 이제 다 자란 셈이네? 지영이는 엄마가 이것저것 참견하는 걸 은
근히 싫어하는 눈치던데, 맞지?

오늘 엄마가 이렇게 너희들에게 편지를 쓰는 이유는 두 가지란다. 하
나는 당연히 너희들이 너무 보고 싶어서고, 또 하나는 이번 기회에 같
은 여자로 살아온 엄마가 너희들에게 꼭 들려주고 싶은 말이 있어서야.

어떤 일로 한동안 외국에 나가 살고 있는 엄마가 집에 두고 온 두 딸을 생각하면서 쓴 편지의 머리 부분이다. 엄마는 두 딸을 소통의 대상으로 미리 정하고 그들에게 평소 들려주고 싶었던 말을 편지 형식을 빌려 쓰고 있다.

국내외를 막론하고 다 쓴 편지는 봉투에 넣고, 겉봉에 받는 사람의 주소와 이름을 정성스럽게 적은 다음 우표를 붙였다. 바로 그 주소와 이름이 편지를 써서 소통하려는 제한된 대상이었던 것이다.

그런데 그건 통신수단이 오늘날처럼 다양하고 빠르게 발달하기 전의 이야기다. 요즘에는 편지든 엽서든 펜을 쥐고 종이에 직접 쓰는 일은 찾아보기 어려워졌다(그렇긴 해도 펜으로 쓴 편지나 엽서는 그걸 받아 읽는 이의 마음에 더 큰 울림으로 다가갈 수 있다는 점에서 여전히 유용한 소통수단임에 틀림없다).

오늘날 편지의 자리를 대신하는 것이 바로 이메일과 문자메시지다. 특히 스마트폰은 과거의 휴대전화와 달리 컴퓨터 이메일 기능까지 활용할 수 있다는 점에서 대표적인 소통 수단으로 자리를 확고히 하고 있다.

우리는 스마트폰으로 목소리 대화나 문자메시지를 얼마든지 주고받을 수 있다. 사실 길든 짧든 누군가에게 문자메시지를 보내지 않고 사는 날이 거의 없을 정도로 우리는 스마트폰의 메시지 기능을 자주 이용한다. 〈카카오톡〉을 이용하면 통신요금을 별도로 내지 않아도 얼마든지, 심지어는 밤새도록 이야기꽃을 피울 수도 있는 것이다.

또 스마트폰만 있으면 언제 어디서든 편지쓰기도 가능하다. 학교나 직장을 오가는 버스나 전철 안, 커피숍, 술집 등 그 어디에서든 조금만 짬을 내면 얼마든지 편지를 써서 내 마음을 전달할 수 있다. 제 아무리 긴 편지도 다 쓸 수 있다.

어디 그뿐인가? 스마트폰 안에는 펜도 있고 편지지도 들어 있다. 다 쓴 편지를 접어서 담을 수 있는 편지봉투도 있고, 겉봉을 붙일 수 있는 풀도 있고, 우표도 있다. 대부분의 주소는 열한 자리 숫자로 이미 입력이 되어 있어서 그걸 골라 선택만 하면 끝이다. 우표 값은 봉투 편지보다 훨씬 저렴하다. 물론 다 쓴 편지는 통신회사에서 눈부시게 빠른 속도로 배달해준다.

이메일도 자주 쓴다. 문자메시지나 〈카카오톡〉은 실제 대화를 주고받는 것처럼 한두 마디씩 말을 나눠 쓴다. 그런데 이메일은 엽서나 편지 형식을 띠는 게 일반적이다. 가령 다음과 같은 식이다.

선생님!
무슨 말로 감사의 인사를 드려야 할지 모르겠습니다.
경험이 부족한 터라
막상 소식을 접하고 나니 두려움이 앞섭니다.
다만,
선생님께 심려를 끼쳐드리지 않도록
최선을 다하겠다는 약속은 드릴 수 있습니다.
앞으로 많은 지도 부탁드립니다.

거듭 감사의 절 올리며

늘 건강하시기를 기원합니다.

우연희 드림.

'우연희'라는 사람이 자신에게 어떤 고마운 배려를 해준 선생님께 드리는 이메일 내용이다. 선생님이 '우연희'라는 사람에게 어떤 배려를 해주었는지 이것만 보아서는 물론 알 수 없다. 하지만 엽서한 장 크기의 짧은 이메일로도 선생님께서 베풀어준 은혜에 대한 고마운 마음을 전하는 데는 조금도 부족함이 없어 보인다.

봄밤에 듣는 섬진강 물소리와

꽃산으로 향하는 노랫소리가 들립니다.

김용택 선생님의 시가 노래가 되어

아름다운 울림으로 우리에게 다가옵니다.

국악 관현악단 〈칸타타〉와 함께

섬진강 여행을 떠나시는 건 어떨까요?

4월 19일(목) 저녁 7시 30분

한국소리문화의전당 모악당에서

출발합니다.

문의 : 010) 2613-9774

첨부해드리는 팸플릿을 참고하세요. ^^

전북작가회의 사무처에서

회원 여러분께 올립니다.

이메일은 각종 단체나 모임에서 회원들에게 특정 소식을 빠른 시간 안에 한꺼번에 전하는 데도 간편하게 사용할 수 있다. 이때는 주로 컴퓨터를 이용하게 되는데, 스마트폰으로도 이 정도 이메일은 얼마든지 손쉽게 보낼 수 있다. 물론 팸플릿을 사진으로 찍어서 첨부하는 것도 어렵지 않다.

문제는 주어진 여건이 아니고 쓰고자 하는 마음, 즉 생활화된 글쓰기 습관이다. 우리들 대부분은 스마트폰을 갖고 있지만 아무리 그런 여건이 주어져도 쓰지 않으면 그만이다. 자주 써서 누군가에게 보내야 그들과 지속적으로 소통할 수 있다.

자, 이제는 각자 주머니에 들어 있는 스마트폰을 꺼내 시작 버튼을 누르자. 게임의 유혹은 잠시 접고 인터넷에 접속해서 이메일을 쓰든, 노란색 〈카카오톡〉 아이콘을 누르든, 〈페이스북〉을 열고 들어가든 선택은 당신 마음대로다.

그런 다음 가장 먼저 떠오르는 이에게 편지를 쓰든지 문자메시지를 보내자. 그런 소통이 그와의 거리를 한층 좁혀줄 것이다. 우리들 각자의 삶도 그만큼 풍성해질 것이다.

세상의 중심으로 이끄는 글쓰기

글을 쓴다고 누구나 이름을 남길 수 있는 건 아니다.
하지만 글쓰기는 적어도 우리들 각자의 삶을 충실히,
그야말로 사람답게 살아가게는 해준다.
이게 바로 글을 쓰면서 살아가야 한다고 말하는 까닭이고,
'글 나고 사람 났다'고 주장하는 가장 큰 이유다.

클레오파트라의 코

"클레오파트라의 코가 조금만 낮았더라면……."

『팡세』를 쓴 프랑스 철학자 파스칼은 이렇게 중얼거리면서 몇 마디 덧붙인다.

"나로서는 무엇인지 모르는 것, 그 하찮은 것이 모든 땅덩어리를, 황후들을, 모든 군대를, 온 세계를 흔들어 움직이는 것이다. 클레오파트라의 코, 그것이 조금만 낮았더라면 역사도 변했을 것이다."

고대 이집트 제국의 마지막 여왕이었던 클레오파트라의 코가 조금만 낮았더라면(덜 예뻤더라면) 파스칼의 말처럼 세계의 역사가 정말로 바뀌었을 것인지 단언할 수는 없다(일설에 따르면 클레오파트라는 볼품없이 뾰쪽한 매부리코를 갖고 있었다고 한다. 그녀는 외모가 아니라 지성미 넘치는 내적 매력으로 당대의 영웅들인 제왕들로부터 총애를 받았다는 것이다).

여기서 중요한 것은 어느 한 사람에 의해 인류의 역사가 바뀔 수도 있다는 가정이다. 클레오파트라처럼 멀리 갈 것까지도 없다. 만약 나치와 히틀러가 없었다면 20세기 세계의 역사가 바뀌었을 거라는 데는 이견이 거의 없는 듯하다. 그야말로 한 사람의 영향력이 세상을 바꾸어놓기도 했던 것이다.

펜은 칼보다 강하다고 했다. 물론 이건 펜으로 제유되는 '문화'가 어떤 '무력(武力)'도 '무력(無力)'하게 만들 수 있을 만큼 강하다는 뜻으로 해석되는 경구다. 클레오파트라나 히틀러에 비교하는 것이

적절치 않을 수도 있지만, 펜 끝에서 만들어진 한 편의 글/책은 그걸 쓴 사람 자신은 물론이고, 때로는 수많은 이들의 삶의 물줄기를 바꿔놓음으로써 세상을 변화시키기도 한다.

괴테의 「젊은 베르테르의 슬픔」이 발표될 당시 젊은이들 사이에서는 작중에 묘사된 베르테르처럼 파란 상의와 노란 바지에 조끼를 길지는 옷차림이 유행했고, 처녀들은 샬로테처럼 사랑 받기를 갈망했다고 한다. 남편의 사랑이 부족한 것을 탓하며 이혼하는 젊은 부인도 급증했으며, 급기야 작중의 주인공을 따라 하느라 스스로 목숨을 끊은 사람도 수천 명에 이르렀다고 한다. 이게 바로 저 유명한 '베르테르 효과'다.

우리들 대부분은 물론 클레오파트라나 히틀러처럼 역사의 물줄기를 바꾸어놓을 만큼 영향력 있는 정치가가 아니다. 괴테와 같이 위대한 작품을 쓴 대문호도 아니다.

그런데 생각해 보자. 누가 뭐라 해도 세상의 중심은 '나' 아닌가? 세상의 어떤 변화도 그 출발점은 '나 자신'인 것이다.

나의 변화는 가까운 타인에게 크든 작든 영향을 준다. 내가 쓴 글도 마찬가지다. 글은 일차적으로 나를 가꾸고 키워서 변화시키지만, 내가 쓴 글에 공감하는 많은 이들까지 변화시키는 힘도 동시에 갖고 있다. 이러한 작은 변화가 쌓여 세상을 바꿀 수도 있는 게 글인 것이다.

내 손으로 많은 사람을 기쁨과 환희의 세계로 이끌 수 있다고 한번 생각해 보자. 내가 쓴 글을 읽은 뒤 오랜 방황을 끝내고 새로운 삶의 이정표를 발견한 누군가가 있다는 걸 상상하면 이 또한 실로 가슴 벅찬 일 아닌가! 그건 어디까지나 괴테와 같은 대문호나 유명한 문필가들의 몫일뿐이라고 생각하는가?

감명 깊게 읽은 책 한 권이 인생의 방향을 정하는 데 결정적 영향을 주었다는 말을 그동안 여러 차례 들어보았을 것이다. 자신이 쓴 글을 누군가 읽고 공감하는 사람이 많아질수록, 그리하여 내가 바라는 대로 세상이 조금씩 변화되어가는 걸 발견할수록 글쓰기는 더욱 풍요로워질 것이다.

글 나고 사람 났다

호랑이는 가죽을 남기고 사람은 이름을 남긴다고 했던가. 이 속담에는 사람으로 태어났으면 모름지기 이름을 남길 수 있도록 살아야 한다는 '당위'의 뜻도 들어 있다.

이름을 남기는 방법이 무엇인지 우리는 역사를 통해 잘 알고 있다. 그렇다고 우리가 장차 훌륭한 업적을 남길 대통령이 되겠는가, 아니면 안중근이나 윤봉길 의사처럼 나라의 자주독립을 쟁취하기 위해 목숨을 바치겠는가.

당장 내가 할 수 있는 일부터 시작하는 것이 좋다. 글쓰기도 그중 하나일 것이다. 물론 글을 쓴다고 누구나 이름을 남길 수 있다는 건 아니다. 하지만 글쓰기는 적어도 우리들 각자의 삶을 충실히, 그야말로 사람답게 살아가게는 해준다. 아니, 글쓰기야말로 그걸 가능하게 하는 가장 본질적이고 손쉬운 방법일지도 모른다.

이게 바로 사람으로 세상에 났으면 글을 쓰면서 살아가야 한다고 말하는 까닭이고, 사람 나고 글 난 게 아니고 '글 나고 사람 났다'고 했던 가장 큰 이유다.

나를 바꾸는 글쓰기 이제 당신도 시작하라

펴낸날	초판 1쇄 2013년 6월 12일
	초판 5쇄 2019년 10월 21일

지은이	송준호
펴낸이	심만수
펴낸곳	(주)살림출판사
출판등록	1989년 11월 1일 제9-210호

주소	경기도 파주시 광인사길 30
전화	031-955-1350 팩스 031-624-1356
홈페이지	http://www.sallimbooks.com
이메일	book@sallimbooks.com

ISBN	978-89-522-2666-2 03810